»Es ist Unsinn, von den Göttern zu erbitten,
was wir uns selbst beschaffen können.«
Epikur

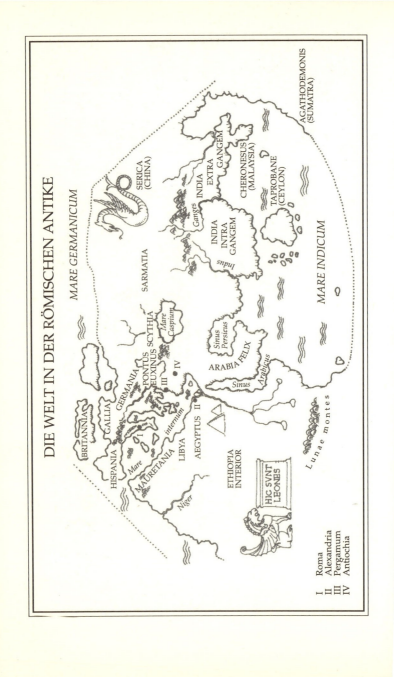

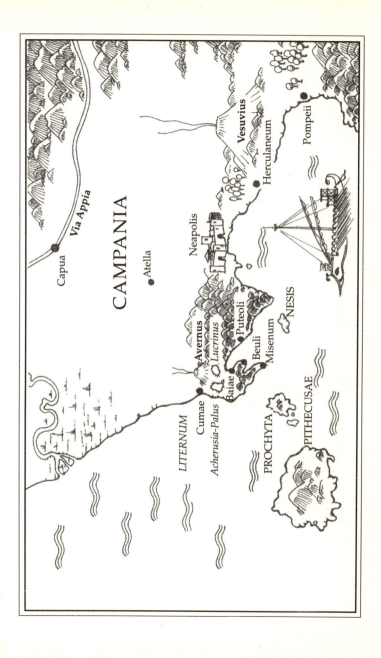

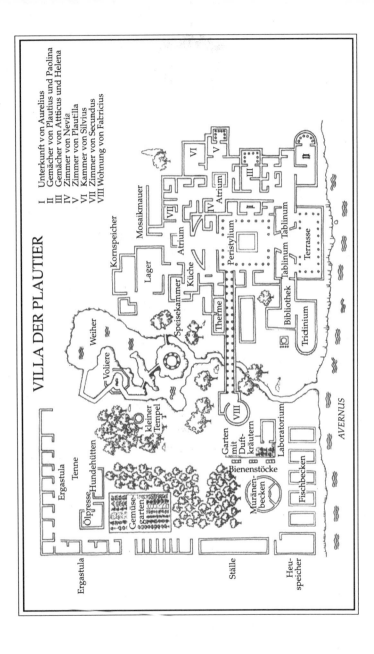

Personen

Publius Aurelius Statius	römischer Senator
Castor	sein Diener
Pomponia	Freundin von Aurelius
Gneus Plautius	reicher Landgutbesitzer
Paolina	zweite Frau von Gneus
Plautius Atticus	Erstgeborener von Gneus
Helena	Frau von Atticus
Nevia	Tochter aus erster Ehe von Helena
Plautius Secundus	Zweitgeborener von Gneus
Tertia Plautilla	Drittgeborene von Gneus
Lucius Fabricius	Sohn aus erster Ehe von Paolina
Silvius	von Gneus Plautius freigelassener Sklave
Demetrius	Fischzüchter
Proculus	Bauernsklave
Pallas	Maler
Xenia	Magd

PROLOG

Rom im Jahre 772 ab urbe condita
(19 n. Chr.)

Die Fackeln waren schon vor einer Weile gelöscht worden, und das große *domus* auf dem Viminale lag im Dunkeln.

An die Mauer des Peristylium gedrückt, blickte der Mann sich verstohlen um und schlich so vorsichtig in den Schatten des Säulengangs, dass seine Sandalen keine Geräusche machten. Am Eingang stieß er einen tiefen Seufzer aus und schielte durch ein Loch in der geschnitzten Tür. Wie erhofft, befand sich niemand im *tablinum*. Da der Hausherr zu einer Feier nach Antius gereist war, würde es niemand wagen, auch nur einen Fuß in dieses Zimmer zu setzen. Rasch huschte er hinein und schloss die Tür hinter sich.

Der Eindringling ging einige Schritte weiter und tastete nach einer Öllampe, die er vorsichtig anzündete, wobei er den Docht so niedrig wie möglich hielt. Im schwachen Schein der Flamme erkannte er das prunkvolle Bett, die Schemel und die große, mit Silber verzierte *arca*, die Truhe aus Terebinthenholz, die an der Wand stand und deren schwarzes Schloss ihm wie eine verliebte Frau zuzwinkerte.

Er kramte in den Falten seiner Tunika, zog einen Schlüssel heraus und kniete sich vor die Truhe.

Einen Augenblick später schien sein Kopf zu zerbersten. Langsam sank sein erschlaffter Körper auf den geöffneten Deckel der Truhe, und die Öllampe zerschellte in tausend Scherben, während sich das lauwarme Öl als klebrige Pfütze über den Mosaikboden ergoss.

Am nächsten Tag tuschelten zwei Jungen im Atrium des Hauses auf dem Viminale verstohlen miteinander und unterbrachen sich jedes Mal, wenn ein Sklave oder eine Magd an ihnen vorbeiging.

»Das stimmt doch alles nicht. Mein Vater ist kein Dieb!«, beschwerte sich der Kleinere von beiden, der so dünn war, dass er fast in den Falten seines weiten Gewandes verschwand. »Wenn ich ihn wenigstens sehen könnte!«

»Das geht nicht, Parides. Aquila, der Aufseher der Sklaven, hat ihn zur Strafe in die Kammer gesperrt«, erwiderte der andere. Zwar war er vier Jahre älter als sein Freund, doch die scheinbar reife Gelassenheit, die er an den Tag legte, war nur vorgetäuscht.

»Wie können sie nur diesen unverschämten Anschuldigungen glauben? Ganz Rom weiß, dass mein Vater Diomedes der ehrlichste Verwalter von allen ist! Er wird doch wohl sofort wieder freigesprochen, oder?«

»Wenn es so ist, wie du mir erzählt hast, darfst du dich nicht allzu sehr darauf verlassen, Parides. Sie haben ihn ohnmächtig quer über der offenen *arca gefunden,* und er hatte den Schlüssel in der Hand«, musste ihn sein Freund enttäuschen.

»Hilf ihm, ich bitte dich. Du kannst es, Aurelius. Du bist schon fast sechzehn, und du bist der Erbe«, verlangte Parides dickköpfig.

»Und wie? Ich trage immer noch die *bulla,* und auf Familienangelegenheiten habe ich keinen Einfluss«, erklärte

Aurelius und griff an den Goldanhänger, den die frei geborenen römischen Kinder über der *toga praetexta* trugen. »Auf jeden Fall bleibe ich minderjährig, solange mein Vater lebt!«

Parides nickte verstört. In Rom lag alle Macht beim *pater familias*, dem ältesten Mitglied eines Geschlechts. Bis zu seinem Tod hatten die Söhne keinerlei Rechte. Dies führte dazu, dass nicht selten Bürger in ehrwürdigem Alter immer noch der Autorität ihres äußerst langlebigen Vaters unterstanden, während andere als frühe Waisen nach Belieben über ihr Leben und Vermögen verfügen konnten.

»Vielleicht könnte deine Mutter…«, begann Parides, wohl wissend, dass er da ein heikles Thema ansprach.

»Sie ist mit ihrem fünften Mann in Antiochia. Ich habe sie seit drei Jahren nicht gesehen«, unterbrach ihn Aurelius.

Parides wollte nicht locker lassen. »Dann die *kiria* Lucretia!«

»Die Geliebte meines Vaters hasst mich und macht sich nicht einmal die Mühe, es vor mir zu verbergen. Sie ist jung, schön und ehrgeizig, und sie erhofft sich wer weiß welche Vorteile aus der Beziehung mit einem mächtigen Patrizier. Dabei behandelt er sie wie eine Sklavin, und wenn er wütend ist, wird er sogar handgreiflich. Wie oft habe ich schon gehört, wie er sie im Weinrausch geschlagen hat«, erzählte Aurelius. Über die Stunden, die er kniend, sein Ohr an die Tür gepresst, vor dem Zimmer der wunderschönen, aber unerreichbaren Dame verbracht hatte, um ihr nachzuspionieren, sagte er nichts. »Lucretia ist natürlich weit davon entfernt, sich zu beschweren, und nimmt stillschweigend jede Erniedrigung in Kauf, um ihre Privilegien nicht zu verlieren, die ja eher kümmerlich sind – eine Hand voll Sesterzen, die Erlaubnis, bei wichtigen Anlässen den Familienschmuck zu tragen, und das mietfreie Haus auf dem Caelius. Diese Träumerin glaubt doch tatsächlich, dass sich mein Vater, wenn ich nicht wäre, früher oder später dazu hinreißen lassen würde, sie zu heiraten oder ihr wenigstens Geld oder Land zu geben. Andererseits ist es für ihn sehr bequem, sie in diesem Glauben zu lassen... und jedes Mal mich als Grund vorzuschieben, wenn er keine Lust hat, seinen Geldbeutel zu öffnen.«

Parides' Lippen zitterten. »Dann gibt es also nichts, was wir tun können?«

Als Aurelius das erschütterte Gesicht seines Freundes sah, brachte er es nicht übers Herz, ihn zu enttäuschen. »Dann lass uns mal überlegen, Parides. Vielleicht finden wir eine andere Erklärung für den Diebstahl. Es gibt bei der Geschichte nämlich einige Ungereimtheiten«, sagte er und versuchte damit, eher sich selbst als den Freund zu überzeugen. »Wie zum Beispiel hätte dein Vater die *arca* im Dunkeln öffnen sollen?«

»Er hatte eine Öllampe dabei, die zerbrochen ist. Man sagt, sie sei ihm aus der Hand gefallen, so dass er auf dem Öl ausgerutscht ist und seinen Kopf an der Ecke der Truhe angeschlagen hat, als er sie gerade ausräumen wollte.«

»Und wo hätte er in diesem Fall die Beute versteckt?«

»Das weiß niemand. Die Beute wäre tatsächlich das Einzige, was seine Schuld beweisen könnte.«

»Verlasse dich nicht darauf, Parides. Man könnte leicht behaupten, dass dein Vater mit einem Komplizen zusammengearbeitet hat.« Kopfschüttelnd machte Aurelius die Hoffnungen seines Freundes zunichte.

»Womöglich noch ein Sklave!«

Oder sein eigener Sohn, dachte Aurelius, behielt seine Befürchtung aber lieber für sich. »Tatsache ist: Diomedes hat spontan zugegeben, dass er das Zimmer betreten hat«, sagte er stattdessen mit freundlicher Bestimmtheit.

»Ja, aber nur um sicherzugehen, dass alles in Ordnung war, bevor er schlafen gehen wollte«, nahm Parides seinen Vater in Schutz. »Und genau in diesem Moment hat ihn jemand von hinten auf den Kopf geschlagen.«

»Aber man hat weder sichtbare Wunden noch andere sichere Anzeichen dafür gefunden, dass er wirklich angegriffen wurde«, wandte Aurelius ein.

»Aurelius, wenn du das behauptest, heißt das, dass auch du ihm nicht glaubst!«, meinte Parides betrübt.

»Das habe ich nicht gesagt«, erwiderte Aurelius. »Dass er keine blauen Flecken hat, beweist gar nichts. Manche Schläge hinterlassen keine Spuren auf der Haut. Allerdings gibt es andere, ziemlich beunruhigende Beweise, zu Lasten deines Vaters. Wie zum Beispiel kann Diomedes erklären, warum er den Schlüssel in der Hand hielt? Oder warum hat man in eurem Haus die goldene Fibel gefunden? Aquila, der Sklavenaufseher, hat sie heute Morgen hinter einem Reliquiar in eurer Schlafkammer gefunden. Diese Fibel ist ein antikes, wertvolles Schmuckstück aus der Mitgift einer Ahnin, das unsere Familie nur selten benutzt. Mein Vater verwahrt sie lieber sicher im Tresor.«

»Aber es ist doch klar, dass uns der wirkliche Dieb die Fibel untergeschoben hat, um meinem Vater die Schuld zu geben!«, wehrte sich Parides.

»Und wer hatte dann die Schlüssel zum Tresor?«, gab ihm Aurelius zu bedenken. »Der *pater familias* trägt ihn doch gewöhnlich immer um den Hals und vertraut ihn niemandem sonst an. Der Sekretär Umbritius ist davon überzeugt, dass dein Vater sich heimlich eine Kopie hat machen lassen. Wenn er Recht hat, sieht die Sache wirklich schlecht aus!«

»Und warum?«

»Parides, in der *arca* wird auch das Rubinsiegel der Aurelier verwahrt, und dieses Siegel ist wie die Unterschrift des *pater familias*, egal auf welchem Dokument es angebracht wird. Verstehst du, was das bedeutet?«

»Aber das Siegel wurde doch gar nicht gestohlen! Darauf kann man doch nicht die Verurteilung eines ehrlichen Menschen gründen!«, begehrte Parides auf.

»Leider gibt es da noch mehr«, musste Aurelius schweren Herzens fortfahren. »Aquila behauptet, dass mein Vater vor einiger Zeit eine heimliche Überprüfung der Bücher angeordnet hat, was wohl heißt, dass er Zweifel an der Verwaltung hatte.«

»Eine Kontrolle?« Parides wurde blass. Er wagte nicht, nach dem Ergebnis zu fragen.

»Keine Sorge, Parides, es wurde nichts Unrechtmäßiges gefunden«, beruhigte ihn Aurelius, der die Gedanken seines Freundes erraten hatte.

»Dann können wir es also noch schaffen. Ich flehe dich an, Aurelius, sprich mit dem *dominus*, sobald er zurückkommt. Er soll genau über die Sache nachdenken. Ich zittere schon bei dem Gedanken, was passieren könnte, wenn er sich von der Schuld meines Vaters überzeugen lässt. Es wäre nicht das erste Mal, dass er einen Menschen in den Tod schickt! Erinnerst du dich an Pulvillus?«

Aurelius nickte traurig – nur zu gut erinnerte er sich an diese Geschichte. Weil ein Sklave die Hand gegen seinen Herrn erhoben hatte in dem Versuch, sich vor den Peitschenhieben zu schützen, war er ans Kreuz gehängt worden, und seine Kameraden, die ihn verteidigen wollten, waren wie Esel auf dem Markt verkauft worden.

Seitdem hatte der Respekt, den Aurelius seinem Vater entgegenbrachte, einen schweren Schlag bekommen. Angesichts der Brutalität und der feigen Engstirnigkeit seines Vaters hatte Aurelius begonnen, ihn mit der strengen Moral zu messen, die Jugendlichen eigen ist. Nach und nach hatte auch die Zuneigung nachgelassen wie die Tropfen, die in der Wasseruhr unablässig vom oberen Gefäß in das untere fallen.

»Du weißt genau, dass wir uns nicht gut verstehen. Er hält mich für rebellisch und aufsässig, und er glaubt, er könnte meinen Gehorsam erzwingen, wenn er mir damit droht, mich zu enterben. Aber wenn er glaubt, dass er mich mit solchen Methoden kleinkriegen kann und ich meinen Kopf vor ihm senke, muss ich ihn leider enttäuschen. Die Wertschätzung seines Sohnes erlangt man schließlich nicht mit Einschüchterung oder Erpressung.«

»Aber trotzdem wirst du ihn noch ein bisschen mögen«, versuchte Parides einzulenken, der für seinen eigenen Vater tiefe Liebe empfand.

»Warum sollte ich?«, fragte Aurelius. »Er ist ein Feigling, der nur gegenüber Schwächeren laut wird, aber sich nicht schämt, jemandem die Füße zu lecken, der stärker ist als er.«

»Jetzt lass mal deine Wut beiseite, und sprich mit ihm. Er wird dich anhören, du bist schließlich sein einziger Sohn!«, beharrte Parides mit der Kraft der Verzweiflung.

»Das ist nicht gesagt, so, wie er mich behandelt«, gab Aurelius zurück. »Ich habe schon öfter die Rute zu spüren bekommen als viele Sklaven. Wusstest du, dass er dem Erzieher Crisippus den Befehl gegeben hat, mich zu schlagen, wenn der es für richtig hält? Und ich schwöre dir, dass sich diese alte Mumie nicht zurückhält. Er platzt schier vor Wut, weil er wie ein Sklave behandelt wird, obwohl er bei den besten Lehrern gelernt hat. Weil er sich nicht mit seinem Herrn anlegen kann, lässt er es an dessen Sohn aus.«

»Ich weiß, was es dich kostet, deinen Vater um einen Gefallen zu bitten, aber tu es für mich!«, flehte ihn sein Freund erneut an.

»Gut. Um der Freundschaft willen, die uns verbindet,

werde ich meinen Stolz vergessen und sehen, was ich bei ihm erreichen kann.«

»Du wirst ihn um Gnade bitten?«

»Das wäre sinnlos, Parides. Mein Vater ist jähzornig und rachsüchtig, und wenn er wütend wird, kennt er keine Vernunft mehr. Um ihn von Diomedes' Unschuld zu überzeugen, müssen wir ihm irgendeinen Beweis liefern, und auch dann ist noch nicht gesagt, dass er darauf hört. Leider hat Aquila das *tablinum* abgeschlossen, und wir können es nicht untersuchen.«

»Aber ich habe aus dem Müll die Scherben der zerbrochenen Öllampe gesammelt. Vielleicht können die uns nützen. Ich habe sie hier, sieh mal!«

»Zeig her.« Aurelius nahm die Scherben und untersuchte sie sorgfältig. »Schau an, das ist wirklich komisch: Einige Scherben sind noch voller Öl, und dennoch fühlen sie sich rau an, wenn man sie anfasst, als ob noch etwas daran kleben würde«, stellte er fest, während er mit dem Zeigefinger über die Tonscherben strich.

»Vielleicht ist das Staub.«

»Nein, die Körnchen sind zu grob. Es ist eher Sand.«

»Ist das ein wichtiges Indiz?«

»Ja«, versicherte ihm Aurelius mit erregter Stimme. »Das bedeutet, dass dein Vater höchstwahrscheinlich die Wahrheit gesagt hat! Wenn man ihm einen Sandsack über den Kopf gehauen hat, ist klar, dass keine Spuren zu sehen sind. Offenbar hat der wahre Dieb so einen Sack verwendet, um deinen Vater bewusstlos zu schlagen, hat aber vielleicht nicht gemerkt, dass der Stoff beim Aufprall zerrissen und etwas Sand auf den Boden gefallen ist. Als ihm die Lampe aus der Hand fiel, sind die Sandkörnchen am warmen Öl kleben geblieben.«

»Sehr gut!«, rief Parides strahlend.

Aurelius lächelte ermutigt. Allerdings war er sich nicht sicher, ob das, was er auf so beeindruckende Weise herausgefunden hatte, auch der Wahrheit entsprach, doch er wollte seinen jungen, verstörten Freund nicht mit seinen eigenen Zweifeln quälen.

»Ich habe das Gefühl, wir sind auf dem richtigen Weg«, sagte er, um ihn zu ermutigen. »Hier müssen wir weitermachen.«

»Und wie?«, fragte Parides ratlos.

»Vor allem müssen wir die Fibel haben, die in eurer Schlafkammer gefunden wurde, um auch sie gründlich zu untersuchen.«

»Du glaubst doch nicht, dass man sie uns so einfach gibt!«, stöhnte Parides.

»Klar, du hast Recht. Und weil man sie uns nicht freiwillig gibt, werden wir sie eben stehlen müssen!«, rief Aurelius mit breitem Grinsen und legte schützend einen Arm um Parides' Schultern.

Eine Stunde später trat Aurelius zu Parides ins *peristylium* und zeigte ihm die Fibel.

»Wie bist du an sie herangekommen?« Voller Bewunderung blickte Parides seinen älteren Freund an.

»Ich bin vom Dach aus durch die Lichtluke in die Kammer des Sklavenaufsehers gestiegen. Ich war mir sicher, dass Aquila solch ein wichtiges Beweisstück in seiner Kammer unter Verschluss halten würde. Und tatsächlich lag die Fibel ganz hinten in dem Holzkasten neben seinem Bett. Das Schloss aufzubrechen war ein Kinderspiel!«

»Und wozu brauchst du sie jetzt?«, wollte Parides schon viel zuversichtlicher wissen. Alles würde sich zum Besten wenden, nachdem Aurelius nun die Situation in die Hand genommen hatte.

»Um ehrlich zu sein, ich weiß es nicht.« Aurelius spielte mit der Fibel in seiner Hand. »Sieh mal, Parides, was für eine hervorragende Ziselierarbeit; findest du nicht auch?«

»Ein auf den Hinterbeinen stehender Löwe, eine geflügelte Frau im Hintergrund und eine griechische Inschrift... NAMEO – der Name des berühmten Löwen, der Herkules besiegt hat«, sagte Parides.

»Stimmt... allerdings ist der Name falsch geschrieben. Auf Griechisch müsste es Nemeios heißen. Andererseits ist die Fibel schon sehr alt, und vielleicht hat man das Wort damals so geschrieben. Oder...«

Zweifelnd schwieg Aurelius, während Parides den Atem anhielt und förmlich an seinen Lippen hing.

»Hör mal, ich kenne da jemanden, der mir vielleicht noch viel mehr darüber erzählen kann. In der Bibliothek von Asinius Pollionus habe ich manchmal einen komischen Kerl getroffen, der humpelt wie Hephacstos und nuschelt erbärmlich. Auf den ersten Blick wirkt er fast ein bisschen verrückt, deswegen kannst du dir gar nicht vorstellen, wie überrascht ich war, als ich erfuhr, dass er der jüngere Bruder von General Germanicus ist.«

»Was du nicht sagst!«, rief Parides überrascht. Der General war der Enkel von Kaiser Tiberius, der Erbe der Cäsaren und außerdem der beliebteste Mensch in ganz Rom. Es gab keine Frau, die ihm nicht Blumen hinterherwarf, wenn er vorbeiging, und keinen Jungen, der nicht heimlich davon träumte, einmal zu seinen Legionen gehen zu können. Und je mehr Rom seinen Helden liebte, desto mehr betrachteten ihn Tiberius und seine Mutter Livia mit Argwohn...

»Doch, genau der!«, bestätigte Aurelius und meinte den jüngeren Bruder von Germanicus. »Und diesen Claudius, wegen dem sich die kaiserliche Familie schämt, wenn er in der Öffentlichkeit auftritt, halten alle für verrückt, weil er schlecht gehen kann und stottert, aber ich finde, er ist im Gegenteil ein sympathischer und scharfsinniger Mensch. Und wenn ich sehe, wie viele und welche Bücher er liest, glaube ich, dass er ein großer Gelehrter ist. Möglicherweise kennt er sich mit diesem Trödel hier besser aus als jeder andere in der Stadt. Wir dürfen keine Zeit verlieren. Ich gehe gleich los und zeige ihm die Fibel!«

»Aber du hast doch Hausarrest bekommen!«, warnte ihn der pflichtbewusste Parides.

»Genau deswegen darf ich nicht durch die Vorhalle abhauen. Crisippus glaubt, dass ich mit den Rhetorikübungen beschäftigt bin, die er mir aufgetragen hat, und hat den Türsteher angewiesen, mich nicht hinauszulassen, egal aus welchem Grund. Zum Glück gibt es noch eine andere Möglichkeit, von hier zu verschwinden«, erklärte Aurelius und gab Parides ein Zeichen, ihm leise in den Hinterhof zu folgen.

Kurz darauf kletterte er unter den ängstlichen Blicken seines Freundes mit der Geschicklichkeit einer Katze in den Feigenbaum.

»Warte! Wenn dich Crisippus entdeckt«, versuchte er Aurelius aufzuhalten, doch der war schon über die Mauer geklettert und auf den dahinter liegenden Weg gesprungen.

Drei Stunden später kehrte Aurelius auf demselben Weg in den *domus* zurück.

Geduckt schlich er ins *peristylium* und wollte sich gerade zur Tür zum *tablinum* wenden, wo ihn Parides erwarten sollte, als er den unverwechselbaren Klang einer Peitsche hörte.

»Nimm das!«, rief der wütende Erzieher und ließ die *ferula* auf Parides' zarte Schultern sausen. »Und das, und das, und das!«, tobte er, ohne seinem jungen Opfer auch nur zu erlauben, sich mit den Händen zu schützen.

»Du Dieb, du Sohn eines Diebs! Du hast die Fibel aus Aquilas Kasten gestohlen, damit sie nicht als Beweis gegen deinen Vater verwendet werden kann, was? Aber das lasse ich dir nicht durchgehen, ich sorge dafür, dass du gestehst, wo du sie versteckt hast, und wenn ich dir die Haut vom Rücken abziehen muss!«

»Das reicht!«, rief Aurelius und trat entschieden zwischen die beiden. »Lass ihn, ich war es!«

»Du, du Lump? Und was hast du dir davon versprochen?«

»Ich wollte Diomedes' Unschuld beweisen«, versuchte sich Aurelius zu rechtfertigen. Doch der Lehrer hatte bereits wutentbrannt die Peitsche gegen ihn erhoben.

»Seit drei Stunden suche ich dich. Wo hast du gesteckt? Ich werde dir diese Flausen schon austreiben, du arroganter Bengel!«, rief er und warf sich mit ganzer Kraft auf den Jungen.

Aurelius versuchte erst gar nicht, sich zu verteidigen. Mit undurchdringlicher Miene ließ er zu, dass ihn die Peitsche mitten ins Gesicht traf. Dann blickte er seinem Lehrer erneut mit kalter Entschlossenheit entgegen. Nach zahlreichen Schlägen stürzte er sich plötzlich mit flammendem Blick auf Crisippus, umfasste den Griff der Peitsche und riss ihn heftig an sich.

»Noch ein Schlag, und ich bringe dich um«, drohte er seinem Lehrer mit kalter Stimme.

»Du kleiner Verbrecher, willst du etwa meine Autorität anfechten? Solange du die hier trägst, schuldest du mir absoluten Gehorsam«, entgegnete Crisippus und zeigte auf die *bulla*, die um den Hals seines Schülers hing. »Der Herr verlangt, dass du dich als guter, demütiger und ergebener Sohn zeigst. An deinem Geburtstag, an den nächsten *nundinae*, sollst du vor den Gästen eine perfekte Rede halten. Bis dahin sind es nur noch sieben Tage, und du hast noch nicht einmal mit dem Entwurf angefangen! Dein Vater wird dir bei lebendigem Leibe die Haut abziehen, wenn er mit dir nicht zufrieden ist!«

»Das wird er bei dir auch tun, Crisippus!«, lachte Aurelius.

»Gib mir die *ferula* zurück, oder ich werde es deinem Vater erzählen. Er weiß, wie er mit Rebellen umzugehen hat. Hast du nicht mit eigenen Augen gesehen, wie er den geflohenen Sklaven ein Brandzeichen aufbrennt? Einen hat er sogar ans Kreuz hängen lassen. Wenn du deine Strafe nicht wie ein guter Schüler unterwürfig entgegennimmst, werde ich dich von den Sklaven halten lassen, während ich dich auspeitsche!«, warnte ihn Crisippus und trat drohend auf Aurelius zu, der seinen Lehrer unbeirrt weiter herausforderte.

In diesem Moment wurde die Tür geöffnet, und Umbritius, der Sekretär des Herrn, trat mit ernster, feierlicher Miene ein.

»Was willst du, Umbritius, gefallen dir meine Methoden nicht?«, fragte Crisippus arrogant. »Der *dominus* hat mir die Erziehung seines einzigen Sohnes anvertraut, und ich bin nur ihm gegenüber Rechenschaft schuldig!«

»Gerade eben traf eine Eilmeldung aus Antius ein – schlechte Nachrichten. Die Feier muss ziemlich aufregend gewesen sein, und der Herr hat beim Essen und Trinken etwas übertrieben. Er ist im *triclinium* von einer Liege gefallen und hat sich den Kopf angeschlagen ...«

»Ist er schwer verletzt?«, wollte Crisippus wissen, während sich Aurelius fragte, warum er kein Mitgefühl für den Mann entwickeln konnte, der ihm das Leben geschenkt hatte. Obwohl er sich damals, als die Amme Aglaia krank geworden war, Tag und Nacht liebevoll um sie gekümmert hatte, bis ganz zum Schluss.

»Er ist tot«, verkündete der Sekretär ausdruckslos.

»Tot?« Crisippus wurde blass und blickte verblüfft zu Aurelius. »Ich spreche dir mein Beileid aus, edler Publius Aurelius, *pater familias* des Geschlechts der Aurelier«, fuhr er in streng förmlichem Ton fort.

Dann trat er einen Schritt zurück und verneigte sich tief vor seinem neuen *dominus*, der nun zum Herrn über alle Sklaven des Hauses geworden war.

Aurelius erstarrte in einer Art Krampf, während sich in seinem Kopf alles zu drehen begann. Vor einem Moment war er noch ein wehrloser Knabe gewesen, auf dem jeder ungestraft herumtrampeln durfte, und jetzt... Auf seinen Lippen erschien der Hauch eines Lächelns, als er mit einem viel sagenden Blick auf seinen Lehrer den Griff der *ferula* noch fester umklammerte. Gleich darauf jedoch wurde sein noch blutendes Gesicht wieder zu einer undurchdringlichen Maske.

»O Aurelius, mögen dich die Götter segnen!«, rief Parides und wollte seinem Freund die Hand küssen und ihn umarmen. Sofort jedoch korrigierte er sich. »*Domine...*«, murmelte er verlegen.

»He, Parides«, flüsterte ihm Aurelius ins Ohr. »Unsere Qual hat ein Ende!«

Ohne ein weiteres Wort ging er hinaus in Richtung des Peristylium – zwischen den Sklaven hindurch, die, kaum dass die Nachricht bekannt geworden war, sich in zwei Reihen aufgestellt hatten, um ihrem neuen Herrn die Ehre zu erweisen.

»Herr!«, grüßten ihn alle Angehörigen des Hauses voller Respekt.

Umbritius machte ihm Platz, und Aquila verneigte sich in übertriebener Ehrerbietung, während die frecheren Mägde miteinander tuschelten und sich schelmische Blicke zuwarfen. Lucretia, die unbeweglich hinter einer Säule stand, blickte ihm finster entgegen, den Kopf voller Fragen nach ihrer unsicheren Zukunft.

»Warum versteckst du dich, meine Liebe?«, fragte Aurelius in einem sarkastischen Ton, der nichts Gutes zu verheißen schien.

Lucretia hob zögernd den Kopf. Sie zwang sich, nicht an die vielen Gelegenheiten zu denken, bei denen sie diesen stolzen Jungen verhöhnt und erniedrigt hatte, um sich für die Schikanen seines Vaters zu rächen. Der neue *pater familias* war noch sehr jung, dachte sie, und es würde nur einiger geschickter Schmeicheleien bedürfen, um ihn in die richtige Richtung zu lenken…

Einen Augenblick lang betrachtete Aurelius die Geliebte seines Vaters mit ausgesprochener Neugier, bis er ihre Hand ergriff und auf das mit Gemmen besetzte Band zeigte, das sie um ihr Handgelenk trug. »Diese *armilla* steht dir gut, Lucretia, aber vergiss nicht, sie mir zurückzugeben«, meinte er so schmeichelnd, dass sich die schlaue Dame für einen Moment täuschen ließ.

Während sie sich erhob, wollte sie ihrerseits mit einer gerissenen Schmeichelei antworten, als ihr Blick die eisigen Augen des jungen Herrn traf. Lucretia murmelte etwas, das sich eher wie ein Schluckauf als eine Zustimmung anhörte, und verschwand nach einer kaum merklichen Verbeugung in ihr Zimmer.

»Welche Befehle hast du für mich, *domine*?«, wollte Aquila hochachtungsvoll wissen.

»Ich werde die Toga der Männer am Morgen meines Geburtstags anlegen, sobald die Trauerfeier vorüber ist. Bereite alles für die Feier im kapitolinischen Tempel vor«, befahl Aurelius und riss sich mit einer abfälligen Geste die *bulla*, das Zeichen der Kindheit, vom Hals.

»Du bist erst sechzehn Jahre alt, *domine*«, wandte Umbritius ein. »Es wäre besser, wenn du bis siebzehn warten würdest...«

»Und warum? General Germanicus wurde mit fünfzehn für volljährig erklärt.«

»Herr, Germanicus war ein Mitglied der kaiserlichen Familie«, empörte sich Aquila.

»Und ich bin Publius Aurelius Statius, römischer Patrizier aus einer Senatorenfamilie und *pater familias* meines Geschlechts«, hielt Aurelius voller Stolz dagegen und ging zum *tablinum*, um den Platz in der Mitte einzunehmen, der ihm von nun an zustand. »Und jetzt kümmern wir uns um den Diebstahl.«

»Aber wie! Jetzt? Angesichts deiner tiefen Trauer?«, wehrte sich Umbritius, ängstlich darauf bedacht, nicht gegen die Konventionen zu verstoßen.

»Ich werde mich bemühen, sie zu beherrschen«, erwiderte Aurelius trocken. Niemand wagte, sich zu widersetzen. »Erklärt mir, was gestern Abend passiert ist.«

»Der Herr hatte seit einiger Zeit den Verdacht, dass ihn der Verwalter Diomedes betrügt, und hat vor kurzem die Bücher von einem Experten prüfen lassen«, berichtete Aquila.

»Bücher, die sich als äußerst korrekt erwiesen haben, wie ich weiß«, bemerkte Aurelius.

»Aber da ist noch die Sache mit der Fibel!«, mischte sich der Sekretär Umbritius ein. »Erst vor ein paar Tagen sagte mir der *dominus*, er hätte bemerkt, dass eine Nadel fehlte, auf der die Göttin Aurora abgebildet war – die gleiche Nadel, die Aquila im Zimmer von Diomedes gefunden hat. Offenbar hatte der Verwalter vor, sich Stück für Stück den Schatz der Aurelier anzueignen.«

»Eine Fibel? Du meinst diese hier?« Aurelius öffnete die Hand und ließ einen Teil der Fibel sehen, nicht aber das gesamte Schmuckstück.

»Das weiß ich nicht, ich habe sie nie zuvor gesehen. Sie war immer zusammen mit dem anderen Schmuck in der Truhe eingeschlossen. Ich kann nur berichten, was mir der Herr anvertraut hat«, musste Umbritius wohl oder übel zugeben.

»Die Fibel mit dem Löwen ist nicht der einzige Wertgegenstand, der aus dem Haus verschwunden ist«, betonte Aquila. »Es fehlen auch zwei Ketten, mehrere *armillae*, das Service aus goldenen Kelchen, das ganz hohen Gästen vorbehalten ist, ein wertvolles Armband aus achteckigen, mit Saphiren geschmückten Plättchen, und einige kostbare griechische Kunstwerke.«

»Und das Rubinsiegel?«, wollte Aurelius wissen.

»Es lag neben Diomedes, als wir ihn ohnmächtig gefunden haben. Dieser abgefeimte Dieb wollte wohl auch dieses stehlen«, antwortete Aquila.

»Die Geschichte, die uns der Verwalter Diomedes erzählt hat, hat wirklich weder Hand noch Fuß«, fuhr Umbritius fort. »Diomedes behauptet, er sei von einem Unbekannten niedergeschlagen worden. Dabei ist doch klar, dass er einen Anfall bekommen hat, während er selbst dabei war zu stehlen.«

»Und wo sollte in diesem Fall die Beute geblieben sein?«

»Er hatte bestimmt einen Komplizen in unserem Haus, der die Beute schnell versteckt hat«, meinte Crisippus. Weder Aquila noch Umbritius fügten dem ein Wort hinzu, doch die Augen aller wandten sich auf den kleinen Parides, der rot anlief wie ein geschälter Krebs.

»Was hat Diomedes zu seiner Verteidigung gesagt?«

»Er wurde bisher noch nicht verhört, *domine*. Wir haben auf die Rückkehr des Herrn gewartet, damit er nach altem Recht als *pater familias* das Urteil über ihn spricht.«

»Bringt ihn zu mir!«, verlangte Aurelius.

Kurz darauf wurde der Verwalter ins *tablinum* gezerrt und Aurelius vor die Füße geworfen.

»Ich habe den Schmuck nicht gestohlen, *domine*. Dein Vater war ein Spieler und war dabei, sich mit seinen Schulden in den Ruin zu treiben. Vielleicht hat er selbst einige dieser Schmuckstücke einem Gläubiger gegeben, wie schon ein paar Mal zuvor.«

»Das kann nicht für das Saphirarmband gelten«, meinte Aurelius. »Ich glaube, ich habe es erst vor einigen Tagen gesehen.« Fragend drehte er seinen Kopf zur schönen Lucretia.

»Ich habe es tatsächlich zu dem Fest in Frontone getragen, aber ich habe es deinem Vater zurückgegeben, als wir wieder zu Hause waren«, versicherte Lucretia. Sie zwang sich, ihren Ärger zu unterdrücken, der tief in ihrem Innern brodelte, weil sie jemandem Ehrerbietung entgegenbringen musste, den sie bis zum Tag zuvor noch schikanieren konnte, ohne je dafür zur Rechenschaft gezogen zu werden.

»Und seitdem hast du es nicht mehr gesehen?«

»Nein, leider hatte der *dominus* keine Gelegenheit mehr, es mir zu leihen.«

»Auch nicht, damit du es von einer Sklavin reinigen lässt?«

»In einem solchen Fall wird der Schmuck gewöhnlich keiner Magd anvertraut«, erklärte die Dame ungeduldig. »Der *dominus*...«

»Ich bin der *dominus*, Lucretia!«, schnitt ihr Aurelius das Wort ab. »Du wirst gut daran tun, das ab jetzt nicht mehr zu vergessen«, ermahnte er sie mit gespieltem Hochmut, während Lucretia den Kopf senkte und sich einen zornigen Ausruf verkniff.

»Du behauptest also, Diomedes, dass mein Vater einige der fehlenden Gegenstände höchstpersönlich verpfändet hat?«, fuhr Aurelius fort.

»Das Service für den Galaempfang mit Sicherheit nicht. Das habe ich gestern für deinen Geburtstag poliert«, erklärte Aquila mit einem schiefen Blick zum Verwalter, der immer noch vor Aurelius' Füßen kniete. »Was weißt du über diese Fibel, Diomedes?«, fragte er diesen.

»Die Fibel mit dem Löwen war immer zusammen mit dem anderen Schmuck in der *arca*. Ich weiß wirklich nicht, wie sie in mein Zimmer gekommen ist«, stöhnte Diomedes.

Aurelius schwieg und überlegte einen Augenblick.

»Wie spät ist es, Aquila?«, fragte er schließlich, als wäre er in Gedanken ganz woanders.

»Soeben hat die achte Stunde begonnen, *domine*«, antwortete der Sklavenaufseher nach einem raschen Blick auf die Wasseruhr.

»Ist schon jemand aus dem Haus ins Bad gegangen?«, wollte Aurelius wissen.

»Nein, Herr, die Thermen öffnen gerade erst.«

»Gut. Bringt mir ein weißes Tuch, und breitet es vor mir aus!« Eilig gehorchten die Sklaven dem gebieterischen Ton ihres neuen Herrn.

In Aurelius' undurchdringlichem Gesicht war nichts von den aufwühlenden Zweifeln, der Unsicherheit und Ratlosigkeit zu erkennen, die ihn quälten. Er spielte den anderen etwas vor in dem Versuch, reiferen und erfahreneren Männern seine Autorität aufzuzwingen. Sollte er sich in seinem ersten, voreiligen Urteil täuschen, würde er durch nichts die Wertschätzung und das Vertrauen der Sklaven zurückgewinnen, in deren Händen sein Haus, sein Leben und sein Ruf als römischer Bürger lagen.

»Und jetzt, Umbritius, zieh dich aus, und gib mir deine Tunika.«

»Was?« Der Sekretär war erstaunt.

»Du hast ganz richtig verstanden«, sagte Aurelius.

Verständnislos und kopfschüttelnd legte Umbritius ein Kleidungsstück nach dem anderen ab.

»Das reicht«, sagte Aurelius, als Umbritius nur noch mit dem *subligaculum* um die Hüften vor ihm stand. An die Sklaven gewandt, sagte er: »Jetzt klopft die Kleider über dem Tuch aus.«

Während die Sklaven taten, wie ihnen aufgetragen worden war, ließ der junge *dominus* seinen Sekretär, der halbnackt zwischen den kichernden Mägden stand, nicht aus den Augen.

»Wo bist du geboren, Umbritius?«, fragte Aurelius plötzlich.

»In einem kleinen Dorf zwischen Tuscana und dem See von Vico«, antwortete er.

»Das habe ich auch gehört«, murmelte Aurelius nachdenklich. Dann verließ er seinen Sitz, beugte sich hinab, um das Leintuch zu untersuchen, und sammelte mit den Fingerspitzen die Sandkörnchen auf, die aus der Tunika gefallen waren.

»Wirklich schade, dass das Säckchen aufgegangen ist, als du es Diomedes von hinten auf den Kopf geschlagen hast, Umbritius! Allerdings muss es nur ein winziges Loch gewesen sein, sonst hättest du es gleich bemerkt und dir eine saubere Tunika angezogen. Stattdessen ist der Sand noch in deiner Kleidung, die du erst nach dem Bad am Nachmittag wechseln wolltest. Und zum Glück zieht man sich in Rom nur selten zum Schlafen um!«

»Was willst du damit sagen, *domine*?«, stammelte der Sekretär, blass wie das Leintuch zu seinen Füßen.

»Dass du Diomedes in der Nacht gefolgt bist und ihn hinterrücks bewusstlos geschlagen hast, um anschließend die *arca* mit Hilfe des Schlüssels zu plündern, von dem du dir, wer weiß wie, eine Kopie besorgt hattest. Und weil du von der Kontrolle wusstest, die mein Vater angeordnet hatte, wolltest du den Diebstahl dem Verwalter in die Schuhe schieben. Um sicherzugehen, dass auch jeder von seiner Schuld überzeugt war, hast du eine der Fibeln, die du aus dem Tresor gestohlen hast, in seiner Kammer versteckt.«

»Diese Fibel habe ich nie zuvor gesehen, Herr!«, wehrte sich Umbritius.

»Bist du sicher?«

»Das schwöre ich bei den unsterblichen Göttern!«, erklärte der Sekretär und verschränkte die Arme vor seinem voluminösen Brustkorb.

»Woher wusstest du dann, dass auf der Fibel die Göttin Aurora abgebildet ist?«, fragte Aurelius schroff.

»Ich habe doch schon gesagt, dass mir dein Vater das erzählt hat!«

»Nein, Umbritius, das ist unmöglich. Alle, denen ich die Fibel gezeigt habe, haben wegen der unter dem Bild eingravierten Schrift nur den Löwen Nemeus erkannt. Du bist der Einzige, der die Aurora erwähnt hat.«

»Na und?«, meinte der Sekretär mit gerunzelter Stirn.

»Aurora ist tatsächlich die auf der Fibel dargestellte Göttin, aber niemand sonst konnte sie in dieser kleinen geflügelten Figur erkennen. Nur, wer auch die Inschrift gelesen hat, kann das wissen!«, erklärte Aurelius und zeigte die auf dem Schmuckstück eingravierte Schrift – NAMEO.

»Aber das ist der Name des Löwen Nemeus!«, widersprach Aquila, ebenso überzeugt wie die anderen.

»Da liegt ihr falsch!«, entgegnete Aurelius entschieden. »Ihr habt euch davon täuschen lassen, dass ein Teil der Verzierung den Löwen darstellt und das geflügelte Mädchen nur im Hintergrund steht. Der Name Nemeus ist aber falsch. Mir kam es gleich komisch vor, dass ein guter Handwerker bei einem so fein gearbeiteten Stück nicht auf die richtige

Schreibweise geachtet haben soll. Aber ich bin nicht auf die Idee gekommen, dass dieses Schmuckstück überhaupt nicht von einem Griechen gemacht wurde. Ich dachte nur, dass die Aufschrift vielleicht etwas ganz anderes bedeuten könnte, und habe mich an einen Experten gewandt, der sich mit dem Altertum auskennt – an den Bruder von General Germanicus.«

»Meinst du etwa diesen Trottel Claudius? Jeder weiß doch, dass er nur ein armer Verrückter ist!«, wunderte sich Crisippus, der Lehrer.

»Ganz falsch!«, erwiderte Aurelius. »Claudius ist alles andere als dumm, sondern ein großer Gelehrter und der beste Kenner der etruskischen Sprache und Geschichte, den es heute in Rom gibt. Sobald er die Fibel gesehen hat, hat er die Schrift übersetzt. Also, seht her: Dieser Buchstabe, den wir mit einem O verwechselt haben, ist eigentlich ein etruskisches Theta, der Anfangsbuchstabe eines Namens, den man übrigens von rechts nach links liest statt von links nach rechts. Danach kommt ein E, dann ein Zeichen, das auf den ersten Blick wie ein M aussieht, im Etruskischen aber unserem S entspricht. Das ganze Wort heißt schließlich *THESAN*, und das war bei unseren tyrrhenischen Vorfahren die Göttin Aurora.«

»Und was heißt das jetzt?«, wollte Umbritius wissen.

»Mein Vater konnte überhaupt kein Etruskisch, also hätte er die Aufschrift niemals deuten und dir nie die richtige Übersetzung sagen können. Aber du, Umbritius, bist in der Nähe von Tuscana geboren, einer der letzten Städte, wo man heute noch diese Sprache spricht und schreibt, die mittlerweile so selten ist, dass selbst die Priester Gefahr laufen, die heiligen Formeln in den alten Riten falsch aufzusagen.«

Umbritius schlang die Arme um seinen nackten Oberkörper und begann zu zittern.

»Also musst du die Inschrift gestern Nacht zum ersten

Mal gesehen haben, als du die Fibel gestohlen hast, um Diomedes die Schuld in die Schuhe zu schieben«, fuhr Aurelius fort. »Und ganz spontan hast du sie in deiner Muttersprache gelesen, in der sie auch tatsächlich geschrieben wurde. Wenn man dazu noch den Sand nimmt, der in den Falten deiner Tunika hängen geblieben ist, bleibt kein Zweifel – du bist der Dieb!«

Unfähig zu einem weiteren Einwand gegen die hieb- und stichfeste Rekonstruktion, mit der ihn Aurelius entlarvt hatte, blieb Umbritius entgeistert stehen. Eine Welle der Panik überkam ihn angesichts der bevorstehenden schrecklichen Bestrafung.

»Aber wenn die Dinge so stehen, *domine*, wie erklärst du dir das Misstrauen, das dein Vater Diomedes gegenüber hegte?«, zweifelte Aquila, noch nicht ganz überzeugt.

»Auf dieses Misstrauen hat Umbritius gebaut und es gewagt, den Tresor auszurauben. Er hat damit gerechnet, dass der Verdacht auf Diomedes fallen würde«, erklärte Aurelius. »Was dieses berühmte Rechnungsbuch angeht, so soll es mir schleunigst ausgehändigt werden. Ich will es jemandem zeigen, der sich in diesen Dingen gut auskennt und sich nicht so leicht an der Nase herumführen lässt.«

»Und was machen wir mit ihm?«, fragte Aquila und zeigte auf den Schuldigen.

Umbritius, jeder Hoffnung beraubt, warf sich mit dem Gesicht auf den Boden. »Gnade, Herr, verurteile mich nicht zum Tode, ich werde alles zurückgeben! Was du gesagt hast, stimmt – ich war derjenige, der die *arca* geplündert hat, aber sie war schon offen, als ich das *tablinum* betreten habe, und das Armband mit den Saphiren war nicht dabei!«

»Wenn du uns sagst, wie wir den Rest der Beute zurückbekommen, wird dein Leben verschont werden«, erklärte Aurelius. »Aber ich sehe an deinem schlaffen Fleisch, dass das vergnügliche Leben und die sitzende Tätigkeit deiner Gesundheit nicht gut tun. Ab jetzt, Umbritius, wirst du als Feldsklave auf einem meiner Landgüter in Campania arbeiten, damit dein Körper durch die gesunde Arbeit auf den Feldern wieder gestärkt wird.«

Zustimmendes Murmeln machte sich im Raum breit.

Aurelius blickte sich um. In den bewundernden Gesichtern der Sklaven zeigte sich ein neuer, tiefer Respekt – nun würden sie ihm gehorchen, weil sie ihm vertrauten, und nicht nur aus Angst vor harten Strafen.

Endlich konnte der junge *dominus* erleichtert, doch für die anderen unmerklich aufatmen. Vorzeitig hatte er die Arena der Erwachsenen betreten, wo Lügen, Verbrechen und Gewalt die Wahrheit verseuchen und sich der Gerechtigkeit widersetzen, und hatte erfolgreich seine erste Ermittlung geleitet. Er hatte einen Betrug aufgeklärt – und seine erste Schlacht gewonnen!

»Gibt es noch etwas, Herr?«, fragte Aquila. Umbritius konnte immer noch nicht fassen, dass er dem Strick entkommen war, und ließ sich ohne Gegenwehr abführen.

»Ja. Bereite Crisippus' Dokumente vor. Ich will ihn auf dem Sklavenmarkt verkaufen.« Aurelius freute sich schon auf die Bitten seines grausamen Lehrers, auf den er so oft wütend gewesen war.

Crisippus jedoch fixierte ihn mit seinem üblichen harten Blick, als hätte er es immer noch mit einem widerspenstigen Schüler zu tun statt mit dem Herrn, der über sein Schicksal bestimmen konnte.

»Offenbar hast du mit dem Namen und dem Vermögen auch die Fähigkeit erhalten, mühelos zu lernen, mein junger Statius. Verkaufe mich ruhig, es passt mir sowieso nicht, Sklave eines Ignoranten zu sein!«, höhnte Crisippus mit abschätzigem Gesicht.

Unter den Anwesenden machte sich Empörung breit – der Lehrer musste verrückt geworden sein, dass er sich traute, in dieser Weise mit dem neuen *dominus* zu sprechen.

»Macht euch wieder an die Arbeit«, befahl Aurelius den Sklaven, ohne weiter auf ihn einzugehen. »Aquila, du bereitest eine Begräbnisfeier vor, die dem Namen unserer Familie gerecht wird: Festmahl, Klageweiber, Hörner, Trommeln und der ganze Rest. Vergiss vor allem nicht die Masken der Vorfahren für das Trauergeleit. Die Trauerrede werde ich selber halten. Sie wird kurz und sachlich sein. Es besteht kein Anlass zu langen rhetorischen Ausführungen über einen Menschen, dessen Qualitäten jedem wohlbekannt sind!«, meinte Aurelius bitterernst, während ihn der Sklavenaufseher unsicher ansah. Er wollte sich nicht fragen, ob die von der Liebe des Sohnes geprägten Worte nicht auch einen Hauch grausamer Ironie enthielten.

»Gleich nach der Trauerzeit feiern wir meine Volljährigkeit und meinen neuen Stand als *pater familias*. Ach ja, Aquila, vergiss den letzten Befehl wegen des Lehrers – ich habe meine Meinung geändert. Wo willst du denn hin, Crisippus?«, rief er dem Lehrer gebieterisch hinterher, als dieser sich entfernen wollte. »Ich habe dich noch nicht entlassen!«

Starr wie eine Salzsäule blieb der Lehrer stehen. Aurelius musste an die mumifizierten Leichen denken, die man ab und zu in der ägyptischen Wüste fand: dieselbe Steifheit, dieselbe runzlige Haut, dasselbe böse Grinsen...

»Mit dir rechne ich später ab«, sagte Aurelius. »Jetzt kannst du dich zurückziehen!«

Zehn Tage waren vergangen. Aurelius saß im *tablinum*, in die weiße Toga der Erwachsenen gehüllt, die er am Morgen zuvor angelegt hatte, nachdem er auf dem Altar im kapitolinischen Tempel den Flaum seines ersten Bartes geopfert hatte.

Lucretia, hübsch wie immer, stand vor ihm und wartete vergeblich darauf, einen Platz auf einem der Sitze am Tisch angeboten zu bekommen.

»Ich habe dich rufen lassen, um mit dir deine bevorstehende Abreise zu besprechen. Ich habe anstandshalber gewartet, bis die Leiche meines Vaters auf dem Scheiterhaufen verbrannt ist, aber jetzt ist es Zeit, dass du mein *domus* verlässt.« Aurelius betonte besonders das Wort »mein«.

»Ich werde morgen in das Haus auf dem Caelius ziehen, wenn du es wünschst«, antwortete Lucretia verärgert.

»Vielleicht habe ich mich nicht klar ausgedrückt, Lucretia. Hast du vergessen, dass das Haus auf dem Caelius mir gehört?«

»Dein Vater hatte es mir versprochen.«

»Mein Vater war ein Schwindler. Sein Testament, das er bei den vestalischen Jungfrauen hinterlegt hatte, wurde gestern eröffnet, und darin steht nicht, dass er dir etwas hinterlassen hat.«

»Dieser dreckige Lügner!«, zischte Lucretia.

»Findest du es nett, in diesem Ton von meinem erlauchten Vater zu sprechen, mit dem du so oft Tisch und Bett geteilt hast?«, witzelte Aurelius hämisch. »Schade, dass er sich überhaupt nicht erkenntlich gezeigt hat...«

»Du wirst doch nicht wollen, dass ich mit leeren Händen gehe!«, rief Lucretia empört. Ihre Augen schienen Funken zu sprühen.

Aurelius zögerte einen Moment, wurde aber gleich wütend auf sich, weil diese Frau, nur wenig älter als er, es immer wieder schaffte, ihn einzuschüchtern, sei es wegen ihrer Schönheit oder ihrer scheinbaren Selbstsicherheit. Wichtig war nur, dass sie seine Unsicherheit nicht bemerkte.

»Genau darum bitte ich dich, meine liebe Lucretia«, erwiderte Aurelius schließlich. »Du wirst alles in deiner Kammer lassen: die eleganten Möbel, die korinthischen Gefäße, die silberne Truhe, das Rosenholztischchen, die griechische Statue der Psyche und natürlich allen Schmuck einschließlich des Armbandes, das du dir unrechtmäßig angeeignet hast.«

»Das habe ich Aquila gleich zurückgegeben, als du es mir befohlen hast!«, wehrte sich Lucretia beleidigt.

»Ich meine nicht die mit Steinen verzierte *armilla*, die du an jenem unglücklichen Morgen getragen hast«, erklärte Aurelius mit spöttischem Lächeln. »Ich meine das Armband mit den Saphirplättchen, das hätte in der *arca* liegen müssen, als Umbritius sie geplündert hat. Der Sekretär, oder vielmehr der ehemalige Sekretär schwört, dass es nicht mehr da war, als er uns bestohlen hat …«

»Ich weiß von nichts!«, bekräftigte Lucretia gereizt. »Wahrscheinlich hatte er es bereits verkauft, bevor er die Beute zurückgegeben hat.«

»Ich glaube, das kann ich ausschließen, meine schöne Lucretia. Wenn ich mich nicht irre, hast du gesagt, dass du dieses Armband seit dem Fest von Frontone nicht mehr gesehen hast.«

»Genau so ist es!«, bestätigte sie bissig.

»O weh«, widersprach Aurelius. »Du täuschst dich wirklich, weil ich mich gut daran erinnere, dass du es am Abend, bevor mein Vater starb, noch am Arm hattest.«

»Du irrst dich!«, behauptete sie steif und fest.

»Nein, meine Gnädigste, ich versichere dir, dass ich dich die ganze Zeit über äußerst aufmerksam beobachtet habe!« Aurelius hatte seinen Spaß. »Und mir scheint ziemlich klar zu sein, was passiert ist … zumindest klar genug. Möglicherweise hat dir mein Vater erlaubt, das Armband noch einige Tage nach dem Festmahl zu behalten, oder an dem Abend, als ihr aus Frontone nach Hause gekommen seid, war er zu betrunken, um es sich zurückgeben zu lassen. Als sich herausgestellt hat, dass Umbritius der Schuldige war, dachtest du, du könntest auch das Verschwinden dieses Schmuckstücks auf das Konto des Diebes setzen, wohl wissend, dass dein Geliebter dir nicht mehr widersprechen konnte.«

»Du fantasierst, Publius Aurelius. Die Macht, die du so plötzlich in die Hand bekommen hast, ist dir zu Kopf gestiegen! Du bemühst dich, ein großer Mann zu sein, aber du bist nur ein eingebildeter kleiner Junge, und ich könnte wetten, dass du innerlich zitterst wie Espenlaub!«, fertigte sie ihn verächtlich ab.

Aurelius presste die Lippen aufeinander. Er wusste, dass Lucretia Recht hatte – im Vergleich zu dieser starken, entschlossenen Erwachsenen war er nur ein verschreckter Junge. Dennoch durfte er sich nicht unterkriegen lassen.

»Meine bezaubernde Lucretia, du hast das Armband genau an dem Tag getragen, von dem ich gesprochen habe, und das kann ich auch beweisen«, fuhr er fort.

»Und wie?«, wollte sie wissen. Ihre Selbstsicherheit hatte einen Dämpfer bekommen.

»Am Tag vor dem Unfall schien die Sonne, und du hast lange auf der Bank im *peristylium* gesessen, um dir die Haare zu trocknen. Am Tag darauf, als die Nachricht vom Tod meines Vaters hier eingetroffen war, habe ich, als ich an den Sklaven vorbeigegangen bin, deine Hand ergriffen und auf deiner Haut einige weiße Stellen bemerkt. Sie hatten eine ganz andere Form als die *armilla*, die du in diesem Moment getragen hast. Die hellen Stellen an deinem Handgelenk hatten genau die gleiche achteckige Form wie die Plättchen mit den Saphiren an dem verschwundenen Armband.«

»Unsinn! Das beweist noch gar nichts – ich hätte mich jederzeit in die Sonne gesetzt haben können!«

»Wirklich? Aber vor diesem Morgen war der Himmel tagelang voller Wolken gewesen … und wenn die Haut nur leicht braun wird, sieht man das nicht so lange!«

Lucretia, gleichzeitig wütend und ängstlich, biss sich auf die Lippen.

»Es wäre angebracht, dass du mir so schnell wie möglich das Armband zurückgibst, meine Liebe. Ich habe ein großzügiges Wesen und könnte leicht über die Vergesslichkeit einer schönen Dame hinwegsehen«, riet ihr Aurelius mit sarkastischem Unterton. »Und was das Haus auf dem Caelius betrifft – eine bezaubernde Dame wie du wird sicherlich kein Problem haben, eine andere Lösung zu finden.«

»Weißt du denn nicht, was ein einigermaßen annehmbares Haus in Rom kostet?«, keifte Lucretia außer sich vor Wut.

»Ich dachte, du bist Besitzerin einer Reihe von Zimmern in der *suburra*. Du kannst jederzeit dorthin ziehen«, schlug ihr Aurelius ironisch vor.

»Das ist doch nur ein dreckiges Loch unter dem Dach einer *insula*, gerade gut genug für einen Bettler. Du glaubst doch nicht wirklich, dass eine Frau in meiner Position dort leben kann!«, protestierte Lucretia entrüstet.

»Wenn ich ein wenig darüber nachdenke, könnte ich dir natürlich das Haus überlassen«, schlug Aurelius vor, in der Hoffnung, dass seiner Stimme die Gefühle, die ihn bewegten, nicht anzumerken waren.

»Danke, mein lieber Publius. Ich habe dich schon immer für einen anständigen Jungen gehalten!«, rief Lucretia beruhigt.

Jetzt oder nie, dachte Aurelius mit Herzklopfen. Wenn bloß seine Stimme nicht zitterte …

»Allerdings unter einer Bedingung: Wenn du mir die Miete in der gleichen Weise bezahlst wie meinem Vater!«, stieß er hervor.

Lucretia starrte ihn mit offenem Mund an. Sie war zu verblüfft, um antworten zu können.

»Du hast bis heute Abend Zeit, darüber nachzudenken. Ich erwarte dich nach dem Essen in meinem Zimmer«, schloss Aurelius und entließ sie eilig. Ihr interessierter Blick entging ihm aber nicht.

»Es kommt, wie es kommt«, sagte er sich, gestärkt vom unerschütterlichen Optimismus der Jugend. Dann klingelte er nach dem Verwalter.

»Komm rein, Diomedes. Ich wollte mit dir privat sprechen, weil ich nicht will, dass dein Sohn Parides hört, was ich dir zu sagen habe.«

Langsam trat Diomedes näher und blieb wenige Schritte vor dem jungen Herrn stehen.

»Ich weiß, dass du trotz des Hungerlohns, den dir mein Vater gezahlt hat, einen Hof in Picenum und ein Haus auf dem Esquilinus besitzt; außerdem hast du bei den Banken der Stadt einiges Vermögen hinterlegt. Abgesehen davon habe ich im Rechnungsbuch ein paar seltsame Transaktionen bemerkt...«

»Wie hast du das herausgefunden, *domine*?«, gab sich der Verwalter in der übertriebenen Eile desjenigen geschlagen, der sein Herz von einer schweren Last befreien will. »Ich war sehr vorsichtig und dachte, kein Buchhalter könnte je den Schwindel aufdecken.«

»Das ist natürlich nicht mein Verdienst. Es war Pallantes, der Sklave von Claudius, der die Rolle Seite um Seite geprüft hat. Er ist ein Genie, was Zahlen angeht! Aber jetzt erkläre mir lieber, wie du einen solchen Betrug rechtfertigen willst?

40

Jahrelang hat meine Familie größtes Vertrauen in dich gesetzt.«

»Ich hatte den *dominus* um einen Kredit gebeten, um meine Eltern auf dem Land unterzubringen und Parides freizukaufen, aber er hat abgelehnt. Deswegen habe ich aus der *arca* eine gewisse Summe genommen und sie sehr gut investiert. Im Jahr darauf hatte ich bereits ein Landgut, ein Häuschen, ein kleines Vermögen und die Freiheit für meinen Sohn verdient. Deswegen habe ich das zu Unrecht herausgenommene Vermögen samt Zinsen so bald wie möglich zurückgelegt.«

»Aber anschließend hast du dieses Spiel mehrmals wiederholt. Es war das mit Rubinen besetzte Siegel, das du in jener Nacht gesucht hast, nicht wahr? Damit konntest du jedes Dokument im Namen meines Vaters besiegeln. Also hat Umbritius nicht gelogen, als er behauptet hat, du hättest einen Schlüssel zum Tresor! Wie bist du daran gekommen?«

»Eines Abends vor vielen Jahren war der Herr beschwipster als sonst«, begann Diomedes zu erzählen. »Plötzlich schlief er ein, und ich musste ihn zu seinem Bett ziehen. Der Schlüssel hing an seinem Hals, und ich kannte einen Schmied, der mir heimlich eine Kopie machen konnte.«

»Dann hast du also das Siegel der Aurelier mehrere Male für deine Spekulationen benützt!«, stellte Aurelius in ernstem Ton fest.

»Spekulationen, die sich allerdings als sehr einträglich erwiesen haben«, wehrte sich der Verwalter. »Ich habe Verträge für Ländereien und Immobilien abgeschlossen – für ein Grundstück mit neuen *insulae* in Ostia, Molen in Tarentum, Gärten in Campania, Weingärten in der Gegend von Luni und sogar für eine Fabrik für *dolii* vor den Toren Roms. Das habe ich getan, weil ich überzeugt war, dass dein Vater uns und die ganze Familie ins Verderben stürzen würde, aber ich versichere dir, dass ich immer zurückgelegt habe, was ich als Darlehen herausgenommen hatte!«

»Trotzdem hast du etwas Schlimmes getan.«

»Ich bin bereit zu bezahlen, *domine*. Seit ich gesehen habe, wie du mit dem Rechnungsbuch in der Hand fortgegangen bist, wusste ich, dass ich verloren war, und habe mich auf das Schlimmste vorbereitet. Seit einiger Zeit habe ich einen Strick, mit dem ich mich erhängen wollte, falls mein Spiel aufgedeckt würde. Jetzt ist der Moment gekommen, ihn zu benutzen. Versprich mir nur, dass mein Sohn Parides niemals erfährt, was ich getan habe. Er würde sich meiner schämen, und das könnte ich nicht ertragen. Er ist ein sehr ehrlicher Mensch. Kümmere dich um ihn, wenn ich nicht mehr bin.«

»Du könntest dich einem Prozess stellen«, schlug Aurelius vor.

»Und Parides' Achtung verlieren? Nein, niemals!«

»Wie du willst.« Aurelius konnte seine Tränen kaum noch zurückhalten.

Von der Last seiner Schuld gebeugt wandte Diomedes sich zur Tür. Als er die Schwelle erreichte, drehte er sich ein letztes Mal zu seinem jungen Herrn um.

»Ach, *domine*, eine Sache noch. Die Dokumente der Besitztümer sind auf ›Publius Aurelius Statius der Jüngere‹ ausgestellt. Denk daran, dass du den Zusatz ›der Jüngere‹ streichen lässt. Andernfalls könntest du Schwierigkeiten bekommen, wenn sie verkaufen willst, jetzt, wo dein Vater tot ist«, sagte er mit matter Stimme.

»Willst du damit sagen, dass du das ganze Zeug auf meinen Namen gekauft hast?«, rief Aurelius fassungslos.

»Sicher, *domine*, was dachtest du denn? Dein Vater war unvernünftig, und er hätte dein Erbe vergeudet. Ich wollte das Vermögen der Familie retten, auch wenn ich dabei ein unverzeihliches Verbrechen begangen habe – ein Sklave darf keine Entscheidungen an Stelle seines Herrn treffen, aber das habe ich getan. Und jetzt erlaube mir, dass ich mich mit meinem Strick zurückziehe, bevor meine Entschlusskraft nachlässt.«

»Vergiss diesen Schwachsinn, Diomedes!«, rief Aurelius bewegt und lief auf ihn zu.

»Aber das Grundstück in Piceno, das Haus auf dem Esquilinus, das Guthaben auf der Bank…«

»Das ist doch nichts im Vergleich zu dem, was du für mich getan hast! Ich bestätige dich in deinem Amt als Verwalter und hoffe, dass Parides in deine Fußstapfen tritt. Ich werde dir sofort deine Freiheit zurückgeben – bereite alle Urkunden dafür vor. Eine solch wichtige Aufgabe möchte ich keinem einfachen Sklaven anvertrauen!«

»Herr, ich werde dir immer dienen, und nach mir mein Sohn und der Sohn meines Sohnes!«, versprach ihm Diomedes schluchzend.

»Genug geweint, Diomedes. Jetzt muss ich nur noch eine Sache regeln. Schicke mir den Lehrer Crisippus herein«, befahl er dem Verwalter, der sich unter Freudentränen zurückzog.

Sobald der mürrische Privatlehrer eingetreten war, wedelte Aurelius mit der Rute unter seiner Nase.

»Die *ferula* gehört jetzt mir, und ich mache mit ihr, was ich will!«, drohte ihm Aurelius.

Der alte Lehrer neigte den Kopf und wartete auf die Schläge, während er innerlich das freche Mundwerk des Jungen verfluchte.

Aurelius spürte, wie es ihm ihn den Fingern juckte, doch als er sah, wie der zitternde Crisippus bereit war, sich in sein Schicksal zu fügen, erinnerte er sich an die vielen Erzählungen über großherzige Menschen in den Geschichtsbüchern –

Erzählungen, die ihn der alte Privatlehrer im Takt der Schläge hatte auswendig aufsagen lassen. Jetzt war er an der Reihe, dem unbeugsamen Lehrer eine Lektion zu erteilen.

»Hol die Bücher, wir haben den zweiten Band Rhetorik noch nicht durchgearbeitet!«, befahl er. Die *ferula* brach er entzwei und warf die Stücke weit fort.

Zwei Monate nach dem Tag, an dem Publius Aurelius seine Toga das erste Mal übergelegt hatte, wurde Germanicus, Roms Lieblingsgeneral, in Antiochia in der Blüte seines Lebens von einer geheimnisvollen Krankheit dahingerafft. Manch einer vermutete, Plotina hätte ihn vergiftet. Doch Livia, die Mutter von Kaiser Tiberius und mit Plotina dick befreundet, schritt persönlich ein und rettete die Angeklagte vor dem Henkersbeil.

Jahreszeit um Jahreszeit, Jahr um Jahr zeigte die Wasseruhr unerbittlich den Lauf der Zeit an. Nach Diomedes' Tod nahm der unbestechliche Parides die Stelle des Verwalters über Publius Aurelius' Vermögen und dessen großes Haus auf dem Viminalis ein.

Aurelius seinerseits leistete seinen Dienst in der Legion ab, vermählte sich unglücklich und ließ sich wieder scheiden. Als überzeugter Anhänger der epikureischen Philosophie widmete er sich dem Studium der Klassiker, bereiste die bis dahin bekannte Welt und kaufte im ägyptischen Alexandria den frechen Castor als Sklaven, um ihn vor der Todesstrafe zu retten. Er war ein vorlauter, aber von ehrlichen Zweifeln geplagter Grieche, der Aurelius' unersetzlicher Sekretär werden sollte.

Im Jahre 41 nach Christus – mittlerweile waren mehr als zwanzig Jahre seit Aurelius' sechzehntem Geburtstag vergangen – bestieg Claudius, der unterschätzte Bruder von Germanicus, dessen sich die Familie so sehr schämte, den

Cäsarenthron und ernannte sogleich seinen für die Rechnungsbücher zuständigen Sklaven Pallantes zum Finanzminister. Er war das »Zahlengenie«, das dem jungen Aurelius geholfen hatte, die gefälschten Bücher zu prüfen.

Man erreichte das Jahr 44 nach Christus. Der Sommer war vergangen, ohne dass Verbrechen aufgeklärt, Geheimnisse enthüllt oder Schuldige entdeckt werden mussten. Aurelius, der in Baiae seine Sommerferien zusammen mit seiner Freundin Pomponia verbracht hatte, kehrte nach Rom zurück, wie immer in Begleitung seines treuen Sekretärs Castor.

Bevor sie jedoch Rom erreichten, mussten sie noch einmal Halt machen...

I

Im Jahre 979 ab urbe condita
(Im Herbst des Jahres 44 n. Chr.)

Sechster Tag vor den Kalenden des November

Die kleine Karawane ließ den Lucrino hinter sich und stieg langsam den Hang zum Krater hinauf.

»Baiae ist auch nicht mehr das, was es einmal war!«, seufzte Pomponia und versuchte, ihren Turm aus künstlichem Haar auf das Polster des Wagens zu betten, ohne die beeindruckende Frisur zu zerstören.

»Aber die Feste hast du dir nicht entgehen lassen!«, protestierte Senator Publius Aurelius Statius, der neben ihr lag und einen letzten Blick auf den Golf warf.

»An der Küste wimmelt es nur noch so von Claudius' Laufburschen und von Bürokraten aus den Ministerien!«, beklagte sich die Dame.

»Es stimmt, in diesen Ferien haben wir mehr Freigelassene aus dem Palast getroffen als Väter aus dem Senat!«, stimmte Aurelius zu. »Im Übrigen hat ja keiner der Senatoren aus der Curia nicht wenigstens einen Händler zum Großvater, wenn er nicht gar direkt in Ketten geboren ist.«

»Natürlich! Bei all den Verurteilungen und Verschwörungen kann man die echten Adligen mittlerweile an einer Hand abzählen. Und die wenigen, die noch übrig sind, vergeuden ihr Vermögen, um einen Lebensstandard wie Krösus zu halten. Nicht einmal ein Krämer kann sich heute noch die üblichen fünfzig Sklaven leisten! Was bleibt denn noch von der großen römischen Aristokratie übrig, wenn das so weitergeht?«

»Es stimmt, dass Claudius Ritter und Leute aus der Provinz bevorzugt. Die Patrizier scheinen ihre Handlungsfähigkeit eingebüßt zu haben.«

»Es ist sonderbar, dass ausgerechnet der Spross einer der berühmtesten römischen Familien die Klasse kritisiert, der er angehört«, bemerkte Pomponia mit beißendem Unterton.

»Und du, du unheilbare Verschwenderin, beschwerst dich über die unsinnigen Ausgaben? Bei deinem Lebensstandard weiß ich wirklich nicht, warum dein Mann noch nicht Bankrott gemacht hat!«, scherzte Aurelius, der die finanzielle Situation seines Freundes Servilius, dem Gemahl dieser äußerst weltgewandten Dame, sehr wohl kannte. »Allein das Abschiedsfest muss dich eine halbe Million Sesterzen gekostet haben, abgesehen von den Tischkarten aus massivem Gold, die du den Gästen zum Andenken geschenkt hast!«

»Und diese Flegel haben versucht, ihren Wert zu schätzen, ohne die feinen Verzierungen auch nur zu bemerken! Nein, du tust gut daran, auf Pithecusae zu bauen. Baiae wird immer vulgärer. Die Küste liegt zu nahe an Neapolis, und jeden Sommer blockieren immer mehr Wagen mit grobschlächtigen Urlaubern die Straßen. Ich verstehe nicht, warum Servilius entschieden hat, noch über die Ferien hinaus zu bleiben.«

»Wegen der Thermalbäder, Pomponia«, erklärte Aurelius geduldig. In Wirklichkeit wünschte sich der arme Ritter nach Monaten zermürbender Festmähler nichts mehr, als sich weit entfernt von seiner redseligen und überaktiven Frau zu erholen.

In diesem Moment kündigte ein verhaltenes Husten hinter dem Vorhang des Wagens die Anwesenheit Castors an, Aurelius' Sekretär und Faktotum.

»*Domine...*« meldete er sich mit scheinheiliger Stimme. »Die Träger sind erschöpft, und die Eseltreiber können die Tiere kaum noch vorwärts bringen.«

»Aber wir sind doch eben erst aufgebrochen!«, beschwerte sich Aurelius.

»Mein Herr, du liegst bequem und bist in ein nettes Gespräch mit einer liebenswürdigen Dame vertieft.« Hier neigte Castor anmutig seinen Kopf in Pomponias Richtung. »Aber wir gehen zu Fuß, mit schweren Lasten auf den Schultern, auf rauen Pfaden und unwegsamen Triften.«

Der Grieche, der auf einer ruhigen Stute mit breiter, einladender Kruppe ritt, deutete mit ausladender Geste auf die wunderschöne gepflasterte Straße, die den Lucrino säumte.

»Man könnte einen kurzen Halt einlegen«, gewährte Aurelius.

»Adeona möge dich beschützen, Herr!«, dankte Castor, die Göttin anrufend, die über die glückliche Heimkehr der Reisenden wacht. »Außerdem... plagen uns die Hundstage, und die Träger haben trockene Kehlen.«

Aurelius hob seinen Blick zum Horizont. Unter dem bedeckten Himmel wehte eine ziemlich feuchte Brise – es war mitten im Herbst.

»Willst du damit etwa sagen, dass du Durst hast, Castor?«, fragte er mit kaltem Blick. »Du hast Glück – gerade hier ist eine Quelle mit frischem Wasser!«

Castor schüttelte schockiert den Kopf. »Willst du etwa, dass wir uns die heilige Krankheit holen, indem wir, schweißgebadet, kalte Sachen trinken?«

»Dann biete ich dir einen Wein an, Castor«, mischte sich Pomponia lachend ein.

»Hör auf, ihn zu verwöhnen!«, schimpfte Aurelius, während Castor in Richtung der Weinschläuche verschwand. »Alle sagen, ich sei viel zu nachsichtig mit diesem Faulpelz. Aber jedes Mal, wenn ich ihm etwas verweigere, findet er jemand anderen, der ihn in Schutz nimmt.«

»Lass ihn doch trinken, Aurelius, sonst wird er uns noch zehn Mal anhalten lassen, und wir kommen nie rechtzeitig bei Tertia an. Wir sind doch ohnehin schon bald da.«

Die Karawane näherte sich der Kratermündung; nachdem sie die letzte Kuppe überwunden hatten, öffnete sich vor ihren Augen ein dunkler See von beunruhigender Schönheit.

»Der Avernus kommt langsam in Mode«, meinte Aurelius verwundert darüber, dass viele seiner Mitbürger ganz erpicht darauf schienen, prunkvolle Häuser am Rand des Tartarus zu errichten, wo einst der fromme Äneas zu seinem Besuch bei den Verstorben hinabgestiegen war, wo die erste Sibylle ihre Weissagungen gemacht hatte und wo die Toten ihre Stimmen wiederfanden. Die Felswände fielen steil nach unten zur Wasseroberfläche ab, und es gab nur sehr wenig bebaubares Land, weil die ganze rechte Seite des Sees von unbenutzten Hafenanlagen und einem riesigen Thermalbad eingenommen wurde. An einigen Stellen schien die schmale Fahrstraße in den kreisrunden See zu fallen, von dem man einst dachte, dass hier der Styx in die Unterwelt führen würde. Selbst Hannibal, als er über die Alpen gekommen war, um die Äcker von Cumae zu plündern, hatte an dem geheimnisvollen Wasser Halt gemacht, um den Göttern des Orkus eine Herde schwarzer Lämmer zu opfern.

»In diesem Tal, wo früher nur arme Bauern lebten, kostet ein Morgen Land heute so viel, dass einem schwindlig wird!«, schimpfte Aurelius.

»Die Plautier wohnten schon hier, als Gneus' Großvater noch ein einfacher Freigelassener war. Jetzt ist ihr Grundstück unbezahlbar. Der Alte ist zur Zeit der Bürgerkriege mit dem Fischhandel reich geworden, als sich Generäle und Politiker zwischen zwei Schlachten darum stritten, wer die beste Küche hatte. In zwanzig Jahren hat er das ganze Gebiet südlich des Kraters erworben, das die durch Schulden und Verbannung ruinierten Besitzer für einen Apfel und ein Ei verkaufen mussten. Und das ist jetzt das Ergebnis!«, beschwerte sich Pomponia und zeigte auf einen schmalen Streifen Land mit einem herrlichen Gebäude, das zwischen den Bäumen hindurchschimmerte.

»Es ist wirklich ein Wunder – man kann nicht sagen, dass Gneus als Enkel eines Sklaven keinen Geschmack hätte«, stellte Aurelius bewundernd fest.

»Stell dir vor, dass Tertia Plautilla das Gerücht verbreitet, sie stamme von etruskischen Lucumonen ab. Ich werde ihr nicht widersprechen, schließlich tut ein bisschen Geheimnistuerei unserem Geschäft ganz gut.«

»Was wollt ihr denn verkaufen?«, fragte Aurelius neugierig. Die Fähigkeit seiner Freundin, Geld aufzutreiben, war fast so ausgeprägt wie die, es mit vollen Händen auszugeben.

»Duftöle und aphrodisierende Essenzen. Plautilla kennt sich mit aromatischen Kräutern hervorragend aus; sie hat sich ein richtiges Labor eingerichtet und die besten Parfümhersteller von Neapolis kommen lassen. Ich kümmere mich um den Verkauf und die Werbung.

»Werbung?«, wunderte sich Aurelius.

»Aber sicher! Kandidaten suchen sich vor den Wahlen doch auch Hunderte von Taugenichtsen, die ihre Namen auf die Mauern der Stadt schreiben. Die besten Tavernen hängen auf den Straßen Schilder auf, auf denen sie ihre Küche preisen, und selbst die *lupae* preisen ihre Fähigkeiten auf den Säulen des Forums an. Ich sehe keinen Grund, warum das nicht auch bei Kosmetika funktionieren sollte. Wenn dann noch ein Patrizier mit großem Namen bereit wäre, es ein wenig bekannt zu machen…«

Aurelius vermied es, seiner Freundin in die Augen zu blicken, sondern lächelte nur.

»Plautilla hat sich in den Kopf gesetzt, Sempronius Priscus zu heiraten, einen Adeligen mit höchsten Ansprüchen, der eine ziemlich hohe Mitgift verlangt. Deswegen will sie sich ihren Erbteil auszahlen lassen, und hier kommst du als juristischer Fachmann ins Spiel, Aurelius. Du musst aufpassen, dass sie von ihren Brüdern nicht übers Ohr gehauen wird.«

»Wie kommt es, dass Plautilla über keine Mitgift verfügt?«

»Sie wird zum dritten Mal heiraten und hat die Mitgift schon für zwei Ehen verschwendet. Erinnerst du dich, als sie Balbus geheiratet hat?« Pomponia lächelte verschwörerisch. Sie wusste, dass Plautilla und Aurelius vor dieser überstürzten Hochzeit ein Verhältnis miteinander gehabt hatten.

»Vor allem erinnere ich mich daran, wie Paolina, seine Stiefmutter, alles getan hat, um sie von mir fern zu halten.«

»Na ja, sie hatte auch allen Grund dazu. Die Ärmste hätte doch nie einen Mann gefunden, wenn du sie nicht freigegeben hättest«, erklärte Pomponia, die sich bei diesem alten Abenteuer an mehr als nur die Hauptbeteiligten erinnerte. »So, wir sind da. Heilige Artemis, wie finster der See im Herbst aussieht!«

Reglos blitzte ihnen die dunkle Oberfläche des Avernus' entgegen. Auf der üppig bewachsenen gegenüberliegenden Seite war der verlassene Hafen zu erkennen, Ruinen eines Beispiels zyklopenhafter Ingenieurskunst, das erst vor einigen Jahrzehnten fertiggestellt, nun aber, Tag um Tag tiefer im Sand versinkend, bereits dem Verfall anheim gegeben war.

Der Wagen hielt vor einer Gruppe eindrucksvoller Gebäude, umgeben von einer niedrigen Mauer. Zwischen den rechteckigen Steinen, unter einem Mosaik, das einen Mastiff darstellte, wies ein Schriftzug die Vorüberziehenden auf die Gefahr hin: *CAVE CANEM* – Vorsicht, bissiger Hund!

»Aurelius, Pomponia! Es ist etwas Furchtbares passiert!«

Atemlos kam Tertia Plautilla auf die beiden zugerannt. Aurelius blickte seiner ehemaligen Geliebten mit einer gewissen Zuneigung entgegen. Zehn weitere Lebensjahre hatten ihre Spuren auf dem ausdrucksvollen Gesicht hinterlassen, das von einer langen Adlernase geprägt war – die Haut, die Aurelius als rosig und glatt wie die eines Kindes in Erinnerung hatte, war dunkler und weniger strahlend. Ihr sylphidenhafter Körper, einst gertenschlank, war rund wie der einer Matrone auf der Höhe ihres Lebens, und ihr volles, dunkles Haar war in eine künstliche Konstruktion aus dichten Locken zusammengebunden.

»Mein Bruder Atticus ist tot!«, brachte Plautilla endlich zwischen den Seufzern hervor. »Man hat ihn heute Morgen im Muränenbecken gefunden. Sein rechter Arm war nur noch ein Stumpf!«

»Ihr unsterblichen Götter!«, stöhnte Pomponia.

»Er ist in der Nacht in den Fischteich gefallen. Niemand hat gehört, wie er rausgegangen ist, nicht einmal die Sklaven!«, erklärte Plautilla erschöpft. Aurelius umfasste schützend ihre Schultern und bot an, sofort wieder abzureisen, um die Familie in ihrer Trauer nicht zu stören.

»Nein, nein, Aurelius, im Gegenteil, ich bitte dich zu bleiben. Hier scheinen alle wahnsinnig geworden zu sein, und ich brauche einen Freund, dem ich vertrauen kann. Mein Vater wird sich geehrt fühlen, wenn du bei der Trauerfeier anwesend bist. Und dann muss noch das Testament aufgesetzt werden – dabei wirst du uns wertvolle Hilfe leisten können.«

»Na gut. Kann ich der Witwe mein Beileid aussprechen?«, fragte der Senator in einem den Umständen angemessenen Ton.

»Ja, sicher«, erwiderte Tertia offenbar verärgert.

»Priscilla ist zwar keine besondere Frau, aber…«, rechtfertige sich Aurelius. Die Gattin des Erstgeborenen der Plautier, schlampig und streitsüchtig, gehörte zu den weniger begehrenswerten weiblichen Wesen, die er kannte: Sie war langweilig, unbeholfen und wehleidig und beschwerte sich über alles und nichts. Vor allem hatte sie die ärgerliche Angewohnheit, ständig die Nase hochzuziehen.

»Aber wie, das weißt du noch nicht? Atticus hat sich vor einigen Monaten scheiden lassen, nach zwanzig Jahren Ehe! Er hat sich eine Frau ohne Mitgift genommen, die… ach was, ich will dir nichts erzählen, das wirst du schon selbst sehen. Nur noch eins: Sie ist viel jünger als ich und wäscht sich jeden Morgen das Gesicht mit frischer Milch. Dann lässt sie sich eine Stunde lang die Haare kämmen. Und dann heißt sie auch noch Helena!«

Aurelius war hellwach, wie immer bei bestimmten Themen.

»Sie war mit einem gewissen Nevius aus Neapolis verheiratet, dem mein Vater ein hübsches Sümmchen gezahlt hat. In wenigen Monaten hatte sie diesen naiven Atticus umgarnt und ist mit einem regulären Ehevertrag in unser Haus gezogen. Nichts ist ihr gut genug, wenn man bedenkt, dass sie sich von einer einzigen, altersschwachen Magd bedienen lassen musste, bevor sie meinen Bruder kennen gelernt hat! Na ja, die Sache geht mich ja nichts an, ich brauche nur die Mitgift, damit ich heiraten kann.«

»Sempronius Priscus, eine Konsulenfamilie, die es schon

zu Zeiten Sullas gab...«, tratschte Pomponia. »Du heiratest zum dritten Mal, oder?«

»Und hoffentlich zum letzten Mal! Metius habe ich geheiratet, weil es mein Vater wollte, und Balbus, um einen anderen Mann zu vergessen...«

Aurelius, der für Plautilla nur noch kameradschaftliche Gefühle hegte, tat so, als hätte er die Anspielung nicht verstanden.

»Wirst du dieses Paradies hier nicht vermissen?«, fragte er und blickte sich bewundernd um. In dem schicken *peristylium* stand noch immer ein Gerüst, auf dem ein kleiner Arbeiter beschäftigt war.

Rechts hinter dem großen Marmorbogen führte ein überdeckter Gang in den Garten bis zu einem seltsamen, zwischen Bäumen versteckten Türmchen. Von dort musste man einen herrlichen Blick auf den großen Park haben. Dieser war von einem kleinen, mit Marmor ausgekleideten *canopus* umgeben, der hier und da zwischen dem Gebüsch hindurchschimmerte. Gurgelnd verschwand das Wasser in einer großen Voliere im Wald.

»Es macht mir nichts aus fortzugehen. Das Leben fernab von Rom ist doch kein Leben. Ich erinnere mich, dass auch du das einmal gesagt hast«, erklärte Tertia.

»Und das denke ich immer noch.«

»Baust du hier die Duftkräuter für unsere Parfüms an?«, fragte Pomponia mit wenig Gefühl für die Situation; weder der Trauerfall noch das schöne Panorama ließen sie für einen Moment die Geschäfte vergessen.

»Nein, der *canopus* führt in den Weiher, wo Secundus seine Vögel züchtet. Mein Garten liegt unten in der Nähe der Becken. Genau dort, in dem größeren, haben wir Atticus gefunden.«

Aurelius blickte zum See, wo das Wasser der Fischteiche

55

schimmerte. Bei flüchtigem Hinsehen wirkte die üppige Landschaft fast wild, doch Aurelius ließ sich nicht täuschen – der Park war das Ergebnis eines detaillierten Plans, und die scheinbar wilde Natur war Stamm um Stamm und Stein um Stein nach den ästhetischen Vorstellungen des raffinierten Baumeisters geformt worden.

Die sieben großen Becken am Ufer bewiesen, dass sich Plautius ohne Scham weiterhin der erfolgreichen Tätigkeit gewidmet hatte, der er sein Glück verdankte. Darin unterschied er sich von den vielen Neureichen, die eilig jeglicher produktiver Tätigkeit entsagten in dem Versuch, es den Aristokraten mehr schlecht als recht nachzumachen.

»Mein Vater ist stolz auf sein Haus und seinen Handel. Aber er ist alt, und die Geschäfte hat mittlerweile Atticus übernommen. Aber jetzt ... wer weiß.«

»Nur Mut, Tertia, denk an deine Hochzeit!«, mahnte sie Pomponia. Und an unseren Handel, fügte sie in Gedanken hinzu.

»Jetzt macht es euch erst einmal in den Thermen bequem. Das *calidarium* ist vorbereitet, die *balneatores* erwarten euch. Das Abendessen wird zur neunten Stunde serviert. Doch leider wird statt des Festes, das ich euch bieten wollte, das Totenmahl abgehalten.«

»Ein schöner Augenblick, den wir für unseren Besuch gewählt haben!«, seufzte Pomponia, als sie mit Aurelius wieder allein war, und überreichte ihre weite *palla* für die Reise einem Sklaven.

Aurelius antwortete nicht. Seinen Blick hatte er in die Ferne auf den runden Fischteich gerichtet, in dem die Ungeheuer zuckten, die sich gerade erst am Geschmack von Menschenfleisch erfreut hatten.

»Castor, wo steckst du denn?«, rief Aurelius und durchsuchte vergeblich die Kammern neben seiner Unterkunft, wo ihn sein treuer Sekretär eigentlich erwarten sollte.

Von dem Griechen jedoch war keine Spur zu sehen. Seit er mit nicht immer legalen Mitteln ein kleines Vermögen zusammengetragen hatte, gehorchte der ehemalige Sklave nur noch widerwillig und verschwand oft genau dann, wenn er am dringendsten gebraucht wurde.

Aurelius' Ärger wuchs. Wer würde ihm jetzt seine Toga so zurechtlegen, wie es sich gehörte? Mit Sicherheit keiner der ungehobelten Bauernsklaven, die hier geboren und aufgewachsen waren! Vielleicht wäre es besser, einen schönen kurzen Umhang oder eine griechische *synthesis* zu tragen, die beim Anziehen weniger Umstände machten. Aber wie sollte er die schöne Helena beeindrucken, wenn er nicht die Insignien seines Ranges zur Schau stellte?

Ohne Castors Hilfe steckte er wirklich in der Patsche, überlegte er und fragte sich, warum er diesen lästigen Griechen immer noch beschäftigte, wenn der ständig seinen ehrenhaften Ruf als Senator in Gefahr brachte.

Erst vergangenen Monat hatte sich Castor in Baiae erlaubt, seinen Namen als Bürgschaft für den Verkauf von Hehlerware zu verwenden. Aurelius hatte davon Wind bekommen, als sich die Frau des betreffenden Konsuls für den Besuch in der Hauptstadt mit einer Saphirkette herausgeputzt hatte, die der Tochter eines Ädilen gestohlen worden war. Nicht auszudenken, was passiert wäre, wenn sich die beiden Damen bei einem Festmahl plötzlich gegenübergestanden wären.

»Castor!«, rief Aurelius zum letzten Mal, der mittlerweile erkannt hatte, dass er von dem Sklaven keine Hilfe zu erwarten hatte. »So doch nicht, du Schwachkopf!«, schnauzte er den vierschrötigen Tollpatsch an, der sein Gewand ordnete. »Die Falte muss bis zu den Füßen reichen, darf sie aber nicht bedecken!«

Mit einer ungeduldigen Geste riss er dem armen Sklaven den weichen Wollstoff aus der Hand und versuchte murrend, die Toga alleine zu drapieren.

»*Domine, domine!*«, rief in diesem Moment Castor völlig aufgeregt. »Da drüben ist eine Dame.« Mit seinen Händen beschrieb er eine äußerst kurvenreiche Form wie die einer bauchigen Amphore.

»Ach, tauchst du endlich auch mal wieder auf!«, platzte Aurelius los und wollte seinen Sekretär eigentlich sofort bestrafen. Dieser jedoch hatte sich bereits mit sicherer Hand an der Toga zu schaffen gemacht.

»So, jetzt kannst du dich sehen lassen! Jetzt geh, man erwartet dich!«, drängte Castor. Noch bevor der empörte Aurelius den Mund aufmachen konnte, war Castor im Flur verschwunden.

Doch in der kurzen Zeit seines blitzartigen Auftritts hatte Castor wirklich vollkommene Arbeit geleistet. Als Aurelius schließlich kurz vor der neunten Stunde an der Tür zum *tablinum* erschien, war er tadellos gekleidet – die *lunulae* an den *calcei* glänzten, und der purpurrote Streifen an der weißen Toga fiel senkrecht von seiner breiten Schulter nach unten.

»Aurelius!«, rief eine zitternde Stimme.

In der Tür stand eine nicht mehr ganz junge Dame. Auf ihrem aristokratischen, hochmütigen Gesicht lag ein etwas bemühtes, doch warmes Lächeln als Willkommensgruß.

»Paolina!«, rief Aurelius und trat ihr respektvoll entgegen. Sie neigte leicht den Kopf, als wollte sie sich ihr Gegenüber genauer ansehen. Ihre aufrechte, stolze Haltung zeigte noch immer viel Würde, und ihr Gesicht, von tiefen Falten durchzogen, hatte auch im fortgeschrittenen Alter von seinem Adel nichts verloren, der ihr vor langer Zeit den Ruf der feinsten Dame Roms eingebracht hatte. Sie hob den Kopf, um Aurelius mit einem Kuss zu empfangen. In ihrem von grauen Strähnen durchzogenen Haar schillerte klingelnd ein Kamee-Diadem.

»Schön wie immer!«, bestätigte Aurelius voller Bewunderung.

»Aurelius, ich habe einen Sohn, der General in der Legion ist. Meinst du nicht, es ist ein bisschen spät, mir den Hof zu machen?«, wehrte sich die matrona.

»Die Schönheit kann mit dem Alter schwinden, nicht aber die Ausstrahlung, edle Paolina!«

»Es sind mehr als zehn Jahre vergangen, seit ich dich das letzte Mal gesehen habe. Ich weiß, dass du nach einer eher zügellosen Jugend nun deinen Platz im Senat eingenommen hast. Aber reden wir später von deinen Missetaten. Jetzt müssen wir leider an andere Dinge denken!« Paolina reichte ihm die Hand, um sich von ihm zu Tisch führen zu lassen.

Nach etwa zehn Schritten trat ein Mann mit misstrauischem Gesicht auf sie zu.

»Mein Stiefsohn, Plautius Secundus«, stellte Paolina ihn vor.

Das muss der Vogelzüchter sein, überlegte Aurelius und grüßte sein Gegenüber mit einem freundschaftlichen Nicken. Die helle Haut und die Hakennase verliehen ihm einen müden, traurigen, leicht dekadenten Ausdruck, den auch die blassblauen Augen nicht mildern konnten. Er gleicht einem Bussard, vielleicht ist das der Grund, aus dem er sich mit Vögeln beschäftigt, überlegte Aurelius. Er versuchte ein Lächeln zu unterdrücken und dachte, er würde Secundus einen Gefallen tun, wenn er sich nach den geliebten Tieren erkundigte.

Aurelius hatte Erfolg: Paolinas Stiefsohn schien freudig

überrascht – zumindest meinte Aurelius, dies in dem kaum wahrnehmbaren Heben der Augenbrauen zu erkennen, das wohl der höchste Ausdruck von Freude in diesem trüben Gesicht sein konnte.

»Und hier kommt Helena, Atticus' Witwe«, sagte Paolina eisig.

Aurelius war mit seiner Aufmerksamkeit wieder ganz bei der Sache.

Helena, die allein über die blumengeschmückte Terrasse schritt, wusste nur zu gut, dass sie schön war. Ihr Gesicht hatte sie etwas geziert in würdigem Schmerz verzogen, ihre affektierten Bewegungen waren wohl einstudiert. Kaum berührte sie die Hand des Gastes mit ihren kalten, gepflegten Fingern, deren Nägel zu lang waren, kein Muskel bewegte sich in ihrem Gesicht, damit die blendend weiße Haut nicht von so etwas wie einem Gefühl ruiniert würde.

»Ich bleibe nur einen Augenblick, um unseren Gast zu begrüßen. Ich bin zu erschöpft zum Essen«, erklärte die Witwe niedergeschlagen. Doch Aurelius hatte den Eindruck, dass sie zufrieden und satt aussah wie jemand, der sich gerade gestärkt hatte.

Mit einer gekünstelten Geste strich sich die lebende Statue über ihr honigfarbenes Haar. Wahrscheinlich war sie von Natur aus blond, überlegte Aurelius mit raschem Kennerblick – eine im Süden seltene Haarfarbe. Auch ihr Körper, in die weiße Trauertunika gehüllt, war schön wie der einer Frau im besten Alter.

»Ich weiß, wie sehr dich der Schmerz quält, meine liebe Schwiegertochter«, sagte Paolina bissig. »Aber ich bitte dich zu bleiben – aus Rücksicht auf Senator Statius, der uns mit seinem Besuch ehrt.«

Die Bitte klang wie ein Befehl, und der Schönen blieb nichts anderes übrig, als zu gehorchen.

Kurz darauf winkte Helena ein etwa sechzehnjähriges Mädchen herbei, deren kastanienfarbenes Haar zum Zeichen ihrer Jungfräulichkeit offen über ihre Schultern hing. »Meine Tochter Nevia«, stellte sie das Mädchen zerstreut vor. Sie ähnelte ihrer Mutter ganz und gar nicht und blickte den Senator mit ernster Miene an. In ihrem unregelmäßig geformten Gesicht erkannte Aurelius, dass sie intelligent war und über eine ungewöhnliche Charakterstärke verfügte.

Schließlich erschien auch der *pater familias*. Der Alte strahlte trotz des furchtbaren Unglücks noch immer eine schier unbändige Energie aus, und in seinen müden Augen war noch die List zu erkennen, die ihn in der Geschäftswelt zu einem gefährlichen Konkurrenten gemacht hatte.

»Ich hätte dich lieber unter weniger traurigen Umständen kennen gelernt, Senator Statius, doch leider bist du in einem schrecklichen Moment gekommen. Aber keine Angst, die Gastfreundschaft ist heilig, und ich bin sicher, dass sich auch mein unglücklicher Sohn geehrt fühlen würde, wenn er wüsste, dass du an seinem Totenmahl teilnimmst. Herzlich willkommen in meinem Haus!«

An der Seite von Gneus Plautius ging Aurelius zur Terrasse, wo er seine Bewunderung nicht mehr zurückhalten konnte. Die riesige Terrasse stand auf Alabastersäulen, die so fein waren, dass jede einzelne kaum ein Papyrusblatt halten konnte; um sie herum öffnete sich ein hängender Garten von erlesener Schönheit. Die kunstvolle Anordnung der Pflanzen schuf einen lieblichen Winkel in diesem dunklen Reich der Toten.

»Verstehst du jetzt, warum mir die Hauptstadt nicht fehlt, Statius? Mir reicht es, hier mit meiner Frau und meinen Kindern die Ruhe zu genießen, fernab von Staub und Lärm... ach übrigens, wie klappt es mit dem Fahrverbot in Rom? Ich habe gehört, dass bereits so viele Sondergenehmigungen erlassen wurden, dass die *lex iulia municipalis* das Papyrus nicht mehr wert ist, auf dem sie geschrieben wurde.«

»Na ja, jeder beschwert sich über den Verkehr, aber niemand will auf die Bequemlichkeit des Wagens verzichten. Das Verbot wurde vor fast einem Jahrhundert beschlossen und ist mehr oder weniger immer noch gültig. Eigentlich hatte man doch erwartet, dass die Maßnahme schon einen Monat nach ihrem Inkrafttreten widerrufen wird!«, antwortete Aurelius, als er es sich im *triclinium* auf den gewärmten Kissen bequem machte.

In diesem Moment erschien ein kriegerisch aussehender Mann in der Tür.

»Mein Sohn, Lucius Fabricius, Befehlshaber der Legionen am Rhenus«, stellte ihn die Dame des Hauses vor.

Den General hier im Hause des Stiefvaters anzutreffen war wirklich eine Überraschung, dachte Aurelius. Es ging das Gerücht, die Beziehung zwischen dem Spross der alten Familie und der durch die Mutter angeheirateten Familie sei sehr gespannt. Der adlige Fabricius, im Schatten seines leiblichen Vaters aufgewachsen, der einem alten, stolzen Senatorengeschlecht entstammte, hatte für seine plebejischen, provinziellen Verwandten, die außer klingender Münze keine weiteren Verdienste vorweisen konnten, nicht viel übrig.

Fabricius trat näher und grüßte steif, während sich sein Mund zu einer bitteren, fast grausamen Grimasse verzog – seine kantigen Gesichtszüge verliehen ihm eine Schönheit, die nur selten bei Männern zu finden ist, ihm aber nichts von seinem männlichen Ausdruck nahm.

Aurelius versuchte, seinen Rivalen einzuschätzen. Er würde sich viel mehr um die Damen bemühen müssen, um von diesem rauen Legionär nicht in den Schatten gestellt zu werden, überlegte er. Wie leicht neigten die Frauen dazu, der Faszination eines Brustpanzers zu erliegen!

Die Plautier, von der Arroganz gereizt, mit der Fabricius den vermögenden Fischhändlern begegnete, bemühten sich nicht, dem Neuankömmling gegenüber Sympathie zu heucheln.

»Alles, was an diesem Tisch gegessen wird, stammt von meinem eigenen Landgut!«, erklärte der Alte stolz, während die Sklaven die *gustatio* brachten.

Die riesige Servierplatte voller Austern und Muscheln, die mitten auf dem Tisch aufgedeckt wurde, weckte bei Pomponia eine solche Begeisterung, dass sie sogar einen Moment aufhörte zu plappern.

»Wenn doch nur Servilius da wäre!«, rief sie entzückt, als sie an ihren gefräßigen Mann dachte, der in den Thermen von Baiae geblieben war.

»Die Austern sind erst vor wenigen Minuten gefischt worden – begießt sie mit diesem Ulbano aus Cumae«, schlug der Gastgeber vor. Nach den üblichen Trankopfern an die Götter und einer kurzen Preisung des Verstorbenen eröffnete er das Festmahl.

»Möchtest du unsere Austernzucht sehen?«, fragte Plautius den Senator, der Helena beobachtete, wie sie mit den Fingerspitzen nach einer Muschel griff, als hätte sie Angst, eine unelegante Bewegung zu machen.

»Müssen wir unbedingt über Fisch reden?«, mischte sich der General ein.

»Es ist ein aufregendes Thema«, widersprach Aurelius, der das aufgeblasene Benehmen von Aristokraten nur selten ertragen konnte. Und meine Familie ist älter als deine, fügte er in Gedanken hinzu. Deswegen kannst du dir dein arrogantes Benehmen mir gegenüber eigentlich sparen.

»Wir müssen noch über die rechtlichen Angelegenheiten sprechen«, sagte Tertia. Alle Augen richteten sich auf sie.

»Du hast es aber eilig, Patrizierin zu werden, meine Liebe«, zog Fabricius sie auf.

»Vielleicht solltest du auch eine reiche Plebejerin heiraten, Lucius, damit du deine Finanzen wieder in den Griff bekommst!«, entgegnete Tertia in scharfem Ton.

»Geld nützt mir nichts«, erklärte Fabricius abfällig. »An der Front trägt man keine vornehmen Gewänder, und ein guter Befehlshaber isst das Gleiche wie seine Legionäre. Das hat schon der göttliche Julius ...«

»Ach, aber Cäsar ist nach den Feldzügen auch zu einem ganz anderen Menschen geworden!«, mischte sich Pomponia ein, die sehr gut informiert war. »Mit fünfundzwanzig hatte er schon zehn Milliarden Sesterzen Schulden und musste Gallien erobern, um sie bezahlen zu können! Ihr wisst sehr wohl, dass er Servilia eine Perle zu sechs Millionen Sesterzen geschenkt hat, und Kleopatra ...«

»Ein Soldat braucht einer Frau keine Geschenke zu machen!«, unterbrach sie Fabricius.

»Apropos Geschenke, Aurelius: Der Stoff, den du mir geschickt hast, ist wunderschön«, sagte Plautilla und war sich ihrer Heimtücke nicht bewusst. »Er scheint bemalt zu sein, aber das Muster ist viel zu regelmäßig.«

»Es handelt sich um ein Verfahren aus Indien. Der Stoff stammt von der Insel Taprobane. Dort wird das Motiv in Holz geschnitzt, mit der gewünschten Farbe getränkt und anschließend wie ein Stempel auf den Stoff gepresst.«

»Sehr seltsam«, wunderte sich Plautilla.

»Anscheinend verwendet man noch weiter im Osten diese Technik auch für Schriftzeichen, so dass man von einer Schriftrolle mehrere Kopien anfertigen kann.«

»Was für ein Blödsinn! Manche Leute glauben aber auch alles! Solche Rollen gibt es nicht, das Papyrus würde zerreißen! Und überhaupt, wie könnt ihr nur glauben, dass ein wildes Volk da draußen Verfahren anwendet, die die Römer nicht kennen? Außerhalb der Grenzen des Reichs gibt es nichts als Barbarei!«, schimpfte der unheilbar patriotische Fabricius.

Zwei Diener waren mit einem riesigen silbernen Kochtopf eingetreten.

»Schauen wir einmal, was es gibt!«, rief Gneus, als er den schweren bemalten Deckel abhob und sich über den Topf beugte.

Der Alte verstummte, Mund und Augen vor Entsetzen weit aufgerissen.

»Wer war das?«, rief er mit erstickter Stimme.

Die mit Soße bedeckte Muräne auf dem Boden des dampfenden Topfs sah aus, als würde sie im Blut schwimmen.

»Ihr unsterblichen Götter ... Atticus!«, murmelte Plautilla erbleichend und legte die Hand auf den Magen.

»Lasst die Küchensklaven sofort auspeitschen!«, befahl Fabricius, während er versuchte, den erschrockenen Stiefvater zu stützen. In der Zwischenzeit war ein junger Diener völlig aufgeregt an den Tisch getreten.

»Herr, nicht hinsehen ...«

»Das ist deine Schuld, du Faulpelz«, zischte Secundus wütend. »Du bist es, der für den Tisch zuständig ist!«

Der Alte brachte ihn mit einem Wink zum Schweigen und erhob sich, während er sich von Fabricius' schützendem Arm befreite.

»Wer hat sich erlaubt, einem trauernden Vater einen solchen Streich zu spielen? Antworte, Silvius«, forderte er kaum hörbar.

»Keiner hat sich mit dir einen Scherz erlaubt, Herr. Du hast doch selbst befohlen, unseren Gästen zu Ehren nur das Beste aufzutischen. Die Muräne war gestern auf deine Anordnung hin aus dem kleinen Becken gefischt und die ganze

Nacht über in eine Lake aus Kräutern und Pflaumensaft ein-
gelegt worden. Den Sklaven war nichts anderes aufgetragen
worden, deswegen haben sie den Fisch gekocht.«

»Du gehässige Schlange, das hast du mit Absicht gemacht«, zischte Fabricius.

Doch Gneus' Aufregung schien sich bereits etwas gelegt
zu haben. »Es stimmt«, gab er zu und wischte sich mit der
Hand den Schweiß von der Stirn. »Ich habe vergessen, darauf hinzuweisen...«

»Und wie kommt es, dass du nicht selbst daran gedacht
hast, Silvius?«, fragte Tertia verächtlich. »Eigentlich sagt
man, du seist sehr intelligent.«

»Ein Sklave denkt nicht, Herrin, er gehorcht«, antwortete
Silvius, ohne den Blick zu senken.

Aurelius' wachsamem Ohr kam der Ton dieses Gesprächs
doch sehr vertraut vor. Ob Silvius der »Günstling«, der
junge Geliebte seines Herrn war? Gneus hatte in seiner Jugend den Ruf eines unverbesserlichen Frauenhelden, aber
wer weiß, die Geschmäcker ändern sich...

Silvius zog sich wieder zurück. Trotz seiner Worte war
ihm keine unterwürfige Demut anzumerken. Aurelius nahm
sich vor, seinen Sekretär ein bisschen spionieren zu lassen –
in diesem Haus gab es doch sehr seltsame Diener.

»Wie gnädig von dir, dass du dich endlich auch mal wieder
sehen lässt«, brummte Aurelius kurz darauf, als er seinen
unauffindbaren Sekretär erblickte.

»Ich habe mit den Sklaven Freundschaft geschlossen«,
antwortete der Grieche vage.

»Was hast du über ihre Besitzer herausgefunden?«, fragte
Aurelius, der wusste, dass Castor seine Zeit auf jeden Fall
gut genutzt hatte.

»Die Alte wird von allen gefürchtet und respektiert. Wie

du weißt, ist Plautius ihr zweiter Mann, nachdem Tiberius sie gezwungen hatte, sich von ihrem ersten Mann, General Marcus Fabricius, scheiden zu lassen, welcher der Vater des schönen Soldaten ist, den du beim Abendessen kennen gelernt hast. Plautius hatte dem Kaiser einen großen Gefallen getan, und die Ehe mit Paolina förderte seinen gesellschaftlichen Aufstieg. Sie hat wohl oder übel gehorcht, und man muss zugeben, dass sie sich als Ehefrau mustergültig verhalten hat.«

»Sie ist altmodisch, und ihrem ersten Mann ist sie auf allen Feldzügen gefolgt und hat zusammen mit den Soldaten in den Heerlagern gelebt«, erinnerte sich Aurelius.

»Wie Agrippina, die Ehefrau von Germanicus.«

»Stimmt, sie war Fabricius sehr verbunden. Für beide muss der kaiserliche Befehl zur Scheidung ganz furchtbar gewesen sein.«

»Er starb im Jahr darauf bei einem Hinterhalt in der Wildnis, wenn ich mich recht erinnere.«

»Nur deswegen konnte sich Paolina mit ihrem Schicksal abfinden. Aber du willst mir doch nicht etwa erzählen, dass sich deine Neugier nur auf die Hausherrin beschränkt hat?«, fragte Aurelius.

»Natürlich nicht. Wenn ich den Gerüchten der Sklaven glauben darf, ist Tertia im Lauf der Jahre noch großzügiger mit ihren Reizen geworden ...«

»Wer weiß, ob Sempronius Priscus ihr gewachsen sein wird.«

»Atticus glaubte nicht daran, und das umso weniger, als ihm aufgrund seiner Knauserigkeit ein adliger Schwager zu sehr zu Lasten der Bilanz des Familienvermögens zu gehen schien. Und dann gibt es noch die Witwe.«

»Helena?«, fragte Aurelius interessiert.

Castor massierte ihm zur Entspannung den Nacken. Dies

war mehr, als Aurelius in Abwesenheit von Nefer verlangen konnte, der wunderschönen ägyptischen Magd, für die er eine horrende Summe ausgegeben hatte.

»Diese Frau ist bei den Sklaven nicht gut angesehen«, erklärte Castor. »Sie gibt sich wie eine Königin, aber bevor sie hierher kam, besaß sie keinen Sesterz. Ich bezweifle, dass sie diesen langweiligen Atticus aus unstillbarer Leidenschaft geheiratet hat.«

»Und jetzt, wo er tot ist, wird es nicht lange dauern, bis sie sich ein anderes Huhn sucht, das sie rupfen kann. Was erzählt man sich denn über die Männer?«

»Atticus war ein ziemlich dumpfer Mensch und zudem sehr knauserig. Ihn interessierten nur zwei Dinge: Geld und seine neue Frau. Er lebte in der Angst, in Armut zu fallen und hintergangen zu werden.«

»Und Secundus?«

Mit gespieltem Schrecken legte sich Castor schnell die rechte Hand an die Leiste. »Sprich seinen Namen nicht aus, *domine*. Er bringt furchtbares Unglück!«

»Glaubst du an diesen Quatsch? Schlimmstenfalls könnte man annehmen, dass der arme Secundus seinem älteren Bruder Pech gebracht hätte«, widersprach Aurelius, während er sich erhob. »Auf jeden Fall hast du gute Arbeit geleistet. Du kannst dich jetzt in die Kammer nebenan zurückziehen. Ich bereite mich alleine für die Nacht vor.«

»Erwartest du Besuch?«, fragte Castor mit seiner üblichen Respektlosigkeit.

»Wir sind gerade erst angekommen, und schon gehst du davon aus, dass ich ein Mädchen verführt hätte? Das soll mir erst einmal jemand vormachen, eine Eroberung an einem einzigen Nachmittag.«

»Ich habe nur gefragt, weil ich deinen Ruf kenne … dann also gute Nacht, Herr.«

»Und schnarch nicht so laut, deine Kammer grenzt direkt an meine.«

»Oh, keine Sorge, *domine* – ich schlafe nicht hier.«

»Wo dann?«

»Beim ersten Dienstmädchen von Helena. Sie ist ein sehr angenehmer Mensch, und ich hatte den ganzen Nachmittag Zeit, um sie zu erobern.« Castor grinste triumphierend und verschwand im dunklen Flur, ohne Aurelius die Gelegenheit zu geben, ihn wegen dieser Frechheit zu rügen.

II

Fünfter Tag vor den Kalenden des November

In Gedanken an die schöne Helena ging Aurelius im Morgengrauen allein im Park spazieren.

Die Frau schien sich zwar nicht gerade in ihrem Schmerz zu verzehren, doch der Verlust ihres Mannes ging ihr auf jeden Fall nahe: Allerdings war wohl der Ärger darüber, dass sie ohne einen minderjährigen Erben keine Hand auf das Vermögen der Plautier legen konnte, vielleicht noch größer als der Kummer über den frühzeitigen Verlust ihres farblosen Gatten. Während des ganzen Abends jedenfalls war keine einzige Träne auf ihrem Gesicht zu sehen gewesen – schließlich ruiniert man sich durch Weinen die Augen. Sie mag vielleicht schön sein, aber gefallen tut sie mir nicht, kam Aurelius zum Schluss, fragte sich aber, ob er richtig damit lag.

Er ließ das *ambulatio* hinter sich, das zum Türmchen führte, und ging weiter Richtung See.

Als er das Wasser erreicht hatte, vergaß er plötzlich den Gedanken an Helena und überlegte, wie Atticus hier hatte ausrutschen können. Also begann er den Unglücksort zu untersuchen.

Es waren fünf rechteckige Becken, diejenigen nicht eingerechnet, die direkt vom See abgetrennt waren, eine Technik, die auch am Lucrino angewandt wurde. Seit Jahrhunderten zogen die anspruchsvollen Römer hier Muscheln, Austern und andere Leckereien, um sie immer und in reichlicher Menge zur Verfügung zu haben. Auch Gneus' als Sklave geborener Großvater hatte sich dafür krumm und bucklig gearbeitet, weshalb seine großen Hände ständig gestunken hatten. Zwei Generationen später jedoch konnte Aurelius das Ergebnis seiner Mühen betrachten, ein kleines Paradies an der Schwelle zur Unterwelt.

Aurelius kam an den runden Fischteich, in dem der Erstgeborene der Plautier seinen Tod gefunden hatte, und kniete nieder, um den Rand zu untersuchen. Über vier gemauerte Wege gelangte man zu einer Plattform in der Mitte, auf der bei großen Anlässen die Tafel gedeckt wurde, damit die Gäste die gleichen Fische lebendig und putzmunter beobachten konnten, die kurze Zeit später gebraten auf ihren Tellern lagen.

Während Aurelius immer noch am Rand kniete, kamen einige mit Körben beladene Sklaven, getrieben von den Befehlen ihres kräftigen Aufsehers. Offenbar hatte Atticus' Hand nicht gereicht, um den unersättlichen Appetit der hungrigen Muränen zu stillen, weswegen die Sklaven unter den wachsamen Augen ihres Aufsehers eimerweise lebendige, zuckende Beute ins dunkle Wasser warfen.

Plötzlich streckte eine mit scharfen Zähnen bewaffnete Muräne ihren Kopf aus dem Wasser, warf sich auf das Opfer und riss es in Stücke – im Nu war es verschlungen. Der lange Fisch zuckte einen Moment, dass sich die gesamte Wasseroberfläche kräuselte, und verschwand wieder.

»Schön, nicht wahr?«, meinte der Mann mit einem gewissen Stolz.

»Bist du der Fischzüchter?«, fragte Aurelius.

»Ich heiße Demetrius und bin für die Becken verantwortlich. Zu deinen Diensten, Herr!«, stellte er sich vor. »Es ist schlimm, was hier passiert ist!«

»Ja, ein böses Ende, das Atticus genommen hat. Das wünsche ich niemandem.«

»Und was noch schlimmer ist: Meine armen Muränen laufen Gefahr, krank zu werden!«, rief der Züchter besorgt. »Man glaubt immer, Menschenfleisch tue diesen Tieren gut, aber das stimmt nicht. Lassen Sie sich das von mir sagen, Senator, schließlich übe ich diesen Beruf schon mein ganzes Leben lang aus, Senator. Muränen müssen guten Seefisch fressen, um gesund zu bleiben. Vielleicht war Atticus krank, und meine Kleinen haben sich angesteckt.«

»Wie! Nach allem, was passiert ist, werden sie nicht getötet?«, wunderte sich Aurelius.

»Unmöglich! Dort unten schwimmt ein Vermögen. Verzeih mir, Herr, aber wenn sich einer deiner Verwandten mit einer Goldkette erhängte, würdest du sie fortwerfen? Mit Sicherheit nicht. Du würdest höchstens versuchen, sie zu verkaufen.«

»Sicher. Wie bedauerlich, dass die Muränen so schwer Verdauliches gefressen haben!«, rief Aurelius, verblüfft über die Naivität dieses Mannes.

Demetrius nickte, ohne die Ironie zu bemerken.

»Die Herrschaften müssten sich von den Becken fern halten mit ihrer ledernen Fußbekleidung. Siehst du, wie rutschig der Rand ist? Außerdem ist er schräg.«

Tatsächlich, der Steinrand erhob sich nur eine Handbreit über den Boden und war mit bräunlichem, klebrigem Schlamm überzogen.

»Ich kann mir vorstellen, dass hin und wieder ein Sklave ins Wasser rutscht«, überlegte Aurelius laut.

Demetrius kratzte sich ratlos den Kopf. »Das ist eigentlich noch nie passiert. Man muss nur ein bisschen aufpassen. Und warum sollte man sich auch hinüberlehnen? Die Fische kann man ganz gut von hier aus betrachten!«

»Warum trennt ihr nicht einen Teil des Sees ab und haltet die Fische dort?«, wollte Aurelius wissen.

»Weil das Wasser des Avernus tödlich ist. Auch die Seebarben und Goldbrassen würden durch die Schwefelgase sterben. Als die Griechen hier waren, gab es in dem See keinen einzigen Fisch. Schau dich doch nur um. Siehst du vielleicht Vögel, die über der Oberfläche fliegen?«

Aurelius nickte. Averno hieß auf Griechisch *a-ornon* – »ohne Vögel« –, dachte er und erinnerte sich an die Verse des Dichters Lucretius: »Wenn die Vögel kommen, fallen sie senkrecht ins Wasser und auf die Erde. Sie vergessen, mit den Flügeln zu schlagen.«

Seit Jahrhunderten sorgten die übel riechenden Gase dafür, dass sich, anders als an anderen Gewässern, keine Vögel am Ufer niederließen, um zu brüten. Die giftigen Schlote, die sich überall rund um den See auftaten, die dichten Wälder an den Seiten des alten Kraters und der seltsame Geruch in der Luft hatten zu der Legende vom Tor zur Hölle beigetragen. Der Avernus, die Heimat der unterirdischen *cimmerii*, das Reich der Toten, in das der fromme Äneas und der listige Odysseus hinabgestiegen waren, der leblose See der Griechen, der feierliche Ort, an dem die ältesten Sibyllen weissagten, nahm jetzt Rache an den nüchternen Römern, Tierzüchtern, Landwirten und Ingenieuren, die ihn in eine Hafenanlage und einen gemütlichen Ort der Erholung verwandeln wollten, ohne zu bedenken, dass es sich hier um heiliges Gewässer handelte.

Aurelius konzentrierte sich wieder auf Atticus.

»Deswegen habt ihr die Becken am Ufer gebaut.«

»Ja, einige Fische brauchen Salzwasser, andere Süßwasser. Zwei Becken werden direkt aus den Zisternen des Aquädukts gespeist«, fuhr Demetrius fort, glücklich, einen Zuhörer gefunden zu haben. »Und das Wasser steht nicht, sondern wird ständig ausgetauscht. Wir haben ein perfekt funktionierendes System zur Frischwasserzufuhr.«

»Kam Atticus oft hierher?«, fragte Aurelius aus Angst, sich noch eine ausführliche Erklärung über hydraulische Systeme anhören zu müssen.

»Niemals, was ja das Seltsame ist! Er wusste nur, wie man Rechnungsbücher führt. Im Gegensatz dazu ist Gneus ein wahrer Experte. Vor zwanzig Jahren, als er mit seiner zweiten Frau hierher kam, ließ er die gesamte Anlage modernisieren. In letzter Zeit jedoch hat er sich ausschließlich dem Haus gewidmet – heute ist es moderner und zweckmäßiger als jedes *domus* in der Stadt.«

»Und Paolina?«

»Die interessiert sich nicht für diese Dinge. Sie ist eine strenge, aber gute Herrin. Wenn einer der Bauern krank wird, heilt sie ihn mit ihren Kräutern und versucht ihn wieder auf die Beine zu bekommen, statt ihn schnell zu verkaufen, wie es bei anderen Herren üblich ist. Allerdings muss man bei ihr spuren, und das gilt nicht nur für uns Diener. Du müsstest mal die jungen Plautier sehen, wie sie ihr gehorchen, obwohl sie schon gestandene Mannsbilder sind. Sie hat sich um alle vier gekümmert, wie um ihren ersten Sohn, der jetzt General ist.«

»Du weißt ja eine ganze Menge. Arbeitest du schon lange hier?«

»Ich bin auf diesem Gut geboren.«

»Bist du Sklave?«

»Meine Mutter war Sklavin, ebenso wie ihre Mutter und die Mutter ihrer Mutter. Die Väter... wer weiß schon, wer der Vater eines Sklaven ist! Die Frauen der Dienerschaft gehören allen. Sicher kennst den Spruch, dass es keine Schande ist zu tun, was der Herr befiehlt. Ich bin der Erste aus meiner Familie, der freigelassen wurde, damals, als mir der Herr die Muränen anvertraut hat. Hier ist es nicht wie in Rom – die Landbesitzer kommen selten, um ihre Ländereien zu begutachten, und sie wissen nicht einmal, wie viele Menschen sie besitzen. Ich war in Capua, und ich weiß, wie es in der Stadt zugeht: Man kauft einen Sklaven, lernt ihn zu schätzen und schenkt ihm die Freilassung. Aber auf dem Land bleibt ein Sklave sein Leben lang ein Sklave, ebenso wie seine Kinder.«

»Sicher kommt es hier selten vor, dass ein Hausangestellter einmal Minister wird!«, meinte Aurelius und dachte an die von Kaiser Claudius Freigelassenen, die für die gesamte Staatsverwaltung zuständig waren.

»Ich hatte Glück, dass ich diesen Beruf erlernen konnte, weil mir Fische schon immer gefallen haben.«

»Mir auch«, log Aurelius schamlos und erstickte dabei fast an dem Gestank, der seinem empfindlichen Geruchssinn hart zusetzte.

»Willst du das Lager sehen?«, bot sich Demetrius an.

»Vielleicht ein andermal«, lehnte Aurelius ab und eilte in den Garten, wo er zwischen den Duftkräutern seiner Nase etwas Erholung gönnen wollte.

III

Dritter Tag vor den Kalenden des November

Am Tag darauf schlenderte Aurelius entlang des *canopus* zwischen den Lorbeerbäumen hindurch und dachte nach. Er hatte wenig Lust auf die gereizte Stimmung im Haus.

Seltsam, dass Atticus mitten in der Nacht zum Fischbecken gegangen war; ebenso seltsam war, dass er dort hineingerutscht sein sollte. Unwahrscheinlich war auch, dass er beim Ertrinken keinen Ton von sich gegeben und nicht versucht hatte, sich wieder zu befreien: Auf dem mit Algen bedeckten Schlamm am Rand des Fischbeckens waren keine Spuren zu erkennen, weder von seinem Versuch, sich zu retten, noch von seinem verzweifelten Todeskampf, den ein Mensch unter solchen Bedingungen mit Sicherheit ausgetragen haben musste.

In solche Überlegungen vertieft, hatte Aurelius nicht darauf geachtet, wohin er gegangen war, und war überrascht, als er, nachdem er die letzten Bäume hinter sich gelassen hatte, plötzlich vor dem großen Vogelteich stand, neben dem sich eine große Voliere erstreckte. Fasziniert beobachtete er das Schauspiel der Kraniche, Störche, Reiher und Flamingos, die sich, nicht nach Arten getrennt, in völliger Freiheit auf der glatten Wasseroberfläche tummelten. Ein Pfau, an Menschen gewöhnt, stolzierte an Aurelius vorbei.

»Mein lieber Aurelius!«

Die silberhelle Stimme kam aus einem kleinen Pavillon auf der Insel. Eilig ging er über den kurzen Steg und traf dort auf Nevia.

»Was machst du hier? Warum bist du nicht bei deiner Mutter?«

»Oh, ich konnte meinen Stiefvater nicht länger beweinen. Das hier ist meine Zuflucht. Ich komme oft hierher, wenn man sich nicht um mich kümmert. Um die Wahrheit zu sagen, ich fühle mich hier auf dem Land sehr wohl. Es wird schwer sein, nach Neapolis zurückzukehren.« Nevia machte einen Schmollmund.

»Ich verstehe nicht, warum du gehen musst. Als Witwe von Plautius hat Helena das Recht, so lange hier zu wohnen, wie sie will.«

»Nein, Mama will keinen Tag länger hier bleiben. Sie langweilt sich auf dem Land viel zu sehr – keine Feste, kein Theater, keine Freundinnen, mit denen sie tratschen kann.«

»Und was treibst du so den ganzen Tag? Hier gibt es niemanden in deinem Alter.«

»Doch: Silvius. Natürlich ist er nur ein Freigelassener ... und offenbar gefalle ich ihm nicht besonders. Schließlich bin ich nicht so schön wie meine Mutter.«

»Helena ist wirklich wunderschön«, meinte Aurelius wenig überzeugt. »Auch wenn sie etwas ausstrahlt, was mich nicht gerade anzieht.«

»Glaubst du das wirklich?«, lachte Nevia selbstgefällig. »Es gibt keinen Mann, dem meine Mutter nicht gefällt.«

»Und ob! Und zwar den Senator Publius Aurelius Statius!«, entgegnete er.

»Leise, lass sie das nicht hören – sie würde dich dafür hassen! Auf jeden Fall wird sie bald von hier verschwinden. Sie muss sich einen anderen Mann suchen.«

»Was ist mit dem ersten? Mit deinem Vater, meine ich.«

»Er wohnt in Neapolis, ist aber kein Mensch, der meine Mutter glücklich machen könnte. Er ist fröhlich und großzügig, aber auch chaotisch. Er beschäftigt sich mit einer Menge sonderbarer Dinge«, erinnerte sich Nevia mit einem Hauch des Bedauerns. »Ihm hat es sehr Leid getan, als ich die Stadt verlassen habe. Andererseits hätte er keinen Sesterzen für meinen Unterhalt gehabt. ›Ich will, dass du all die Möglichkeiten bekommst, die ich dir nicht bieten kann, Nevia‹, hat er gesagt. ›Gehe zu Plautius, er hat ein fabelhaftes Landhaus, und mit Sicherheit wird dich ein wichtiger und reicher Mann zur Frau nehmen.‹ Übrigens bist du ja ein echter Aristokrat. Ich verstehe jetzt, warum die arme Tertia sich in diesen alten Skandal hat hineinziehen lassen.«

»Was weißt du denn schon darüber, du kleiner Naseweis?«, fragte Aurelius verärgert.

Plötzlich sah er das Mädchen in einem ganz anderen Licht. Nevia gab sich wie eine erwachsene Frau, obwohl sie noch ein Kind war – die Menschen in ihrer Umgebung sprachen ganz offen miteinander, während sie davon profitierte, dass sich niemand um sie kümmerte und somit stillschweigend mehr lernte, als ziemlich war.

»Alle Plautierinnen haben eine Schwäche für dich, selbst Paolina!«, erzählte Nevia. Aurelius' Gesicht verzog sich zu einem breiten Grinsen. Die Worte des jungen Mädchens weckten seine Eitelkeit... mehr, als er bereit war zuzugeben.

»Wie alt bist du?«

»Fast sechzehn.« Sie blickte ihn provozierend an.

In diesem Augenblick machte Castor mit einem lauten Räuspern auf sich aufmerksam. »*Domine*... es tut mir Leid, wenn ich dich stören muss, aber Gneus Plautius bittet dich, in seine Bibliothek zu kommen«, meldete Castor mit einer übertriebenen Verbeugung, aber nicht ohne einen bewundernden Blick auf das Mädchen.

»Ich komme sofort«, sagte Aurelius und verabschiedete sich von Nevia. »Und du kommst auch mit«, befahl er seinem Sekretär, nachdem er dessen Interesse an dem Mädchen bemerkt hatte.

»Sicher, sicher«, murmelte Castor mit einem leisen Lächeln und folgte seinem Herrn.

»Übrigens habe ich dich auch gesucht. Du musst die Fußbekleidung suchen, die Atticus in der Nacht anhatte, in der er ertrunken ist.«

Castor versuchte die Aufgabe zu vermeiden. »Man hat sie bestimmt schon einem Sklaven geschenkt.«

»Es wird nicht einfach sein, sie zu finden. Bring sie mir, so schnell es geht. Ich will die Sohle untersuchen.«

»Was soll damit sein, Herr? Glaubst du, es stimmt etwas nicht mit diesem Tod? Alle sprechen von einem Unglück.«

»Weil es vielleicht manchmal günstiger ist, sich die Beute zu teilen, statt nach Rache zu schreien«, bemerkte Aurelius zynisch und machte sich auf den Weg zurück zum Haus.

Das als Bibliothek genutzte Zimmer ging zum Park hinaus, auf der halbrunden Veranda stand ein riesiger Lesetisch. Aurelius setzte sich gegenüber von Gneus Plautius auf einen großen Stuhl.

»Der Tod meines Erstgeborenen war ein schwerer Schlag für mich, Senator Statius. Zudem in dieser Art …«

»Er war deine rechte Hand, nicht wahr?«

Gneus nickte. »Atticus hat meine Güter gewissenhaft und kompetent verwaltet. Ein friedlicher Mensch ohne Launen. Ich weiß nicht, wie ich ohne ihn weitermachen soll. Aus der Familie hat nur Tertia ein Händchen fürs Geschäft, aber wenn ich ihr das Vermögen hinterlasse, heißt das, dass ich es all ihren zukünftigen Ehemännern in die Taschen stecke. Der

Adlige Priscus heiratet sie nur des Geldes wegen, das wissen wir, aber ich kann nichts dagegen tun. Sie brennt vor Verlangen, in die schöne Welt Roms einzutreten. Ich aber möchte nur einen Erben, der meinen Namen trägt und sich um das Landgut kümmert, also die Familientradition fortführt. Atticus wäre der perfekte Mann dafür gewesen. Er war ein besonnener, verantwortungsbewusster Mensch, der in seinem Leben nur eine Dummheit begangen hat – Helena zu heiraten. Aber er hatte sein ganzes Leben gearbeitet und seine erste Frau, diese Hexe, ohne Murren ertragen. Ich dachte, wenn er Helena so sehr will, dann geben wir sie ihm eben, damit er zufrieden ist! Deswegen habe ich die Scheidung von Nevius ausgehandelt und bin fast verblutet, als ich meine Schwiegertochter Priscilla auszahlen musste. Aber das bereue ich nicht, weil dadurch mein armer Sohn wenigstens in den letzten Monaten seines Lebens glücklich gewesen ist. Auch ich wollte damals Paolina um jeden Preis bekommen, als ich sie das erste Mal gesehen hatte, obwohl sie viel höher gestellt war als ich und zudem mit einem anderen verheiratet. Ich habe mich nicht getäuscht. Wie du siehst, leben wir seit zwei Jahrzehnten in perfekter Harmonie zusammen!«

Aurelius nickte voller Verständnis.

»Kommen wir zur Sache«, fuhr Gneus fort. »Ich muss ein Testament aufsetzen, in dem nach Abzug der Mitgift für Plautilla das gesamte Vermögen an Secundus geht in der Hoffnung, dass er nicht alles in den Sand setzt, so gedankenlos, wie er ist. Weder meine Tochter noch ihr zukünftiger Mann können weitere Ansprüche erheben, nachdem sie ihren Anteil erhalten hat. Ich hoffe, dass diese leichtsinnige Frau damit einen Anreiz hat, diese Ehe ein bisschen länger aufrechtzuerhalten als die anderen.«

Aurelius hatte seine starken Zweifel daran, behielt sie aber lieber für sich.

»Dies ist die Liste des Nachlasses: zweihunderttausend Sesterzen für meinen Stiefsohn Lucius Fabricius, zehntausend Sesterzen für den Freigelassenen Demetrius, den Fischzüchter...«

Aurelius machte sich mit dem Griffel Notizen auf die Wachstafel.

»...und eine halbe Million für den Freigelassenen Silvius, den ich zum Verwalter des Landgutes ernenne.«

Aurelius hob verwundert die Augenbrauen. War der Junge, den er vor einigen Abenden gesehen hatte, wirklich der Geliebte von Gneus? Wie ließe sich sonst ein derart hoher Erbteil für einen noch nicht Zwanzigjährigen erklären?

Ohne eine Bemerkung darüber zu machen, notierte sich Aurelius die Wünsche des Alten. Doch sobald er die Bibliothek verlassen hatte, machte er sich gleich wieder auf die Suche nach Castor.

Diesen fand er in der Kammer neben der von Helena, wo er einer Magd mit großem Eifer dabei half, die beste Tunika ihrer Herrin anzulegen.

»Castor, ich will alles über Silvius wissen!«, forderte Aurelius in schroffem Ton. »Und beeil dich! Dieses Mädchen kann sich sehr gut alleine anziehen.«

»Auf Wiedersehen, Xenia, die Pflicht ruft«, verabschiedete sich Castor theatralisch. Aurelius war schon auf dem Weg zu seiner gut informierten Freundin Pomponia.

Als er ihr Zimmer betrat, saß sie mit dem Rücken zu ihm auf einem Stuhl, der breit genug war, um ihr beträchtliches Gewicht zu tragen. Um sie herum standen drei Mägde, die ihr Haar kämmten und sich an einer Locke zu schaffen machten, die nicht so hängen blieb, wie sie sollte.

»Meine liebe Pomponia... ihr Götter des Olymp, was ist das für eine Krankheit?«, rief Aurelius erschrocken, als sie

81

sich umdrehte und ihm ihr grünlich-fettiges Gesicht zeigte. Aus der schleimigen, tropfenden Maske, die ihm an Stelle des Gesichts entgegenblickte, tönte Aurelius eine zwar leicht veränderte Stimme entgegen, die jedoch ohne Zweifel Pomponia gehörte.

»Es ist eine der Schönheitsmasken von Plautilla, sie macht die Haut samtweich. Sie enthält grünen Lehm, Minze, Honig und den Saft von Steinmardermandeln. Ein wahres Wunder!«

»Heilige Artemis«, murmelte Aurelius.

»Eigentlich dürftest du hier gar nicht zuschauen. Männer dürfen sich nur an dem Ergebnis erfreuen«, wies ihn Pomponia zurecht.

Aurelius rümpfte die Nase. Tertia Plautilla musste ihrer Freundin einige geheimnisvolle Bestandteile in dieser Matsche verschwiegen haben. Anders konnte er sich den penetranten Gestank nach faulem Fisch nicht erklären, der sich in Pomponias mit Fläschchen und Tiegeln vollgestelltem Zimmer breit gemacht hatte.

»Willst du sie als Aphrodisiakum verkaufen?«, fragte Aurelius verblüfft.

»Sicher. Es ist schade, dass Servilius heute Abend nicht da ist, damit wir die ungewöhnliche Wirkung dieser Salbe an ihm ausprobieren können.«

Aurelius dankte den Göttern für ihre Güte, durch die es seinem empfindsamen Freund, dem Gatten der Dame, erspart geblieben war, sich einer derart schwierigen Prüfung zu unterziehen, und stellte sich neben Pomponia, die die frisierenden Mägde quälte.

»Diese Locke muss viel höher! Die Haare müssen aussehen wie Meereswellen im Sturm.«

Mit der ergebenen Geduld eines Menschen, dessen Familie seit Generationen als Sklaven arbeitete, versuchte die arme *cosmetica* erneut, die aufmüpfige Locke zu zähmen.

»Meine beste Freundin«, fuhr Aurelius endlich fort. »Ich brauche dich und deine Fähigkeiten, damit du so viel wie möglich über diese Familie herausfindest.«

»Gibt es einen Grund, der dich dazu treibt, diese Dinge wissen zu wollen – abgesehen von dem berechtigten und normalen Interesse am Leben seiner Mitmenschen?«, fragte Pomponia.

»Nur eine Ahnung…«

»Ach, ja?«, meinte Pomponia neugierig. Mit einem heftigen Wink entließ sie die Mägde, die ihrem Retter einen dankbaren Blick zuwarfen.

»Vielleicht ist Atticus nicht von alleine in das Becken gefallen, vielleicht hat ihn jemand gestoßen«, begann Aurelius.

Pomponia fuhr zusammen, und die hart gewordene Lehmschicht schaffte es nicht, ihrem Gesicht zu folgen. Ein guter Teil des grünen, noch nicht ganz trockenen Matsches platzte von ihren Wangen ab und landete in hohem Bogen auf Aurelius' fleckenloser Tunika – genau auf der Stelle, die von geschickten Händen in monatelanger Arbeit eifrig bestickt worden war.

»Oh, das tut mir Leid.«

»Das macht nichts, ich gehe es abputzen.«

»Es wird leider nicht mehr rausgehen«, entschuldigte sich Pomponia schuldbewusst.

Aurelius eilte in sein Zimmer, um sich umzuziehen. Der sonst unauffindbare Castor war diesmal nicht weit – aus der angrenzenden Kammer drang Xenias unmissverständliches Glucksen.

Genervt wollte Aurelius einschreiten, als er auf dem Boden das Paar Sandalen entdeckte, das leider schon gründlich geputzt worden war.

Mit diesen Sandalen kann man wohl kaum ausrutschen, dachte er, als er über die genarbte Sohle strich. Zufrieden darüber, dass seine Zweifel bestätigt worden waren, ließ er seinen Sekretär in Frieden.

IV

Vorabend der Kalenden des November

Aurelius, in seine feierliche Toga gehüllt, stand in der Mitte des *peristylium* und hoffte, dass Gneus endlich mit der Trauerfeier beginnen würde.

Er hatte eine eher schlichte Zeremonie erwartet, da die Plautier Plebejer waren und keiner aus der Familie ein öffentliches Amt bekleidete, doch er hatte nicht mit den gesellschaftlichen Ambitionen des *pater familias* gerechnet, der sich für seinen Altar der Laren die Bilder der adligen Verwandten seiner Frau besorgt hatte, die er jetzt zu Ehren seines Erstgeborenen vorbeiziehen lassen wollte. Auch die Anzahl der Klageweiber kam dem Senator übertrieben vor. In Unmengen strömten sie in Trauerkleidung und schrille Schreie ausstoßend von den umliegenden Ländereien und sogar aus Cumae herbei, angelockt von der großzügigen Bezahlung, die ihnen der Hausherr für ihren Trauerdienst geboten hatte.

Auf Grund seiner vier Jahrhunderte alten Familie aus Konsuln und Senatoren kam Aurelius diese Anmaßung ziemlich lächerlich vor. Doch Aurelius wusste, dass Plautius nicht nur großen Wert auf seine Anwesenheit bei der Trauerfeier legte, sondern auch darauf, dass er in seiner feierlichen Amtskleidung erschien.

Er nutzte die Wartezeit, um sich die Arbeit des geschickten Pallas etwas genauer anzusehen. Er hatte den kleinen

Maler schon am ersten Tag auf dem Gerüst im *peristylium* bemerkt und seitdem aus der Ferne beobachtet, wie er die Schablonen für die Fresken vorbereitete, sie auf dem Putz befestigte und mit Ruß bestreute. Der kleine Künstler machte sich gerade daran, mit dem Pinsel den ersten Entwurf zu übermalen, um anschließend die zweite Schicht Kalk aufzutragen. Wer weiß, ob Pomponias Gemisch ebenso wirkungsvoll war, fragte sich Aurelius und trat näher.

»Später, später, sonst trocknet mein Impasto an!«, verjagte ihn der Maler, kaum größer als eine Elle und deutlich behindert durch einen großen Buckel, der seine Wirbelsäule verkrümmte. Ein schreckliches Schicksal, dachte Aurelius; zum Glück war der Arme ein begnadeter Maler. Seine Figuren nämlich waren kühn und einzigartig. Es gab weder mythologische Szenen noch großartige Panoramen, sondern nur kleine Bilder, die mit Schnörkeln untereinander verbunden waren wie Teile eines großen Mosaiks.

Der Pinsel strich über eine nur schwach angedeutete Skizze einer Chimäre. Aus der Nähe konnte man kaum erkennen, um was es sich handelte, erst aus etwa zehn Schritt Entfernung ließ sich das Bild in seiner ganzen genialen Pracht bewundern.

Nachdem Pallas das Ungeheuer fertig hatte, überarbeitete er eine entzückende Theatermaske. Um diese herum waren, scheinbar ohne Verbindung zueinander, andere außergewöhnliche Figuren angeordnet – ein exotischer Vogel mit großer Haube, eine nackte Amorette mit einer Panflöte und der geflügelte Ikarus, der gerade in die Fluten stürzte.

»Wer hat dir diese Technik beigebracht?«, fragte Aurelius voller Bewunderung.

Der kleine Krüppel hatte seine letzten Figuren beendet und war vom Gerüst gestiegen. Mit dem schmutzigen Ärmel wischte er sich den Schweiß von der Stirn.

»Ich habe bei einem gewissen Fabullo gelernt. Ein guter Maler. Eine Weile haben wir zusammen gearbeitet.«

»Dies ist eine völlig neue Art zu malen«, stellte Aurelius fest.

»Gefällt sie dir? Gewöhnlich sind die Kunden enttäuscht. Ich male immer, was mir gerade in den Sinn kommt, und ich weiß nie, wie es am Ende aussehen wird. Es macht mir Spaß, mir nicht vorhandene, absurde und komische Dinge vorzustellen. Vielleicht, weil ich ebenfalls ein Witz der Natur bin«, sagte er lachend.

»Ich bin gerade dabei, mir ein Haus auf Pithecusae zu bauen, und vielleicht möchtest du ja auch für mich arbeiten«, schlug Aurelius vor.

Stolz wollte sich der kleine Maler größer machen, als er war. »Ich muss aber gleich sagen, dass ich teuer bin und gut behandelt werden möchte. Ich brauche ein eigenes Zimmer und eine Sklavin, die mir zur Verfügung steht. Ich habe zwar einen Buckel, aber auch meine Bedürfnisse.«

»Du wirst dein eigenes Zimmer und hervorragendes Essen bekommen«, versprach Aurelius, amüsiert über die Dreistigkeit des Malers.

»Und die Frau? Ohne eine Frau arbeite ich nicht, sonst fehlt mir die Inspiration.«

»Selbstverständlich«, versicherte ihm Aurelius, fragte sich aber, welcher seiner schönen Sklavinnen er das schwere Opfer abverlangen könnte.

»Hier haben sie mir eine altersschwache Köchin gegeben. Und das einem Künstler wie mir! Außerdem hat sie Mundgeruch.«

Aurelius seufzte resigniert angesichts der Ansprüche des kleinen Malers – er würde die Sklavin freilassen müssen, der er diese Last aufbürdete.

In diesem Augenblick betrat Pomponia in ihrem tadel-

losen Trauergewand das *peristylium* und gab Aurelius ein
Zeichen, dass die Trauerfeier beginnen würde.

Aurelius eilte zu ihr.

»Aber sie muss gut beieinander sein, die Frau!«, rief ihm
der Zwerg hinterher. Pomponia drehte sich erstaunt um,
während Aurelius sein Grinsen kaum unterdrücken konnte.

»Komm, Aurelius«, forderte ihn Paolina mit ernster Miene
auf. »Ich bin alleine, mein Mann hat sich in der Bibliothek
eingeschlossen. Ich weiß nicht, wie er es geschafft hat, die
ganze Trauerfeier durchzustehen. Ich will dir schnell etwas
zeigen, was mich ein bisschen beunruhigt.«

Paolina ging zu einem Möbelstück und griff nach einem
silbernen Kelch, aus dem sie einen seltsam geformten Anhänger nahm, den sie Aurelius reichte.

Dieser betrachtete ihn sich genau. Es war eine wunderschöne Kamee aus blutrotem Jaspis, der Hintergrund bestand aus einem gravierten blauen Chalzedon. Das Bild
zeigte den Kopf einer Göttin, vielleicht der Pallas Athene.
Die herrliche Miniatur war von seltener Feinheit; der in allen
Einzelheiten sorgfältig geschnitzte Kopf der Göttin trug ein
Diadem aus dem gleichen blauen Stein wie der Hintergrund.

»Das ist ein hervorragend gearbeitetes Stück«, meinte
Aurelius mit Kennerblick.

»Diese Kamee gehörte zum Schmuck von Appiana, Plautius' erster Frau. Sie stammte aus bescheidenen Verhältnis-
sen und hatte eine Schwäche für Ketten, vielleicht, weil sie
als junges Mädchen keine besessen hatte. Sieh mal.« Sie
zeigte ihm den kleinen Schatz – Armbänder aus Gold und
Onyx, Anhänger aus Bernstein und Chrysopras, Fibeln aus
Malachit und Lapislazuli. Keine Smaragde oder Rubine, wie
Aurelius feststellte, sondern nur harte Steine, die gekonnt
mit Intarsien zu Bildern, Blumen und mythologischen Tieren

geformt waren. Ein seltsamer Geschmack, fast schon barbarisch, trotz der eleganten Verarbeitung. Voller Bewunderung nahm Aurelius einen Korallenring in die Hand, in den zwei ineinander gefaltete Hände eingraviert waren.

»Hübsch, nicht? Zur Zeit von Appiana waren sie in Mode. In diesem Kästchen gab es noch einen anderen, aus roter Muschel. Wer weiß, wo er geblieben ist…«, sagte sie, während sie im Schmuck herumwühlte. »Aber sieh dir doch einmal die Kamee etwas genauer an.«

»Was ist daran so Besonderes?«

Wortlos strich Paolina mit leichtem Druck über den blauen Anhänger. Er war nämlich nicht, wie es schien, aus einem Stück gefertigt, sondern teilte sich in zwei dünne Plättchen mit einem kleinen Hohlraum dazwischen.

»Es ist ein Behälter«, stellte Aurelius ohne große Verwunderung fest. Damen trugen gerne geheime Erinnerungen an eine alte Liebe bei sich – Briefe, Gedichte oder Haarsträhnen. Und auch in diesem Schmuckstück klemmte im hohlen Deckel ein dünnes, gefaltetes Blatt Pergament.

Aurelius zog es vorsichtig heraus und faltete es auf. In winziger Schönschrift waren einige Zeilen auf Griechisch darauf geschrieben:

Es verwelken die Äste
der im Garten gepflanzten Bäume.
Fische, Vögel und Insekten
lassen ihre Früchte verfaulen.
Doch der Pflaumenbaum im Gemüsegarten,
befruchtet von demselben Blütenstaub,
begossen mit demselben Wasser,
wächst stolz in die Höhe,
und das ganze Haus nährt sich von seinen Früchten.

»Das ist kein Gedicht, das Metrum wird nicht eingehalten«, stellte Aurelius fest. »Es ist eher eine Wahrsagung.«

»Appiana war abergläubisch – sie glaubte an jede Art von Prophezeiung, und sie hat sich nicht nur an verschiedene Wahrsager gewendet, sondern auch an die Sibylle von Cumae. Von der Stadt aus gelangt man ganz einfach zur Höhle der Pythia, durch den Tunnel des Cocceius«, erklärte Paolina.

Aurelius nickte. Zur Zeit des letzten Bürgerkriegs hatte Agrippa einen knapp eine Meile langen Tunnel durch den Berg hauen lassen, der den Krater mit der Außenwelt verband. Durch diesen Tunnel war auch das Holz aus dem Silva Gallinaria transportiert worden, das für die Hafenanlage am Avernus gebraucht wurde.

»In den phlegräischen Feldern wimmelt es nur so von heiligen Grotten, die von alten Hexen bewohnt werden. Man sagt, dass hier das Volk der geheimnisvollen *cimmerii* wohnt, die Homer erwähnt«, erinnerte sich Aurelius.

»Die wilden Unterirdischen, die das Sonnenlicht nicht ertragen. Ja, dieser Ort eignet sich für die finstersten Mythen und Legenden. Die Griechen dachten, dass sich hier das Tor zur Unterwelt befindet«, fuhr Paolina fort.

»Und Vergil hat hier die Reise ins Jenseits von Äneas angesiedelt. Wann hast du eigentlich diesen Orakelspruch gefunden?«, fragte Aurelius, der das Gespräch wieder in die richtige Bahn lenken wollte.

»Gleich, als ich hierher gekommen bin – vor achtzehn Jahren. Ich habe ihn meinem Mann gezeigt, der ihm aber keine Bedeutung beigemessen hat. Jetzt allerdings, angesichts dessen, was passiert ist …«

Aurelius blickte sie verständnislos an. »Meinst du, du weißt, was es bedeuten könnte?«, fragte er zweifelnd.

»Atticus ist von den Fischen gefressen worden«, flüsterte Paolina.

»Fische, Vögel, Insekten... das ist sehr vage. Außerdem ist dein Stiefsohn ertrunken. Ich verstehe dich nicht, Paolina – du bist eine kluge, vernünftige Frau, die sich nicht so leicht beeindrucken lässt. Ich kann nicht glauben, dass du Angst vor Prophezeiungen hast. Oder fürchtest du dich vor etwas anderem?«

»Wovor sollte ich mich fürchten?« Paolina wich dem Blick des Senators aus. Trotz ihrer sicheren Stimme konnte sie ihre Unruhe vor Aurelius nicht ganz verbergen.

»Ein Mann wird tot im Muränenbecken gefunden. Niemand hat gehört, dass er um Hilfe gerufen hätte, und niemand weiß, warum er überhaupt dort war. Zudem trug er Sandalen, mit denen er eigentlich nicht ausrutschen konnte, und es gibt keine Anzeichen, dass er versucht hatte, sich am Beckenrand festzuhalten. Meinst du nicht, dass dies genügend Gründe sind, um Zweifel zu haben?«

Nachdenklich wich Paolina einen Schritt zurück.

»Was du sagst, überrascht mich nicht, Aurelius. Ich bin zwar alt, aber nicht völlig dumm. Aber es ist undenkbar.« Sie schüttelte den Kopf.

»Warum? Vielleicht hat Atticus jemandem Unrecht getan.«

»Das glaube ich eigentlich nicht. Als Mensch war er viel zu fade, um jemandem Unannehmlichkeiten zu bereiten«, schloss Paolina aus.

»Wem nützt dann also sein Tod?«

»Das ist der Punkt – niemand hat einen Vorteil dadurch. Secundus ist der Alleinerbe, aber wenn du ihn so kennen würdest, wie ich es tue, wüsstest du, dass ihn die Sache nicht nur nicht interessiert, sondern ihm auch eine Menge Probleme bereitet. Er hat keine Lust, sich mit praktischen Dingen zu beschäftigen. Dank Atticus, der das Landgut verwaltet hat, konnte er sich mit seinen Spinnereien beschäftigen, während er jetzt einen Haufen Verantwortung aufgebürdet bekommt. Und das ist das Letzte, was er will.«

»Dann also die Witwe...«

Paolina ging den Gedanken schweigend durch.

»Die Frau gefällt mir zwar nicht, aber ich darf durch meine Abneigung den Blick für die Realität nicht verlieren. Auch ihr wäre Atticus lebendig sicher von größerem Nutzen gewesen, zumindest bis zu dem Tag, an dem sie ihm einen Sohn geboren hätte. Und dann müssten auch Plautilla, Fabricius und ich verdächtig sein. Als ich dich hierher gebeten habe, hoffte ich, dass du meine Zweifel zerstreuen könntest, doch du bestätigst sie noch!«, rief sie verärgert. »Hilf mir, Aurelius«, bat sie ihn gleich darauf in sanfterem Ton. »Ich bin ganz allein auf mich gestellt. Gneus ist schwach, auch wenn er so selbstsicher wirkt, und es gibt keinen, dem ich mich anvertrauen kann. Ich schätze dich sehr, und ich kannte deine Mutter sehr gut.«

»Wahrscheinlich besser als ich«, entgegnete Aurelius, ohne ein Gefühl für die Frau zu empfinden, die ihn geboren hatte. »Ich hatte in meinem Leben wenig Gelegenheit, ihr zu begegnen.«

»Du ähnelst ihr in vielem. Sie war eine harte Frau und konnte sich sehr unbeliebt machen, wenn sie wollte«, erzählte Paolina mit einem Lächeln.

»Ich nehme an, dass sie dies oft wollte«, schnitt ihr Aurelius, dem das Thema nicht sehr behagte, das Wort ab.

Paolina schüttelte den Kopf. »Sei nicht so streng, Aurelius. Du hattest ein schwieriges Leben, aber glaubst du, dass meins besser war? Mein Mann Marcus starb ein Jahr nach unserer erzwungenen Scheidung. Ich hatte ihn mit vierzehn geheiratet, er war siebzehn, und wir kannten uns, seit wir Kinder waren. Wir haben mitten unter den Barbaren im trostlosen Norden gemeinsam beim Heer gelebt. Ich habe ihm vier Kinder geschenkt, von denen nur Lucius überlebt hat. Wir hatten uns geschworen, uns nie zu trennen, doch Gneus Plautius entriss mich ihm mit Hilfe von Tiberius. Hätte er das nicht getan, wäre ich an seiner Seite gewesen, als er in Germania fiel. Ich habe meinem zweiten Mann mit Hingabe gedient, obwohl ich mein Leben lang bedauert habe, dass ich nicht bei Marcus war, als die Rebellen über die Garnison im Wald herfielen und alle abschlachteten.«

»Und jetzt?«

»Seit zwanzig Jahren bin ich Gneus' Frau. In guten wie in schlechten Zeiten sind wir zusammen geblieben wie ein gutes Ehepaar – es ist meine Pflicht, ihn zu schützen.«

»Vor wem?«, fragte Aurelius leise.

Paolina schüttelte schweigend den Kopf.

An der Tür drehte sich Aurelius noch einmal um. »Wie war meine Mutter wirklich?«

»Willst du die Wahrheit hören oder eine gefällige Lüge?« Aurelius wartete.

»Sie war eine gnadenlose Egoistin. Du brauchst ihr nicht nachzuweinen«, antwortete sie prompt und schloss die Tür.

V

Kalenden des November

»Großartig!«, rief Aurelius voller Bewunderung für die Vögel in der Voliere. Secundus jauchzte innerlich, sein Gesicht zeigte einen Hauch stiller Zufriedenheit, während Aurelius mit dürftigem Ergebnis versuchte, ihn sich als niederträchtigen Brudermörder vorzustellen.

»Das ist noch nicht alles – der Garten wimmelt von Spechten und Raubvögeln, die ich höchstpersönlich hier ausgesetzt habe, damit sie in völliger Freiheit leben. Nachts hört man die Kauze und Schleiereulen rufen«, durchbrach der leidenschaftliche Ornithologe plötzlich die Stille.

Ich habe den richtigen Hebel gefunden, beglückwünschte sich Aurelius im Stillen. Der Mann öffnet sich, wenn er von seinen geliebten Vögeln spricht.

»Du bist nicht abergläubisch, oder?«, fragte er, während er Secundus dabei zusah, wie dieser zwei Käuzchen streichelte. Die *quirites* hielten Käuzchen für Unglücksboten und meinten, ihr schauriger Ruf würde eine bevorstehende Schlacht ankündigen.

»Nein, wirklich nicht! Tiere sind nicht böse. Sie töten, um ihren Hunger zu stillen. Das ist ein Naturgesetz. Menschen bringen ihresgleichen aus weit weniger gerechtfertigten Gründen um. Ich wette zum Beispiel, dass Fabricius an einem Kriegstag mehr Lebewesen umgebracht hat als meine

Turmfalken in ihrem ganzen Leben!«, behauptete Secundus. Im Eifer nahm sein Gesicht denselben Ausdruck wie seine Falken an.

Weil er so eng mit diesen Vögeln zusammenlebt, sieht er wirklich schon ganz so aus, wie sich das gemeine Volk einen Unglücksboten vorstellt, überlegte Aurelius. Nun war ihm klar, warum der traurige und einsame Spross von Gneus Plautius in einem so finsteren Ruf stand.

»Gehen wir hinein«, schlug Secundus vor und öffnete die Käfigtür. »Hier halte ich die exotischen Arten, die eine besondere Pflege brauchen. Ach ja, pass auf die kaputte Stufe auf, damit du nicht fällst!«, warnte er Aurelius in dem Moment, als dieser bereits böse strauchelte und flach auf das Vogelfutter aus Kleie fiel.

Und was wäre, wenn Castor doch nicht Unrecht hätte und Secundus nicht so unschuldig wäre, wie er eigentlich wirkte, überlegte Aurelius, während er wieder aufstand und sich endgültig von seiner wertvollen, nun mit Federn und Mist verklebten Toga verabschiedete. Seine Zweifel lösten sich im Nu auf – als guter Epikureer wies er diesen absurden Gedanken weit von sich. Trotzdem trat er in einem Anfall übertriebener Vorsicht einige Schritte zurück.

»Hast du dir weh getan?«, fragte Secundus besorgt.

»Nicht der Rede wert«, versicherte ihm Aurelius und hielt sich in gebührendem Abstand. Er hatte sich gerade aufgerichtet, als sich ein seltsamer Vogel mit gescheckten Flügeln auf seine Schulter setzte.

»*Caa… caaveee…*«

»Was für ein komischer Vogel!«, meinte Aurelius und zeigte auf den gebogenen Schnabel. Das Tier hielt seinen Kopf graziös geneigt, als betrachtete es den Neuankömmling neugierig.

»Er heißt *psittacus* und stammt aus Afrika. Man sagt,

dass Kaiserin Livia einen halte und ihn in einem Fresko in ihrem *tablinum* abbilden ließ. Sie können sehr gut menschliche Laute nachahmen, und Augustus hat immer großzügig Münzen verteilt, wenn einer von diesen seltsamen Vögeln ihn begrüßt hat.«

»*Caaveee… caaa…*«, gurrte der Papagei.

»Was will er sagen?«

»*Cave canem.* Ich will ihm beibringen, dass er in der Pförtnerloge die Gäste begrüßt.«

»Ach ja, neben dem Mosaik! Aber gibt es denn tatsächlich einen Wachhund am Eingang?«

»Ja, allerdings ist er schon sehr alt und fast blind. In Wirklichkeit wird das Haus von einer ganzen Meute Hunde bewacht, die wir abends an die Umgrenzungsmauer ketten. Aber ich mag keine Hunde, sie gleichen zu sehr ihren Herren. Sieh dir doch lieber diese hier an!« Er zeigte auf einen Schwarm lärmender Vögel. »Sie kommen von den Inseln vor Mauretanien und singen göttlich. Ich habe einige hübsche, leuchtend gelbe Paare ausgesucht, die besonders fruchtbar sind.«

»Wo du so viel über Vögel weißt, weißt du sicher auch am besten, wie man sie zubereitet.« Aurelius wollte dem fanatischen Züchter eigentlich ein Kompliment machen, doch im gleichen Augenblick wurde ihm klar, dass er einen Fehler begangen hatte. Secundus' Gesicht erstarrte vor Wut, als hätte Aurelius vorgeschlagen, das neugeborene Töchterchen in der Pfanne zu braten.

»Natürlich nehmt ihr zum Essen andere Tiere!«, versuchte Aurelius den Schaden wieder gutzumachen.

»Die Hühnerställe sind gleich neben den Unterkünften der Sklaven«, erklärte Secundus kalt. Sein Blick drückte die Verachtung eines zu Unrecht zum Tode verurteilten Ehrenmannes aus, der seinem Henker gegenübertritt. »Zum Essen gibt es alles, was man sich wünschen kann, und die umliegenden Wälder sind voller Wild, einschließlich Hirsche und Wildschweine ... für den, der gerne auf die Jagd geht, versteht sich.«

Diesmal wusste Aurelius gleich, dass von seiner Antwort das künftige Verhältnis mit diesem seltsamen Menschen abhing.

»Auf die Jagd? O nein, das ist absolut nichts für mich!«, versicherte er, ohne lügen zu müssen. Doch zur Sicherheit fügte er noch einige wenig wohlwollende Bemerkungen über Wilderer und Vogelfänger hinzu. Dadurch schien er bei Plautius Secundus, der sich etwas beruhigt hatte, wieder im Ansehen zu steigen.

»Natürlich esse ich so wenig Fleisch wie möglich«, erklärte Secundus.

»Sicher«, stimmte Aurelius gar nicht so sicher zu. »Es wäre furchtbar, diese eleganten Exemplare aufzuziehen, nur um den Gaumen zu kitzeln!«, fügte er hinzu. Ihm lief das Wasser im Mund zusammen, als er an den saftigen Flamingobraten dachte, den sein Koch Ortensius in Rom mit Lauch und Koriander zuzubereiten pflegte. In der Zwischenzeit versuchte er vergeblich, sich gegen einen lästigen Reiher zur Wehr zu setzen, der ihm mit seinem spitzen Schnabel den Riemen der Sandalen aufreißen wollte.

»Ist ja schon gut, Catilina«, wies ihn Secundus in liebevollem Ton zurecht.

»Catilina?« Aurelius war erstaunt.

»Ein Name wie jeder andere«, versicherte Secundus. Aurelius unterdrückte sein Verlangen zu fragen, wie Secundus wohl einen Storch nennen würde.

»Also geht niemand von euch auf die Jagd.«

»Doch, Fabricius, natürlich. Wenn er nicht töten kann, fühlt er sich nicht wohl. Richtige Soldaten nutzen doch jede

Gelegenheit, um ihre Männlichkeit unter Beweis zu stellen! Wenn sie sich wenigstens damit begnügen könnten, nur Wild zu jagen!«, zischte er boshaft.

Endlich kamen sie zur Sache, dachte Aurelius. Obwohl das lange Gespräch seine Lücken in Naturkunde schloss, hatte er noch nichts Wesentliches erfahren.

Heimlich schubste der Senator mit einem leichten Tritt den Reiher zur Seite, der sich an seinem großen Zeh zu schaffen machte, nachdem er den Riemen seiner Sandale ruiniert hatte. Er wollte Secundus' Ausbruch über dessen kriegerischen Stiefbruder nutzen.

»Der General residiert in diesem Turm, wenn er unser Gast ist – damit er sich nicht zu sehr mit der Ple…. abgeben muss«, erklärte Secundus sauer, während er auf den Pavillon zeigte, der am Ende des langen überdachten Gangs zwischen den Bäumen emporragte. »Bis vor einigen Monaten kam er nur sporadisch und kurz zu Besuch. Und wenn ich ehrlich bin, hat uns das nicht sehr weh getan. Aber seit Atticus diese andere Frau – wer weiß warum – geheiratet hat, war ihm unsere bäuerliche Gesellschaft gar nicht mehr so unangenehm.«

»Willst du damit vielleicht sagen, dass…«, flüsterte Aurelius voller Neugier.

»Meine Schwägerin Helena war in der Nacht, in der Atticus starb, nicht in ihrem Zimmer!« Die Worte kamen so gepresst, als wollte sich Secundus von einer Last befreien. »Ich hatte schon öfter gesehen, wie sie zum Turm ging, wenn Fabricius hier war. Ich könnte mir denken, dass sie ihren Geliebten gebeten hat, sie von ihrem Mann zu befreien, oder vielleicht stecken die beiden ohnehin unter einer Decke. Kommt es dir nicht seltsam vor, dass mein Bruder auf so ungeschickte Weise ertrunken sein soll? Er kannte die Becken sehr gut und wäre nie aus Versehen hineingerutscht.«

»Das ist eine schwere Anschuldigung«, überlegte Aurelius. »Kannst du das beweisen?«

»Warum sollte ich das tun? Das würde nichts nützen. Frauen sind doch alle gleich, auch die besseren und weniger verdächtigen – sie lernen schon früh, Männer an der Nase herumzuführen und sie zu hintergehen.«

»Dauert diese Affäre schon lange?«

»Seit Fabricius' erstem Besuch. Er brauchte sich nicht übermäßig anzustrengen, um sie zu verführen – er ist schön und adlig und steht in dem Ruf, ein unbesiegbarer Krieger zu sein – genau die Art von Blödsinn, wegen der eine Frau wie Helena den Kopf verliert! Mein Bruder hätte besser daran getan, diese Harpyie Priscilla zu behalten, statt sich diesen Schmetterling zu angeln. Aber es wird für sie nicht so einfach sein, noch einen Dummkopf zu finden, der ihr den Luxus finanziert. Wenn sie sich einbildet, dass dieser schöne Patrizier sie heiratet…«

»Du scheinst dir mit dem Ehebruch sehr sicher zu sein«, reizte ihn Aurelius. Vielleicht war Secundus einfach nur eifersüchtig auf seinen adligen Stiefbruder.

»Im Sommer, wenn es dunkel ist, bin ich oft im Garten, um mir den Gesang der Nachtvögel anzuhören. Du hättest sehen müssen, wie sie in die Unterkunft des Generals huschte. Und wenn sie wieder herauskam, war ihre Frisur nicht mehr so perfekt wie vorher.«

Aurelius setzte einen höflichen Gesichtsausdruck auf. Die Eheprobleme von Atticus warfen ein neues Licht auf die Angelegenheit, und er schauderte, als ihm das Bild des aufgedunsenen Leichnams mit der abgerissenen Hand wieder einfiel.

»Warum zeigst du ihn nicht an, wenn du glaubst, er hätte deinen Bruder umgebracht?«

»Das ist nicht der einzige Skandal in dieser Familie. Was

soll man denn über Silvius sagen, diesen Sklavenbastard, der wie ein Prinz behandelt wird? Meinen Vater kann ich ja verstehen, aber Paolina… Als Silvius geboren wurde, war ich ein sehr einsames Kind, und ich war gerne mit meiner Stiefmutter zusammen – sie war streng, aber gerecht, und ich hatte meine Mutter verloren, verstehst du? Ich wollte, dass es immer so weitergeht, aber da war noch dieser Bastard zu versorgen! Dieser uneheliche Spross aus dem Bauch einer Barbarin wurde verhätschelt und vertätschelt. Wer sagt denn, dass er nicht Atticus umgebracht hat und nun früher oder später dasselbe mit mir tun wird?«, rief Secundus schon im Gehen und machte sich zum Haus auf.

Catilina, der Reiher, wankte ihm auf seinen langen Beinen wie ein treuer Hund hinterher.

Aurelius ließ betrübt die Arme sinken. Auch er wollte gerade gehen, als sich der aschgraue Papagei auf seine Schulter setzte und mit seinem gebogenen Schnabel anfing, an seinem Ohr zu knabbern. Aurelius setzte ihn vorsichtig ab und schloss das Gatter der Voliere. Immer wieder ließ der Papagei seinen seltsamen Ruf hören:

»*Caa… caaa… cave caneeem!*«

VI

Vierter Tag vor den Nonen des November

Am Tag darauf meldete Castor sich redselig und überaus zufrieden bei seinem Herrn: »Ich habe eine Nachricht, die zwei Lot Silber wert ist, *domine*.«

»Hat man mich vielleicht zum Prokonsul von Sicilia ernannt?«, fragte Aurelius ironisch.

»Nicht um den Preis feilschen, Herr, ich sage dir, die Nachricht ist ihr Geld wert.«

Hastig schnappte sich Castor die beiden Münzen. »Silvius ist der Sohn von Plautius!«

»Das erklärt vieles!«, meinte Aurelius aufgeregt.

»Eigentlich weiß jeder Bescheid, auch wenn niemand laut darüber spricht. Erinnerst du dich, dass Gneus eine Schwäche für Sklavinnen hatte? Also, der Junge ist das Ergebnis einer dieser Liebschaften mit einer Germanin, wie es scheint.«

»Vier!«, erinnerte sich Aurelius plötzlich. »Demetrius hat gesagt: die vier Kinder von Plautius. Und Secundus hat Silvius als Bastard einer Barbarin bezeichnet. Jetzt verstehe ich auch das großzügige Erbe! Natürlich hat ihn der Alte nie anerkannt. Schließlich war die Mutter bei seiner Geburt Sklavin, und Kinder, deren Eltern bei ihrer Geburt Sklaven waren, können keine römischen Bürger werden.«

»Aber in diesem Fall ist das anders, *domine*. Plautius hatte die Mutter des Jungen schon während der Schwangerschaft freigelassen, deswegen wurde er als Freier geboren und könnte ganz offiziell sein Sohn werden. Doch davon wollte der Alte lieber nichts wissen, weil er bereits zwei rechtmäßige Erben hatte. Doch er war diesem Jungen immer sehr zugetan und hat ihn sogar von seiner Frau großziehen lassen.«

»Das hat Paolina genauso getan wie Octavia. Octavia hat sich um die Söhne aus der Beziehung ihres Mannes Marcus Antonius mit Königin Cleopatra gekümmert, nachdem Antonius und Cleopatra sich umgebracht hatten. Was ist mit der echten Mutter von Silvius?«

»Sie starb während der Geburt. Plautius war damals in Illyrien. Paolina und eine Magd halfen bei der Geburt, wohl wissend, wer der Vater war.«

»Und dabei hat Gneus Himmel und Erde in Bewegung gesetzt, um Paolina zu heiraten!«, wunderte sich Aurelius.

»Ja, aber kurz nach der Hochzeit musste er auf Befehl von Tiberius fort und kam erst fünf Monate später zurück. Als Andenken brachte er seiner Neuvermählten eine schwangere Sklavin mit.«

»Hübsche Überraschung für die Frau!«

»Paolina hat kein einziges Mal mit der Wimper gezuckt, erzählt man sich.«

»Der Zusammenhalt der Familie steht immer an oberster Stelle. Die *matronae* von einst waren eiserne Frauen. Auch die heroische Portia, die Frau des berühmten Brutus, hat es jahrelang geduldet, mit einem Jüngling zusammenzuleben, dem ihr Mann leidenschaftlich ergeben war.«

»Und dann sagt ihr, wir Griechen...« Castor wollte einen Witz machen, doch Aurelius war mit seinen Gedanken bei den Neuigkeiten, so dass er seinem Diener nicht zuhörte.

»Ich muss zugeben, dass ich anfangs vermutet habe, Plautius und der junge Diener hätten ein Verhältnis, auch wenn ich Mühe hatte, das zu glauben. Schließlich schaut er seiner Schwiegertochter immer sehr interessiert hinterher.«

»Ach, Helena. Ihr seid viele, die bei ihr Schlange stehen.«

»Es gibt auch welche, die Erfolg haben«, versicherte ihm Aurelius und brachte seinen Sekretär über die Anschuldigungen von Secundus auf den neuesten Stand.

»Während du also hier Zeit verlierst, genießt der General bereits diese faszinierende Dame. In den guten alten Zeiten hättest du das nicht zugelassen.«

Aurelius winkte ärgerlich ab. Gut, er war gerade vierzig geworden, aber er fühlte sich längst nicht so altersschwach, wie Castor immer tat.

»Sag mir lieber, ob der Junge seine wahre Herkunft kennt.«

»Ich weiß nicht, wie er sie nicht kennen könnte«, meinte Castor, während ein reizendes Mädchen mit lebhaften Augen in der Tür erschien.

»Komm ruhig rein, Xenia!«

»Castor!«, brüllte Aurelius, der drohend die Fäuste ballte. »Wäre es zu viel verlangt, wenn ich dich bitte, dich mit deinen Liebhaberinnen außerhalb meines Zimmers zu verabreden?«

»Oh, aber ich komme gar nicht wegen Castor«, rechtfertigte sich das Mädchen. »Ich komme wegen dir.«

»Wegen mir?« Aurelius zog die Augenbrauen hoch.

»Ja. Ich muss dir eine Nachricht von der jungen *kiria* überbringen.«

»Von wem?«, mischte sich Castor neugierig ein.

»Die *kiria* Nevia erwartet dich im Tempel der Flora hinter dem Teich.« Die Magd verzog ihr Gesicht zu einem Ausdruck respektvoller Mittäterschaft.

»Ach, so steht die Sache also!«, meinte Castor kichernd. »Und ich Naivling habe gedacht, du hast es auf die Mutter abgesehen!«

Ohne weiter auf ihn zu achten, ging Aurelius hinaus ins *peristylium*.

Vergeblich versuchte er die Falten seiner *chlamys* glatt zu streichen und prüfte, ob sein Bart auch nicht zu lang war. Er tat so, als hätte er es nicht eilig, als er, gefolgt von Castors bissigen Bemerkungen, in den Garten hinausging.

»*Ave*, Senator!«, empfing ihn Nevia lächelnd.

»Nun, meine Kleine, findest du es richtig, so nach mir rufen zu lassen? Wer weiß, was sich die Sklaven dabei gedacht haben!«, beschwerte sich Aurelius, ohne seinen Stolz ganz verbergen zu können.

»Ärgerst du dich darüber, Senator? Das solltest du nicht, schließlich steigt dadurch dein Ansehen!«, lachte Nevia, die auf den Stufen zum Tempel saß, ihre Arme in kindlicher Pose um die Beine geschlungen hatte und sich sanft hin und her wiegte.

Aurelius setzte sich neben sie. Von den Stufen aus sah man einen Teil des Teichs und weiter hinten den Turm. Dahinter trennte ein dichter Wald die letzten Ausläufer der herrschaftlichen Anlage von den *ergastula*, den Behausungen der Bauernsklaven.

»Und was gibt es so Dringendes?«

»Morgen ehren die Diener den Faun, wie immer zu dieser Jahreszeit, und bringen dem Gott Avernus, der unten im See lebt, ein Opfer dar. Sie hatten große Angst, dass durch Atticus' Tod die Feier abgeblasen werden würde, aber man hat beschlossen, sie trotzdem stattfinden zu lassen. Schließlich ist Avernus ein Höllengott, und Gneus müsste in jedem Fall im Andenken an seinen Sohn ein Brandopfer darbieten. Er wird nach diesem schweren Unglück die Götter befragen in der Hoffnung auf gute Vorzeichen.«

»Aber ist Faun nicht der griechische Pan?«

»Fast. In dieser Gegend ist sein Kult sehr alt und geht auf die Zeit der Griechen zurück, als der Wald den wenigen Leuten, die hier lebten, alles Nötige zum Überleben gab. Damals konnte man gar nicht anders, als die Waldgeister zu ehren. Auf jeden Fall wird auch Jupiter ein Opfer dargebracht, damit der Wein nicht sauer wird.«

»Ich wusste nicht, dass Zeus auch diese Aufgabe inne – hat!«, spottete Aurelius, dessen Respekt vor den Göttern ohnehin zu wünschen ließ.

»Du bist sehr respektlos, Senator! Pass auf, dass dich die Sklaven nicht hören – sie sind sehr abergläubisch. Atticus' Tod hat sie in Alarm versetzt, und sie könnten unzufrieden werden. Sie wollen nicht, dass sich Secundus um das Landgut kümmert; sie haben Angst vor ihm.«

»Bei den ganzen Käuzen und Eulen glaube ich das gern«, meinte Aurelius nur.

»Sie machen einen großen Bogen um ihn. Sie glauben, dass er Unglück bringt.«

»Woher weißt du das alles?«

»Ich halte die Augen offen und den Mund geschlossen. Kennst du vielleicht eine bessere Möglichkeit?«

»Ich glaube wirklich nicht, dass du ein Geheimnis für dich behalten kannst.«

»Das kann ich aber. Allerdings könnte ich dir eins anvertrauen – ein sehr persönliches«, sagte Nevia in geheimnisvollem Ton.

»Ich warte«, lachte Aurelius, der langsam Spaß an der Sache bekam.

»Morgen gehe ich auch auf das Fest des Faun, aber nicht alleine!«

»Gratuliere. Wer ist der Glückliche?«

»Oh, ein wichtiger Mann: Senator Publius Aurelius!« Nevia war kein bisschen verlegen. »Begleitest du mich?«

105

»Damit ich meinem Ruf gerecht werde, stimmt's? Und was ist mit deinem?«, fragte Aurelius besorgt.

»Ich bin sechzehn, ein bisschen hässlich und komme langsam zu dem Schluss, dass die Männer wegen meiner Jungfräulichkeit Abstand halten, statt sich angelockt zu fühlen.«

Aurelius blickte sie verdutzt an – er konnte wirklich nicht zulassen, dass ihn diese Göre in seiner Skrupellosigkeit noch übertraf.

»Du zum Beispiel, mein lieber Senator, bevorzugst mit Sicherheit reifere Frauen«, fuhr sie unbeirrt fort.

»Ich nehme das Angebot an.« Aurelius war über seine eigene Courage überrascht und hätte die Zusage am liebsten im gleichen Moment wieder zurückgenommen. Der listigen Nevia entging sein wenig väterlicher Blick nicht, mit dem er sie ansah.

»Warum heiratest du meine Mutter nicht?«, fragte sie. »Denk gut darüber nach, bevor du die Idee verwirfst. Sie ist vor allem eine sehr schöne Frau. Und wenn du mein Stiefvater würdest, könnten wir uns ständig sehen.«

Das wird ja immer besser, dachte Aurelius. Wo waren die bescheidenen, sittsamen jungen Mädchen von einst geblieben? Früher hatten sie wenigstens noch bis nach der Hochzeit gewartet, bevor sie bestimmte Dinge verlangten!

»Und wozu?« Er wollte dieses schmeichelhafte Spiel noch etwas in die Länge ziehen.

»Weil du ein adliger römischer Patrizier bist, vielleicht ein bisschen alt, aber immer noch sehr attraktiv.«

Alt – und das mit nur vierzig Jahren! Ins Mark getroffen, richtete sich Aurelius auf. Was erlaubte sich diese kleine schamlose Göre eigentlich?

»Und du gefällst mir sehr gut«, fuhr Nevia unschuldig fort. »Abgesehen von deinem Ruf als berühmter, reifer und in allen Lebenslagen erfahrener Mann.«

»Kleinen Mädchen bin ich bisher noch nicht hinterherge-
jagt!«, entgegnete Aurelius pikiert.

Das törichte Mädchen ließ nicht locker. »Aber ich weiß,
dass du einmal eine vestalische Jungfrau kompromittiert
hast.«

Aurelius stemmte seine Hände in die Hüften und blickte
Nevia streng an, was sie aber nicht zu beeindrucken schien.

»Du warst der Geliebte von Lollia Antonina, der Kurtisane Cintia und sogar von unserer Plautilla! Außerdem besitzt du eine märchenhaft schöne ägyptische Sklavin, von der
du dich massieren lässt«, rieb sie ihm frech unter die Nase.

»Jetzt übertreibst du aber!« Aurelius wollte dem kleinen
Frechdachs die Leviten lesen, doch sie rannte lachend zum
See. Ihre Frisur hatte sich aufgelöst, und ihr Haar wehte im
Wind.

Verärgert blickte Aurelius sich um. Diese bockige, arro-
gante Eselin. Junge Mädchen hatten ihm ohnehin nie gefallen, selbst als er noch im gleichen Alter war wie sie. Sie ist
einfach eine kleine Schlange, sagte er sich und hob das Band
auf, das noch immer nach ihrem Haar roch.

»Ich suche dich schon den ganzen Tag. Ich habe schöne
Neuigkeiten!«, freute sich Pomponia, als er eintrat. Dann
machte sie es sich auf einem gepolsterten Stuhl bequem und
widmete sich der Tätigkeit, die ihrem Wesen am meisten
entsprach – tratschen.

Aurelius wartete geduldig. Er wusste, dass seine Freundin
den Appetit ihrer Zuhörer gerne mit wirkungsvollen Pausen
steigerte, wenn sie ihre köstlichen Neuigkeiten auf einem silbernen Tablett servierte.

»Silvius, der freigelassene Silvius«, fing sie an. »Dieser
Junge, der am ersten Abend kurz auf der Terrasse erschienen
war…«

»…ist der Sohn von Plautius!«, beendete Aurelius den Satz. Erst als er die bittere Enttäuschung auf ihrem Gesicht bemerkte, wurde ihm klar, dass er einen schweren Fehler begangen hatte.

»Das weißt du schon?« Pomponia war erschüttert.

Aurelius tat es Leid. Wie konnte er seine beste Freundin um den Spaß bringen, ihm einen solchen Leckerbissen vorzuwerfen? Für sie schien jedes Mal die Welt unterzugehen, wenn sie feststellen musste, dass andere mehr wussten als sie!

»Ich habe nur Gerüchte gehört«, wollte er sich korrigieren.

Pomponia nutzte sofort die Gelegenheit, wieder an Boden zu gewinnen. Innerlich fühlte sie sich wie ein Athlet, der in Olympia alles tut, um wenigstens als Zweiter ins Ziel zu gelangen.

»Die Mutter war eine Sklavin…«

Germanierin, dachte Aurelius, biss sich aber auf die Zunge, um es nicht auszusprechen.

»…eine Germanierin. Gneus hatte sich in sie verguckt, obwohl er erst kurz zuvor Paolina geheiratet hatte. Nur die Götter wissen, wie er sie zur Frau bekommen hat!«

»Nur die Götter? Ich könnte schwören, dass auch du es weißt, Pomponia.« Aurelius wollte ihrer Eitelkeit schmeicheln.

»Ich habe noch einen Pfeil in meinem Köcher«, antwortete Pomponia nicht ganz beruhigt.

»Und zwar?«

»Er hat Tiberius gebeten, sie ihm zur Frau zu geben als Gegenleistung für bestimmte Gefälligkeiten, die er von ihm erhalten hatte. Du weißt doch, dass er der Lieferant des Kaisers war, nachdem dieser alte Säufer auf Capri anfing zu prassen und Rom den Händen von Seianus überlassen hat.«

»Komm schon, Pomponia, was willst du mir einreden?

Wir wissen doch, dass Tiberius ein gehässiger Kerl war, aber die Ehe zwischen zwei Patriziern von altem Adel zu zerstören, nur um einem Fischlieferanten einen Gefallen zu tun... ich bin sicher, da gibt es noch mehr!«

»Es gibt keine Beweise, aber Leute, die schwören, dass Gneus ein Spion des Kaisers ist. Tiberius, dieser altersschwache Hund, vertraute ihm blind, und das, obwohl er eigentlich vor seinem eigenen Schatten Angst hatte.«

»Es scheint mir immer noch unmöglich, dass dieser Säufer Biberius... erinnerst du dich, als wir ihn so nannten? Ich verstehe nicht, warum er die Scheidung eines berühmten, wohlwollenden Menschen wie Marcus Fabricius durchgedrückt hat, um einem wie Gneus Plautius einen Gefallen zu tun. Warum hatte er denn nicht selbst ein Auge auf Paolina geworfen? Das hätte ihm doch ähnlich gesehen. Erinnerst du dich an die arme Mallonia, die sich lieber erdolcht hat, als mit ihm ins Bett zu gehen?«

»Du vergisst, dass der Kaiser und der alte Fabricius Todfeinde waren, seit dieser sich als glühender Anhänger zur Partei von Germanicus und Agrippina geschlagen hatte. Das alte Schwein wollte sich bestimmt rächen. Ihn zur Scheidung zu zwingen war ein politischer Sieg. Seine edle Frau Paolina mit einem Fischhändler zu verheiraten wird die beste Möglichkeit gewesen sein, die Fabritier zu demütigen und zu verhöhnen. Hast du vergessen, wie hinterlistig der alte Sack war?«

»Gut, keiner von uns hat ihm eine Träne nachgeweint, als man ihn aufgehängt hat. Allerdings wussten wir noch nicht, dass Caligula schlimmer sein würde. Halten wir uns also an den guten Claudius, solange es geht«, meinte Aurelius.

»Das hängt von Messalina ab«, entgegnete Pomponia, bereit, sich auf Aurelius' Lieblingsthema einzulassen: den letzten Tratsch über die Kaiserin.

»Erzähl mir von der Scheidung«, kam ihr Aurelius zuvor.

»Für die beiden war es ein harter Schlag.« Pomponia legte dramatisch eine Hand auf ihr Herz. »Eine richtige Tragödie! Aber sie mussten gehorchen. Er ließ sich an den Rhein abkommandieren und fiel im Jahr darauf. Sie stimmte der Heirat mit Gneus zu...«

»...der Witwer...«

»...mit drei erwachsenen Kindern war. Plautilla hat sich nie so richtig mit ihrer Stiefmutter angefreundet, wie du weißt, da sie ihr allzu enge Grenzen setzen wollte. Atticus hat Paolina vom ersten Moment an gehasst und sogar versucht, sie bei seinem Vater schlecht zu machen. Der Einzige, der sie mochte, war Secundus.«

»Wie ihr eigener Sohn.«

»Nun, nicht wirklich... zumindest, wenn man dem Klatschmaul seiner Schwester glauben darf.«

»Inzest?«, fragte Aurelius mit gespieltem Entsetzen. »Der Stiefsohn, der die Tugend der Frau seines Vaters wie in einer griechischen Tragödie gefährdet. Meinst du nicht, das ist ein bisschen übertrieben?«

»Das ist nur das, was Tertia Plautilla den beiden unterstellt. Aber ihr kann man nicht wirklich glauben. Sie meint doch bei allem, dass es nur um das Körperliche geht. Sie scheint auch hier auf dem Land ihre Hände nicht in den Schoß zu legen – vor kurzem wurde ein stattlicher Sklave Hals über Kopf verkauft...«

Aurelius schüttelte den Kopf.

»Paolina ist eine absolut tugendhafte Frau. Wenn ihr Secundus nicht den gebührenden Respekt entgegengebracht hat, hätte sie es schleunigst ihrem Mann gemeldet.«

»Andererseits ist es möglich, dass sich ein junger, verschlossener Mann wie er, der außer Sklavinnen keine anderen Frauen zu Gesicht bekommt, in sie verknallt hat. Als junge Frau war sie sehr schön«, überlegte Pomponia.

»Das ist sie trotz ihres Alters noch immer. Wie alt wird sie heute sein?«

»Um die vierzig – Marcus hatte sie als sehr junge Frau geheiratet. Der Kaiser wusste, was er tat, als er ihr Fabricius weggenommen hat. Schließlich hat Fabricius ohne sie nicht lange überlebt.«

»Eine traurige Geschichte.« Aurelius war voller Anteilnahme. »Erzähl doch mal, was Tertia mit diesem Sklaven angestellt hat.«

Die Augen der Klatschbase leuchteten.

»Das hat sie mir selbst erzählt – natürlich in ihrer Version. Sie hatte in Capua eine horrende Summe für einen hübschen Sklaven als Kammerdiener ausgegeben. Atticus, der wie immer auf seinem Geld saß, konnte den Kauf nicht akzeptieren und machte ihr eine Szene, vergriff sich dabei aber etwas im Ton.«

»Du brauchst deine Erzählung nicht zu beschönigen!«, mahnte der Senator.

»Also, er sagte klar und deutlich, dass sie ihre Bedürfnisse gratis auf dem Marktplatz ausleben sollte statt auf Kosten des Landguts. Und ihre Mitgift sollte sie sich gefälligst auf ehrliche Weise in einem Bordell verdienen, da er keinen Sesterz herausrücken würde.«

»Na ja, zumindest waren das klare Worte«, meinte Aurelius.

»Kurz darauf wurde der Sklave wieder verkauft. Plautilla hat sich das gemerkt – seit dem Tag hat sie ihrem Bruder nur noch die kalte Schulter gezeigt.« Pomponia wollte fortfahren, als ein Sklave eintrat und meldete, das Abendessen sei vorbereitet.

Pomponia stieß einen angsterfüllten Schrei aus. Während ihrer Tratschereien hatte sie völlig vergessen, dass sie sich noch umziehen musste. Sie tobte und kreischte, bis sie drei

Mägde dazu bewegen konnte, ihr zu helfen. Eilig rauschte sie mit ihnen davon.

Aurelius konnte sich nicht entscheiden. Er dachte an eine glückliche Verbindung, die dem Machtmissbrauch des Kaisers nicht standhalten konnte; er dachte an einen einsamen Jungen, der seine Liebe zu der einzigen Frau entdeckte, die für ihn tabu war; und er dachte an einen Sklaven, der seinen eigenen Vater mit *domine* anreden musste...

»Zum Glück bist du noch hier. Da bin ich gerade noch rechtzeitig gekommen!«, rief Castor und riss Aurelius aus seinen Gedanken.

»Wozu?«, fragte Aurelius und schüttelte sich.

»Um dir bei deinem Leichtsinn das Leben zu retten! Weißt du nicht, dass ein schrecklicher Unglücksbote durchs Haus zieht? Und du treibst dich ganz ohne Schutz herum! Hier hast du ein Horn aus Holz, das den Priapus darstellt. Es ist ein wirkungsvoller Glücksbringer, der vor bösen Einflüssen schützt. Diese Amulette sind sehr alt, und offenbar schützen sie sogar vor den Höhlen der geheimnisvollen *cimmerii*. Eins kostet fünf Sesterzen. Nur fünf Sesterzen, um sich vor solch einem Unglück zu schützen!«

»Ich glaube nicht an Amulette, Castor, ebenso wenig wie an Prophezeiungen. Aber dein kleiner Handel kann mir trotzdem sehr nützlich sein. Ich bezweifle nämlich nicht, dass du deine Glücksbringer auch an die ganz alten Sklaven verkaufst, und viele von ihnen werden sich noch gut an Secundus' Jugendzeit erinnern. Versuche doch etwas über sein Verhältnis mit Paolina herauszufinden.«

»Ja, *domine*!«

»Warte, mir fällt noch etwas anderes ein. Vielleicht ist es dumm, aber es ist besser, die Sache zu überprüfen. Die Mägde wissen doch immer, was ihre Herrinnen so anziehen. Finde heraus, wer von den Damen des Hauses einen Ring aus rosa Muschelkalk mit zwei ineinander verschränkten Händen besitzt.«

»Sonst willst du nichts wissen, *domine?*«, fragte der Sekretär. »Interessiert dich zufällig auch die Farbe von Helenas Brusttuch oder wie lang Fabricius' *subligaculum* ist? Zuerst die Sandalen, jetzt der Ring – ein gebildeter, intelligenter griechischer Sekretär als ordinärer Spürhund! Als du mich auf dem Markt von Alexandria als billige Ware gekauft und mich der heimischen Erde entrissen hast...«

»...dich dem Henkerbeil entrissen habe, willst du wohl sagen!«, rief Aurelius verärgert. War es möglich, dass ihm Castor kein bisschen dankbar war, dass er ihn vor den rachsüchtigen Priestern Ammuns gerettet hatte, die er übel an der Nase herumgeführt hatte? Voller Wut hob Aurelius seine rechte Hand, um Castor mit dem Ledergürtel zu schlagen, den er soeben abgelegt hatte.

»Sehr freundlich, Herr!« Mit einem breiten Lächeln nahm ihm der Grieche den Gürtel ab. »Genau den brauche ich für meine neue Tunika!«

VII

Dritter Tag vor den Nonen des November

Der große Dreschplatz vor den Sklavenunterkünften war mit Farn- und Lorbeerzweigen geschmückt. Sklaven in ärmlicher Kleidung trieben sich vor der Ölmühle herum, vor der ein Altar aus Steinen errichtet worden war. Trotz des Trauerfalls würde das Familienoberhaupt höchstpersönlich, wie es ihm zustand, das Brandopfer darbringen.

Die Tiere standen schon bereit und waren nicht weit entfernt angebunden – eine scheue junge Hirschkuh mit großen, traurigen Augen zu Ehren von Faun, eine schwarze Ziege für Avernus und für Jupiter eine weiße, kaum ein Jahr alte Färse, die in ihrem Gehege muhte, als würde sie ihr bevorstehendes Schicksal erahnen.

Die Sklaven hingegen freuten sich: Heute würde es Fleisch geben! Nichts von den Opfertieren würde verschwendet werden, und zum Glück würden sich die Götter mit dem zum Himmel aufsteigenden Rauch und einigen Eingeweiden begnügen, in deren blutigen Knoten die Vorhersagen über das Glück der Familie und des Landguts geschrieben standen. Der Rest würde die leeren Mägen der Landbewohner füllen.

Während die Sklaven auf den Beginn des Festes und vor allem auf das leckere Essen warteten, genossen sie den ersehnten Ruhetag. Einige begossen ihn mit verlängertem schlechten Wein, andere versuchten einfache Instrumente zu stimmen, um das ärmliche Fest dürftig mit Musik zu beleben.

»Im Vergleich zur Stadt ist das Leben hier ganz anders, oder nicht?«, bemerkte Nevia. Sie hatte sich schließlich durchgesetzt und konnte ihre Genugtuung darüber nicht verbergen, dass es ihr gelungen war, sich vom Senator zur Feier begleiten zu lassen. Fröhlich und mit kindlichem Stolz spazierte sie an seiner Seite.

Aurelius nickte. Im Unterschied zu Nevia machte ihm der Besuch bei den *ergastula* ganz und gar keinen Spaß – schlecht genährte, magere Sklaven lächelten ihm zahnlos entgegen, überrascht über den erhabenen Gast; schmutzige Kinder rannten um ihn herum und betrachteten neugierig seine aufwändig verzierten Schuhe. Diese hageren, vor Bewunderung schreienden Gesichter ärgerten ihn und bereiteten ihm Unbehagen.

Er musste an sein eigenes, weitläufiges Landgut denken, das er kein einziges Mal in seinem Leben besucht hatte. Waren dies die Menschen, die das Getreide für sein Brot ernteten, seinen Wein lasen und seine Schafe schoren? Was waren die mehr als hundert Sklaven in seinem *domus* in der Stadt und sein Stolz, dass er jeden einzelnen beim Namen kannte, gegenüber den Tausenden vereinsamten Menschen, die Tag um Tag in den *ergastula* seiner Landgüter dahinsiechten?

»Herr, Herr!« Demetrius kam aufgeregt auf ihn zugerannt. Der Freigelassene, frisch gewaschen und in seiner Festtagstunika, ragte wie ein König aus der Menge der Bauernsklaven hervor. Aurelius stellte vergnügt fest, dass er sich eins von Castors Amuletten umgehängt hatte. Der ehrliche Fischzüchter fürchtete offenbar den unheilvollen Einfluss von Secundus nicht weniger als den des Bauerngesindels und hatte sich gut überlegt, sich mit dem alten Talisman gegen die *cimmerii* zu schützen.

»Welch eine Ehre, *domine*! Und auch *kiria* Nevia ist hier! Komm und sieh dir unsere Unterkünfte an, Senator, wenn du keine Angst hast, dich allzu schmutzig zu machen.«

Demetrius bahnte ihm einen Weg durch sein Lumpenvolk mit dem Stolz des Armen, der die kleinen Habseligkeiten umherzeigt, die er eifersüchtig verwahrt.

»Bringt dem edlen Aurelius zu trinken!«, befahl er. »Wir haben von unserem Herrn vier Fässer Wein geschenkt bekommen. Schließlich ist heute ein großes Fest!«

Mit einem Nicken nahm Aurelius die schlichte Schale mit einer farblich und geschmacklich nicht zu definierenden Flüssigkeit entgegen. Er zwang sich, seinen Ekel zu verbergen, und nahm einen kleinen Schluck.

»Eure Gastfreundschaft ist sehr großzügig, und ich würde sie gerne erwidern. Bei meinem Tross auf der anderen Seite des Hauses befindet sich der Wein, den ich mit nach Rom nehmen wollte. Ruf meine Sklaven, und befiehl ihnen, dass sie ihn zum Fest herbringen.«

Demetrius blickte ihn verwundert an, kam der Bitte aber lieber gleich nach, bevor dieser exzentrische Adlige seine Meinung änderte.

»Proculus, Modestus, lauft los! Der edle Senator bietet uns einen Krug Wein. Holt ihn, dann trinken wir ihn auf sein Wohl.«

»Ein Krug wird für diese vielen Menschen nicht reichen. Sag den beiden, sie sollen den ganzen Wein holen!«, trug ihm Aurelius auf. Nicht ganz so ergeben, wie es den Anschein halte, fügte er sich in sein Schicksal, dass er nun auf den Gaumenkitzel verzichten müsste, den ihm der alte Falernus, der Formiamus und der kostbare, zwanzig Jahre alte Calenus bereitet hätten. Doch als er den bewundernden Blick

Nevias bemerkte, wäre er bereit gewesen, den gesamten Inhalt seiner gut ausgestatteten Weinkeller in die ausgetrockneten Kehlen der Bauern zu schütten.

Doch Nevia war nicht die Einzige, die sich wunderte. Aus einer Ecke blickte ihn der junge Silvius ratlos an.

»*Ave*, Nevia, *ave*, Senator! Ich dachte nicht, dass ich euch hier sehen würde.«

»Ich dich auch nicht«, grüßte Aurelius zurück, der einen vielsagenden Blick auf das elegante Gewand des Freigelassenen und den kostbaren Ring an dessen Zeigefinger warf. Eines Tages wird dieser Junge eine halbe Million Sesterzen erben, dachte er. Und er wird die Bauernsiedlung in seinem Amt als Gutsverwalter leiten. Und dennoch tut er so, als sei sein Platz hier bei diesen unglücklichen Sklaven.

»Warum sollte ich nicht hier sein? Ich gehöre zu den Sklaven«, antwortete Silvius.

»Es gibt solche Sklaven und solche. Sieh dir meinen Castor an: Er ist reicher als ein Ritter und hat mit Sicherheit keine Minderwertigkeitsgefühle gegenüber den feinen Herrn«, erzählte Aurelius zum Spaß.

»Aber er bleibt immer ein Sklave, und du bist sein Herr, dem er Gehorsam schuldet.«

»Es wäre schön, wenn er das auch wüsste«, seufzte Aurelius.

In diesem Moment kam Castor wie auf Kommando vollkommen aufgelöst herangeprescht.

»*Domine, domine*, man klaut uns den Wein!«, schrie er verzweifelt. »Da sind sie, die beiden – sie haben alles fortgetragen, auch den Calenus zu fünfzig Sesterzen! Schnappen wir sie, bevor sie ihn hinunterkippen!«

»Immer mit der Ruhe, Castor, ich habe ihnen den Wein angeboten.«

»Du hast… zehn ganze Fässer Barinus, Falernus und Erbulus?«, stammelte er empört und raufte sich die Haare. »Du hast ihn diesen stinkenden Sklaven gegeben, du, der du ihn mir vorenthältst, wenn ich vor Durst sterbe?«

»Castor, ich will nicht, dass man sagt, Publius Aurelius Statius, der Senator aus Rom, würde schlechten Wein anbieten! Ich bin stolz darauf, dass ich nur Wein von bester Qualität ausschenken lasse, egal, um welche Gäste es sich handelt«, lachte Aurelius, während sich Castor rasch eine Schöpfkelle besorgte, um den Verlust zu mildern.

»Ich kenne ihn, diesen Castor«, meldete sich Demetrius wieder zu Wort. »Er ist ein ehrlicher Mensch – er hat mir ein nützliches Amulett für nur zwei Sesterzen verkauft!«

»Und mir ist er in der Kammer einer der Mägde begegnet«, meinte Silvius missbilligend.

»Wenigstens war es nicht die Kammer ihrer Herrin«, spielte Aurelius die Sache herunter.

Der Junge riss die Augen weit auf. Er konnte nicht glauben, dass ein Adliger sich erlaubte, solche Witze zu machen. Ohne zu antworten ergriff er zwei Schalen und reichte sie den Gästen.

»Nevia, junge Damen aus guter Familie sollten eigentlich nicht trinken.«

»Früher gab man Frauen keinen Wein, damit sie seiner aphrodisierenden Wirkung nicht erliegen«, flüsterte sie ihm zu.

Silvius wurde bleich. Er hatte die maliziösen Worte gehört, und sie schienen ihm nicht gerade zu gefallen.

»Kennst du jemanden hier?«, fragte ihn der Senator, um das Thema zu wechseln.

»Alle, natürlich. Proculus, der, den du losgeschickt hast, um den Wein holen zu lassen, ist mein Vater«, erzählte Silvius und zeigte auf einen Mann, der ihnen gebückt mit einem Krug auf dem Rücken entgegenhumpelte.

»Aber wie …«, begann Aurelius, wurde aber von den Rufen und Lärmen der Sklaven unterbrochen, die ihrem Herrn applaudierten.

War es möglich, dass Silvius der Einzige war, der über seine Herkunft nicht Bescheid wusste?

Gerade kam Gneus aus dem kleinen Wäldchen, begleitet von Paolina, Tertia und Secundus mit seinem verdrießlichen Gesicht. Als Demetrius den Zweitgeborenen der Plautier erblickte, suchte er mit zitternder Hand seinen Talisman und umklammerte ihn. Um dessen Wirkung zu erhöhen, schüttelte er ihn leicht hin und her.

Mit einem kurzen Nicken kündigte der *pater familias* an, dass er nicht die Absicht hatte, die Zeremonie in die Länge zu ziehen. Aus diesem Grund befahl er sogleich, man solle ihm die Färse für Jupiter bringen. Um Faun und Avernus würde sich Demetrius später kümmern. Fabricius und Helena konnte Aurelius nirgends entdecken. Offenbar nutzten sie die Feier, um sich in einer ruhigen Ecke die Zeit zu vertreiben.

Der Altar war vorbereitet. Das Tier wurde unter qualvollem Winseln mit eng zusammengebundenen Beinen zum Brandopfer geführt. Absolute Stille legte sich über den Platz.

Bußfertig versammelten sich die Sklaven in einem großen Kreis um den Opferstein, unter den sie bereits Reisigbündel geschoben hatten. Als Plautius sein Messer senkte, um der kleinen Färse die Kehle aufzuschneiden, sah Aurelius, wie Secundus den Blick voller Abscheu abwendete.

Das Blut floss über Plautius' Füße in das Stroh unter den Reisigbündeln. Mit den genauen, geübten jahrhundertealten Handgriffen schnitt er den Bauch des Tieres auf und zog mit roten, klebrigen Händen die blutige Leber heraus.

Plötzlich verfinsterte sich das bis dahin würdevoll gefasste Gesicht von Gneus Plautius, die zuckenden Eingeweide entglitten seinen Händen und rollten in den Staub.

Paolina eilte an seine Seite, während die Sklaven, in ihrem Aberglauben erschreckt, dumpfe Schreie ausstießen.

»Sie ist schlecht!«, erklärte Plautius, fahl im Gesicht.

Seine Frau legte eine Hand auf seine Schulter, als wollte sie ihn stützen, und führte ihn unter den Rufen der Sklaven eilig fort.

»Was für ein Unglück!«, riefen sie. »Die Götter bestrafen uns in ihrer Wut!«

»Ein schlechtes Vorzeichen«, seufzte Nevia. »Zumindest für diejenigen, die daran glauben.«

Tertia Plautilla drehte sich verärgert um. »Du tätest gut daran, dir auch Sorgen zu machen, mein Kind! Pass nur auf, dass dir die Gesellschaft von Senatoren nicht zu sehr zu Kopf steigt!«, zischte sie mit vor Wut verzerrtem Gesicht.

»Oh, bist du etwa eifersüchtig?«, lachte Nevia verzückt.

Doch Tertia hatte ihr schluchzend den Rücken zugekehrt und eilte, gefolgt von ihrem Bruder, zum Haus.

Als Secundus den Wald erreicht hatte, lockerte Demetrius den Griff seiner bereits blau gewordenen Finger um den magischen Phallus. »Wohlan, ihr Sklaven der Plautier, das letzte Wort ist noch nicht gesprochen. Sehen wir nach der Hirschkuh!«, sagte er, um die Menge zu beruhigen.

»Brüder, unser Beschützer ist Faun, also betrifft uns der Orakelspruch nicht«, unterstützte ihn Silvius. »Mit der Ziege warten wir bis zum Sonnenuntergang – die Götter der Unterwelt mögen kein Licht. In der Zwischenzeit soll Demetrius dem Gott der Wälder das Opfer bringen, und wir werden sehen, ob die Unsterblichen wütend auf uns oder auf unseren Herren sind!«

Der Fischzüchter hatte seine Kräfte zurückgewonnen, seit er sich nicht mehr durch Secundus bedroht fühlte. Rasch hatte er die Situation wieder im Griff und ließ das zweite Opfer bringen.

Die Menge ließ einen Seufzer der Erleichterung hören: Die Eingeweide der Hirschkuh waren schön und gesund. Die Sklaven machten sich beruhigt auf den Weg zum Fest. Nevia, vom Wein erregt, deutete einige Tanzschritte an, während sie Aurelius zuzwinkerte.

»Was meinst du, Senator?«, fragte sie ihn.

»Ein angenehm ungebührliches Betragen!«, meinte Aurelius, doch er spürte Silvius' bohrenden Blick auf sich ruhen. Morgen werde ich mausetot in meiner Kammer liegen, dachte er. Dieser Junge wird von allen Sklaven respektiert – ich könnte wetten, dass sie alles für ihn tun.

Doch Nevia überzeugte ihn mit ihrem Lächeln, so dass er bereit war, das Risiko auf sich zu nehmen.

Silvius war schon vor einer Weile gegangen. Das Schauspiel, das *kiria* Nevia mit ihrem stattlichen Senator bot, entsprach offenbar nicht seinem Geschmack. Aber konnte er überhaupt Ansprüche erheben? Er war nur ein Sklave, auch wenn in seinen Adern das Blut seines Herrn floss.

Aurelius zuckte mit den Schultern. Die Probleme des Jungen gingen ihn eigentlich nichts an, und in diesem Moment fühlte er sich geradezu euphorisch – Nevia gefiel ihm, sehr sogar. Wenn nicht gar zu sehr.

Ihr Götter des Olymp, sagte er zu sich selbst, laufe ich dieser Rotznase etwa hinterher? Vierzig Jahre alt, ein intensiv gelebtes Leben, ein Sitz im Senat, die schönsten und vornehmsten Frauen Roms zu meiner Verfügung – und plötzlich lasse ich mir von einem nicht gerade hübschen, dafür umso hochnäsigeren Mädchen, das erst vor kurzem aus einer heruntergekommenen Wohnung in Neapolis hierher gezogen ist, den Kopf verdrehen.

»Senator, bietest du mir noch etwas Wein an?«, fragte Nevia lachend.

»Es reicht, du hast genug getrunken!« Aurelius nahm ihr die Schale aus der Hand. »Außerdem ist es Zeit zurückzukehren.«

»Gut, aber drehen wir noch eine Runde.«

»Keine Sorge, ich habe schon alles gesehen«, versicherte ihr Aurelius.

»Alles nicht. Los, komm!«, rief sie und lenkte ihn mit sicheren Händen durch die Unterkünfte der Sklaven. »Sieh mal, kennst du die vielleicht?« Sie hob einen Strohhaufen hoch, unter dem einige grob in Holz geschnitzte Phalli versteckt waren.

»Castors Amulette! Das ist ja ein richtiges Lager!«

Plötzlich tauchte ein knochiger Sklave auf, der misstrauisch geworden war, aber gleich die Flucht ergreifen wollte.

»He, halt, was weißt du über diese Amulette?«, fragte Aurelius und hielt den Sklaven fest, der selbst eher wie ein Stück Holz wirkte, so steif und vertrocknet war er. Erschreckt blickte er Aurelius an. Für einen Sklaven war es immer besser, nichts zu wissen und den Dummen zu spielen. Manchmal konnte man sich dadurch vor der Peitsche retten, manchmal gar vor dem Tod.

Aurelius brauchte alle Überzeugungskraft, um ihn zu beruhigen und sich die Sache erklären zu lassen. In den *ergastula* wüssten alle, dass er im Schnitzen von Rinden und Zweigen gut sei. Ein freundlicher Mann mit Spitzbart und griechischem Akzent sei zu ihm gekommen und habe ihm zwei As, gut zwei As für diese absolut einfachen Arbeiten versprochen. Aber niemand dürfe davon erfahren, andernfalls sei es aus mit der Belohnung.

»Die heiligen Amulette der *cimmerii* – hier also findet sie Castor!«, platzte Aurelius heraus.

Lachend gingen die beiden in den dunklen Wald. Nevia wurde immer langsamer, bis sie schließlich stehen blieb.

Aurelius blickte sie fragend an. Plötzlich kam sie ihm viel älter vor, als sie war. Wie eine erwachsene Frau.

»Senator, es wird dunkel, wir sind von duftenden Bäumen und singenden Vögeln umgeben…«

»Und?«

»Und willst du mich nicht küssen?«

Aurelius warf den Kopf nach hinten und prustete vor Lachen.

Nevia stand mit geschlossenen Augen schmachtend an einen Baum gelehnt und ballte wütend die Fäuste. »Möge dich Jupiter mit einem Blitz durchbohren – dich und dein edles Geschlecht!«, rief sie und verschwand im dichten Unterholz. Aurelius ärgerte sich, dass er sie an ihrer empfindlichen Stelle getroffen hatte, und rannte ihr hinterher. Er sah sie zwar nicht mehr, hörte aber ihr unterdrücktes Schluchzen und ihre Schritte auf den trockenen Blättern. Er versuchte sie einzuholen. Das Haus war nicht mehr weit entfernt, zwischen den Baumwipfeln hindurch erkannte er schon den Turm und die große Voliere.

Ein gellender Schrei wie der eines tödlich getroffenen Tieres durchbrach die Stille.

»Ihr unsterblichen Götter, Nevia!«, rief Aurelius und rannte noch schneller.

Mit weit aufgerissenem Mund kauerte sie kreischend neben der Voliere auf dem Boden. Die Tür stand offen, ein Mann lag bäuchlings quer im Käfig und versperrte mit seinen Beinen den Eingang.

»*Caa… caaveee… caveee…*«, gackerte der Vogel mit dem gebogenen Schnabel auf dem Rücken des Toten. Catilina, der Reiher, hatte seine Krallen in den Sand gedrückt und wühlte mit seinem langen, gebogenen Schnabel im aufgeplatzten Schädel von Secundus.

VIII

Vorabend der Nonen des November

»Bei Hekate, seine geliebten Vögel haben ihm den Kopf eingehackt!«, rief Pomponia erschaudernd.

»Oder es war ein sehr spitzes Instrument«, entgegnete Aurelius. »Alle beweinen die Launen des Schicksals. Aber ich glaube, dass zwei tödliche Unfälle hintereinander zu viel sind. Castor, versuche herauszufinden, ob jemand in der Nähe der Voliere gesehen wurde.«

»Schon geschehen, *domine*«, erwiderte der Diener selbstgefällig. »Ich habe nichts Besonderes herausbekommen. Wegen des Brandopfers gab es ein ständiges Hin und Her, und es ist schwer zu ermitteln, wann die einzelnen Familienmitglieder wohin gegangen sind. Das einzig Sichere ist, dass sich der alte Gneus gleich nach dem Ende der Feier in sein Zimmer zurückgezogen hat und wie üblich von Paolina umsorgt wurde.«

»Also keine Hinweise!« Aurelius war enttäuscht.

»Ich habe mich auch wegen des Muschelrings erkundigt. Die Kammerfrauen haben ihn noch nie gesehen. Aber viele der älteren Diener erinnern sich gut an Secundus' Jugendzeit. Offenbar war das Verhältnis zu seiner Stiefmutter während des ersten Jahres des Zusammenlebens sehr idyllisch. Erst nach Silvius' Geburt seien sie mehr auf Abstand gegangen.«

»Als wäre er eifersüchtig auf das andere Kind gewesen...

obwohl er damals schon fast ein erwachsener Mann war«, überlegte Aurelius.

»*Fische, Vögel und Insekten lassen das Obst verfaulen*«, unterbrach sie Pomponia, die unbeirrt ihrem eigenen Gedankengang folgte. »Was bedeutet das?«

»Pythia spricht mit Absicht so geheimnisvoll«, erklärte Castor. »Die Orakelsprüche der Sibyllen sind zweideutig und können unterschiedlich interpretiert werden. Wie könnten sonst die Priester behaupten, dass sie immer alles voraussehen? Denk nur an den armen Crescus, der das Orakel fragte, was im Falle eines Krieges mit den Persern geschehen würde. Er bekam als Antwort, dass ein großes Reich zusammenbrechen würde. Es brach dann auch ein Reich zusammen – aber sein eigenes, nicht das der Perser!«

»*Ibis, redibis, non morieris in bello!*«, fügte Aurelius hinzu. ›Du wirst in den Krieg ziehen, zurückkehren und nicht sterben‹, wurde einem armen Kerl prophezeit, der dann doch draufgegangen ist. Seine wutentbrannten Verwandten erklärten sich die Prophezeiung ganz anders, indem sie das Komma verschoben: *Ibis, redibis non, morieris in bello!* Das heißt: ›Du wirst in den Krieg ziehen, nicht zurückkehren und sterben!‹«

»Damit hat die Sibylle immer Recht!«, schloss Pomponia.

»Ich glaube, ich weiß, wie diese Antwort gedeutet werden kann«, beruhigte sie Aurelius.

Kurze Zeit später erhielt er von den unglücklichen Eltern, die ihn hatten rufen lassen, die Bestätigung.

»Alles war von Anfang an geplant«, murmelte der alte Plautius, der sich ermattet auf seine Frau stützte. »Die Bedeutung der Prophezeiung ist nur allzu klar, Senator. Setz dich, ich werde dir alles erzählen.«

Somit hörte sich Aurelius zum zweiten Mal die Geschichte der germanischen Sklavin an.

»Ich habe im Garten zwei Bäume für meine rechtmäßigen Söhne gepflanzt, die beide vertrocknet sind. Doch mein Samen ist woanders aufgekeimt, in den Behausungen der Sklaven – der blühende Pflaumenbaum im Gemüsegarten ist Silvius!«

Paolina, immer noch sehr gefasst, machte eine nervöse Bewegung.

»Aurelius, du musst ihn wieder zur Vernunft bringen – er will ihn zu seinem Erben ernennen! Er ist zwar ein äußerst lobenswerter Junge, aber ihm den Namen und das Vermögen anzuvertrauen...«

»Man kann sich dem Willen des Schicksals nicht widersetzen, Paolina!«, protestierte der Alte verzweifelt. »Du hast immer zu mir gehalten, deswegen bitte ich dich, mich auch jetzt zu unterstützen. Was ich vorhabe, verstößt gegen deine Grundsätze, und ich weiß, dass ich von allen Seiten kritisiert werde, doch Silvius ist von meinem Blut, auch wenn er von einer Barbarin geboren wurde!«

»Es wird schwierig werden, ihn anzuerkennen«, wandte Aurelius dagegen.

»Nein, seine Mutter war schon lange frei, deswegen ist Silvius vor dem Gesetz als Freier geboren. Seiner Anerkennung steht nichts im Wege, wenn ich sie will! Ich möchte ihm alles hinterlassen, was ich besitze – der Orakelspruch hat es so vorhergesagt, noch bevor er geboren wurde. Appiana hat ihn gelesen, aber nicht verstanden.«

»Deine erste Frau hat dir nie von dieser Weissagung erzählt?«

»Nein. Appiana ist täglich zu irgendeinem Wahrsager gegangen, und das zu einer Zeit, als Tiberius dies streng verboten hatte. Sie war sehr beeinflussbar, die arme Frau, und ziemlich ungebildet. Sie wusste, dass ich ihre Marotte nicht guthieß, und hat sich gehütet, mit mir darüber zu reden.

Aber ich habe mich in meiner Ungläubigkeit geirrt. Es war vom Schicksal bestimmt, dass meine Söhne vorzeitig sterben und Silvius der Erbe der Plautier wird.«

Paolina schwieg und regte sich nicht.

»Du bist die beste Gattin gewesen, Paolina, aber ich war deiner nicht würdig... soweit ich denken kann, habe ich keine andere Frau als dich angesehen. Hilf mir auch diesmal, ich bitte dich!«

Paolina blickte ihren Mann liebevoll an und nickte traurig.

»Also gut, Gneus, du hast das Recht, deinen Besitz zu geben, wem du willst. Aber versprich mir, dass du Plautilla und meinen Fabricius nicht vergisst – mit seinem Vermögen ist es nicht so gut bestellt, und er würde es für unter seiner Würde halten, wieder Geschäfte machen zu müssen. Vererbe ihm so viel, dass er in Ruhe seine militärische Laufbahn verfolgen kann.«

»Ich werde ihn großzügig bedenken, ebenso wie meine Tochter. Aber dieses Haus, das ich mit so viel Liebe gebaut habe, meine Felder, meine Fischteiche... all das ebenso wie den Namen der Familie muss Silvius erhalten. Plautius Silvanus wird er sich nennen, mein Sohn und Erbe!«

Paolina senkte resigniert den Kopf.

»Es sei, wie du willst, mein Gemahl. Wenn du wirklich dazu entschlossen bist, werde ich deinen Willen respektieren, koste es, was es wolle!«

Geduldig griff Aurelius zur *pugillares* und begann, ein anderes Testament unter Berücksichtigung der tausend Zusätze aufzusetzen, um eine eventuelle Anfechtung auszuschließen. Auf diesen Punkt legte Gneus Plautius großen Wert, weil er seinen Stiefsohn gut kannte.

Zum Schluss mussten noch die Siegel auf der Tafel angebracht werden. Die geflügelte Schlange, das Symbol der

Plautier, senkte sich auf den letzten Willen des *pater familias*, dann zog sich der Alte müde in sein Zimmer zurück.

»Dir gefällt die Sache nicht, Aurelius«, stellte Paolina fest.

»Nein, sicher nicht. Ich traue den Orakelsprüchen, den Prophezeiungen und Wahrsagungen nicht. Auch der große Epikur mahnte zur Vorsicht gegenüber der Wahrsagerei und meinte, sie hätte keinen realen Bezug, ebenso wie die Träume, von denen viele glauben, der Himmel würde sie schicken. Unter uns gesagt, selbst die Existenz der Götter halte ich für unwahrscheinlich, auch wenn ich als guter Römer auf Augustus' Schutzgeist schwöre und die von den *mos maiorum* geforderten Versöhnungsriten einhalte. Aber diese Zeremonien betreffen die Loyalität zum Staat und mit Sicherheit nicht meinen Glauben. Zum Glück ist man in Rom frei und kann den Gott verehren, an den man glaubt, oder man kann es ganz bleiben lassen, sofern man damit kein Gesetz verletzt«, erklärte Aurelius.

»Meinst du nicht, dass du allzu skeptisch bist?«, fragte Paolina. »Die Zukunft eilt den Göttern voraus, die sie mit Sicherheit kennen ...«

»Aber es ist ihnen egal, wenn sie sie uns in zweideutigen Versen mitteilen. Ich bin sicher, dass auch du den Wahrheitsgehalt dieser ganzen Geschichte bezweifelst, Paolina, und trotzdem glaubst du lieber daran, statt dich mit einer Erklärung auseinander zu setzen, die viel beunruhigender ist.«

»Was für eine Erklärung?«, fragte Paolina mit leicht brüchiger Stimme.

»Die einzig mögliche – ein Verbrechen.«

»Nein!«, rief sie und hielt sich die Ohren zu. »Daran darfst du nicht einmal denken, Aurelius! Wir sind eine Familie ...«

»Und?«, fragte Aurelius zynisch. »Die meisten Morde werden von Familienangehörigen begangen. Wo sonst brechen in diesem Ausmaß verzehrender Hass oder ungezügelte Leidenschaften aus, wenn nicht innerhalb der Mauern eines Hauses, zwischen Menschen, die auf engem Raum miteinander leben? Neid, Eifersucht, Verlangen, Habgier – die kaiserliche Familie bietet ein hervorragendes Beispiel dafür. Wer aus der Familie von Cäsar und Claudius ist denn tatsächlich an Altersschwäche gestorben, und wer durch einen Dolchstoß oder Gift?

»Das reicht! Ich verstehe nicht…«

»Nein, dein Glaube an das Schicksal ist nicht größer als meiner, Paolina, und du bist mit Plautius' Entscheidungen genauso wenig einverstanden wie ich!«, beharrte Aurelius.

»Das stimmt«, gab sie zu. »Aber es ist, was er will. Vielleicht ist meine Haltung altmodisch – ich bin eine alte Patrizierin, die daran gewöhnt ist, dass die Ahnen wichtiger sind als die Nachkommen. Ich sehe zwar, dass Silvius trotz seiner Herkunft sehr ehrgeizig und tüchtig ist. Außerdem habe ich ihn selbst erzogen, ich schätze seine Intelligenz und seinen Sinn für Verantwortung. In vielerlei Hinsicht habe ich ihn Gneus' anderen Söhnen immer vorgezogen. Wenn ich es mir recht überlege, bin ich mir sicher, dass er das Landgut hervorragend verwalten wird, besser jedenfalls als dieser untaugliche Secundus oder auch mein Fabricius, der sich nur für die Legionen interessiert. Aber trotz allem kann ich nicht vergessen, dass Silvius von einer Sklavin abstammt!«

»Die Zeiten haben sich geändert, Paolina«, entgegnete Aurelius. »Auch ich habe meine Freigelassenen zu Erben ernannt.«

»Und deine ehemalige Frau erbt nichts?«, fragte sie, in der Hoffnung, nicht zu indiskret zu sein.

»Nichts. Flaminia ist mit Sicherheit nicht auf meine Hilfe angewiesen. Abgesehen davon habe ich sie seit zehn Jahren weder gesehen noch vermisst.«

»Wie anders ist die Welt heute als damals, als ich noch jung war. Damals hat man noch aus Liebe geheiratet…«

»Deine Erinnerung lässt dich im Stich, Paolina«, widersprach Aurelius kalt. »Jede Ehe diente dazu, die Bündnisse zwischen Familien oder die politischen Karrieren zu fördern, und gewöhnlich dauerten sie nicht länger, als die Gründe Bestand hatten, aus denen sie geschlossen worden waren. Nur bei dir war es anders.«

»Wir Adligen zählen nicht mehr, stimmt's? Aber wir waren doch einmal das Rückgrat Roms.«

»Ist ein Mensch etwa nur weiser als ein anderer, weil sein Urgroßvater im Senat saß? Oder ist ein Soldat tapferer, wenn einer seiner Vorfahren mit Cornelius Scipio Africanus in Zama gekämpft hat? Das Blut zählt nicht, Paolina, es ist die Erziehung, die den Menschen zu dem macht, was er ist. Silvius zum Beispiel könnte tatsächlich der beste Erbe von Gneus sein, wenn nicht er es war, der das Schicksal beeinflusst hat, um sich seiner Brüder zu entledigen!«

»Das schließe ich aus. Der Junge ist zu Gewalt nicht fähig«, überlegte Paolina kopfschüttelnd.

»Oft sind es die weniger aggressiven Menschen, die einen tief verwurzelten Hass hegen, der plötzlich aus scheinbar nichtigem Grund ausbricht. Silvius hat nur einen Fehler: Er ist zu ernst. Ich habe schon immer Menschen misstraut, die nicht lachen können. Du weißt, dass er einen Mann aus den *ergastula* ›Vater‹ nennt?«

»Es ist Proculus, der Sklave, der seine Mutter nach Gneus' zweiter Reise geheiratet hat. Mein Mann war früher ein sehr leichtsinniger Mensch; er konnte wegen einer Frau den Kopf verlieren und sie im nächsten Moment wieder langweilig finden. Auch wegen mir hat er verrückte Sachen gemacht.«

»Aber dich findet er noch nicht langweilig. Ich glaube, das wird auch nie geschehen.«

»Ja, das stimmt. Wenn ich daran denke, dass ich ihn am Anfang…« Von ihren Gefühlen überwältigt, brach sie den Satz ab.

»Und dieser Proculus?«

»Der Junge mag ihn sehr. Aber jetzt, da Atticus und Secundus tot sind, legt Gneus all seine Hoffnungen in Silvius, und der wird aufhören müssen, Proculus als seinen Vater zu betrachten.«

»Ich wollte dich fragen… wusste jemand vor Atticus' Tod von der Prophezeiung?«, fragte Aurelius vorsichtig.

»Ich glaube nicht, aber es kann gut sein, dass Appiana jemandem davon erzählt hat.«

»Vor zwanzig Jahren hatten diese Worte für sie keine Bedeutung. Ist es nicht seltsam, dass sie den Orakelspruch so lange Zeit aufbewahrt hat?«

»Sie war eifersüchtig – das habe ich doch gesagt.«

»Vielleicht hat sie sich ihrer Tochter anvertraut.«

»Das ist unwahrscheinlich. Tertia hatte nie etwas anderes im Kopf als Männer. Es war für mich nicht leicht, dafür zu sorgen, dass sie wenigstens den Schein wahrte… du müsstest das doch wissen«, sagte sie, doch Aurelius tat so, als würde er die Anspielung nicht bemerken.

»Paolina, hast du noch nicht bedacht, dass auch Tertia Plautilla ein Baum in dem Garten ist und in ernster Gefahr sein könnte?«

»Glaubst du wirklich?« Paolina war erschüttert.

»Warum nicht? Sie ist jetzt die Letzte der Plautier. Wenn du wirklich an das Orakel glaubst, müsstest du ernsthaft besorgt sein.«

»Auch Plautilla…«, flüsterte die *matrona*, während Aurelius leise das Zimmer verließ.

Aus der Vorhalle hörte er Nevias silberhelles Lachen.

Aurelius überraschte sich dabei, dass er lächelte. Das Mädchen schien sich aber schnell von dem Schrecken der fürchterlichen Entdeckung erholt zu haben! Rasch ging er in die Richtung, aus der die Stimme kam. Ihm war ein Scherz eingefallen, mit dem er sie noch mehr aufheitern könnte.

Im Innenhof angekommen, blieb er plötzlich abrupt stehen.

Ihre Arme um einen Pfeiler geschlungen, schaukelte Nevia lachend und mit nach hinten geworfenem Kopf hin und her. Ihr zerzaustes Haar hing weit über ihren Rücken hinab.

Ihr zu Füßen saß Silvius und lächelte wie verzaubert zurück.

»Castor!«, rief Aurelius mit harter Stimme.

»Hier bin ich, *domine*!«

Keuchend kam der Sekretär angerannt. Nach seinem missmutigen Gesichtsausdruck zu schließen, schien er bei einer der schönsten Beschäftigungen unterbrochen worden zu sein.

»Lass zum Morgengrauen die Pferde vorbereiten. Wir reiten zur Sibylle von Cumae. Von hier aus ist es nur eine Stunde bis dahin.«

»Aber das ist doch alles Lug und Trug, Herr! Wir Griechen waren es, die dieses Spiel erfunden haben. Für einige Jahrhunderte hat es auch sehr gut funktioniert. Mittlerweile allerdings sind die Menschen zu schlau geworden, um der Pythia noch zu glauben!«

»Wir versuchen etwas über die alte Weissagung herauszufinden. Höchstwahrscheinlich handelt es sich um einen sibyllinischen Orakelspruch, weil Tiberius damals den nicht zugelassenen Wahrsagern das Leben schwer gemacht hat.«

»Deiphoba muss schon seit einer Weile tot sein. Wer ist denn zurzeit die Seherin?«, fragte Castor.

»Eine gewisse Amalthea, die den Namen der berühmten Prophetin der Tarquinier angenommen hat.«

»Ach ja, stimmt, ich kenne die Geschichte. Die Seherin bot dem König neun Bände mit ihren Orakeln für dreihundert Gold-Scudi, aber er lehnte ab. Deswegen verbrannte sie drei Bände und bot ihm ein Jahr später die restlichen noch einmal an, doch Tarquinius wollte immer noch nichts davon wissen. Nachdem Amalthea noch drei Bücher verbrannte, kaufte der König schließlich die letzten drei zum Preis von neun – genau die drei Bände, die auf dem Kapitol so streng bewacht wurden, bis die Tempel unter Sulla abgebrannt sind. Deine Vorfahren konsultierten sie jedes Mal, bevor sie eine Entscheidung trafen. Ich habe schon immer gesagt, dass die Römer naiv sind.«

»Ja, was! Habt ihr nicht etwa das Heiligtum von Delphi, das Nekromanteion und die Eichen von Dodona?«

»Ja, ich muss zugeben, dass die Priester mit ihren Orakeln und falschen Vorhersagen ganz Griechenland im Griff hatten. Andererseits haben auch die Bürger davon profitiert – Catilina ließ durch die Sibylle von Ancira verkünden, dass seine Familie dazu bestimmt war, die Republik zu regieren, während er einen Staatsstreich vorbereitete.«

»Und weil es so leicht ist, die Orakelsprüche zu manipulieren, habe ich die Absicht, etwas genauer nachzuforschen. Unser Orakelspruch könnte sehr gut eine Fälschung sein. Hier sprechen alle vom Willen des Schicksals, aber ich sehe nur ein paar Leichen, die man ohne diese verfluchte Prophezeiung schlicht als Mordopfer bezeichnen könnte.«

»Und du hoffst, eine Spur von einem zwanzig Jahre alten Orakelspruch zu finden? Spar dir die Mühe, Herr! Reiten ermüdet den Unterleib, und ich will nicht, dass du, wo du schon so erschöpft bist...«

»Hast du vielleicht schon vergessen, dass du auch mitkommst, Castor?«

»Das ist eine beschwerliche Reise«, wehrte dieser ab.

Aurelius zuckte mit den Schultern. »Vielleicht ist es ohnehin besser, wenn ich Saturnius mitnehme.«

»Aber Herr, einen wie ihn, der direkt aus den Bergen kommt, kannst du doch nicht zu diesen hinterlistigen Griechen schicken. Am Ende würde er sogar ohne Tunika nach Hause kommen! Nein, ich sehe schon, dass ich mich zu deinem Wohl opfern muss. Ich werde mitkommen, aber ich würde dich dafür gerne um etwas bitten.«

»Ich höre.«

»Es geht nur um einen kleinen Gefallen. Diese Xenia ist ja wirklich ziemlich raffiniert. Sie hätte mir doch tatsächlich beinahe ein falsches Armband verkauft, von dem sie behauptet hat, sie hätte es der Herrin geklaut! Als Hausangestellte ist sie sehr vertrauenswürdig, da kann man nichts sagen.«

»Also, ich dachte, du hast in deinem *domus* nicht viele Frauen…«

»Was denn, es sind ungefähr fünfzig!«, protestierte Aurelius.

»Aber alle schon verblüht und ohne Anmut.«

»Keine davon ist älter als dreißig«, erinnerte ihn sein Herr.

»Also wäre es nett, wenn du sie durch eine neue Magd ergänzen könntest«, fuhr Castor fort ohne zuzuhören. »Die über eine gesunde Moral verfügt und außerdem ziemlich hübsch ist.«

Aurelius wurde wütend. »Du willst doch wohl nicht, dass ich diese Diebin kaufe?«

»Ich sage es noch einmal: Sie ist absolut vertrauenswürdig.«

»Castor, unter meinen Dienern gibt es schon einen Verbrecher, wie du weißt.«

»Genau, zu zweit würden sie sich gegenseitig kontrollieren«, rief der Grieche in seiner zwingenden Logik. »Natürlich spielst du auf Parides an. Er bringt dich immer wieder in die Bredouille, oder?« Es war klar, das er Aurelius' gewissenhaften Verwalter nicht ertrug.

»Wenn sie dir so wichtig ist, warum kaufst du sie nicht? Du bist ein freier und ziemlich reicher Mann.«

»Diese Zimperliese Helena will sie mir nicht geben!«, schimpfte Castor verärgert.

»Oh, du hast also schon nachgefragt«, hänselte ihn Aurelius.

»Wir sind uns so ähnlich, Herr. Wenn du sehen könntest, mit welcher Anmut sie ihre kleine Hand in meine Satteltasche schiebt, ohne dass es auch nur ein kleines bisschen raschelt.«

»Dann scheint sie ja wie für dich geschaffen zu sein!«

»Ihre Herrin könnte das einem Senator nicht abschlagen. Wenn ich nach Cumae mitkomme, wirst du mir dann helfen? Ich gehe gleich und packe die Tasche… he, wo ist sie denn geblieben? Ich hatte sie doch gerade eben erst hier abgestellt, als Xenia gekommen ist. O verdammt!«, schnaubte der Diener und nahm die Verfolgung auf.

»Endlich habe ich Brot für deine Zähne gefunden, Castor«, lachte Aurelius vergnügt.

Die Terrasse war dunkel und verlassen. Das in kleinem Kreis eingenommene Abendessen war soeben beendet, und die Plautier waren noch nicht in ihre Zimmer gegangen. Aurelius, der für die Reise am nächsten Morgen schon vorbereitet war, nutzte den Moment, um fernab indiskreter Ohren endlich mit der schönen Witwe reden zu können.

Im Halbdunkel des fortgeschrittenen Abends konnte er sie kaum erkennen, als sie an der Balustrade zum See stand. Wie auf ein vereinbartes Signal hin zündeten zwei Sklaven rasch die *funalia* an, die großen Fackeln aus Wachs und Pech.

»Du willst also meine Sklavin kaufen, Aurelius.«

Helena setzte sich mit einer fließenden Bewegung auf eine Liege. Ihr Haar, das sie zum Zeichen ihrer Trauer offen trug, ergoss sich über ihre Schultern. Ohne Schmuck und ganz in weiß gekleidet wirkte sie zerbrechlich. Ihr Anblick war ergreifend. Doch Aurelius ließ sich nicht rühren – er wusste, dass ihr gewollt zerzaustes Haar Xenia mühevolle Stunden und einige Wunden am Arm gekostet hatten, nachdem ihre verwöhnte Herrin sie bei jeder falsch gelegten Locke mit der Haarnadel gestochen hatte. Was für eine großartige Schauspielerin, dachte er, als sie, der empfindlichen Kälte trotzend, den weißen Schleier geschickt von der Schulter gleiten ließ.

»Ich dachte nicht, dass dich Sklavinnen interessieren, Aurelius. Du stehst in dem Ruf, Damen vorzuziehen«, stichelte Helena, bedacht darauf, seinen bewundernden Blick nicht zu verpassen.

Sie benutzt ihre Schönheit wie ein Gladiator sein Schwert und tut so, als spüre sie das Gewicht nicht, dachte Aurelius. Ihr Aussehen ist die einzige Waffe, die sie kennt – ihre Beute sind Männer, denn nur sie können sie aus ihrer Dunkelheit und ihrem Elend befreien.

»Stimmt, ich weiß die Damen sehr zu schätzen«, antwortete er und warf ihr einen vielsagenden Blick zu.

»Wirklich? Persönlich kann ich mich nicht beschweren, belästigt worden zu sein, mein edler Aurelius… wenn ich daran denke, dass ich angesichts deines Rufes darauf vorbereitet war, mich zu wehren!«

»Ich verbringe hier meine Ferien, bezaubernde Dame«, hänselte Aurelius sie. »Auch die großen Verführer brauchen hin und wieder etwas Ruhe.«

»Oder vielleicht überlegst du, deine müde Herde auf eine

andere Wiese zu führen, wo das Gras frischer ist?«, fragte sie mit zitternder Stimme.

Der Senator blickte sie neugierig an – also war Helena keine Mutter, der sein Interesse an der jungen Nevia entging.

»Vom Turm aus hat man einen hübschen Ausblick«, erwiderte er kalt. »Ich wundere mich, dass du von dort nicht gesehen hast, wie dein Mann ins Wasser gefallen ist.«

»Was willst du damit sagen?«

Zwischen den Augen der Venus hatte sich eine kleine Falte gebildet; auf ihrer perlfarbenen Stirn schimmerte ein Hauch von Schweiß.

»Das, was wir beide sehr gut wissen, bezaubernde Helena. Ein bescheidener Mann und ein reiches Landgut sind immer besser als eine Kellerwohnung in Neapolis. Aber wenn am Horizont ein römischer Patrizier auftaucht, der in der Hauptstadt gut etabliert und zudem ein stattlicher Mann ist, beginnt man, nach Höherem zu streben. Und wenn nur ein armer Ehemann als Hindernis im Weg ist…«

»Du räudiger Hund«, zischte Helena. »Wie kannst du es wagen, mir so etwas zu unterstellen.«

»Vorsicht! Wenn du wütend wirst, verrätst du deine Herkunft!«, lachte Aurelius. »Bis jetzt hast du es geschafft, dich wie eine Dame von Stand zu verhalten. Du solltest nicht alles verpatzen!«

»Halte dich von mir und meiner Tochter fern!«, drohte sie.

»Damit du die ganze Familie ausrotten und das Erbe einstreichen kannst? Das kannst du dir aus dem Kopf schlagen, meine Liebe, du hast keinen Erben geboren, hinter dem du dich verschanzen kannst. Und ich rate dir, diesem aufgeblasenen Fabricius nicht zu vertrauen – er wird dich wie eine alte, abgetragene Tunika fallen lassen, sobald er dich satt hat!«

Helena blickte ihn wutentbrannt an. Aurelius erhob sich und tat, als wollte er gehen.

»Warte!«, rief sie ihn streng zurück.

Aurelius lachte im Stillen – die Schlange wurde schwach.

»Woher weißt du von Fabricius?«

»Warst du in jener Nacht bei ihm?«, fragte Aurelius, statt zu antworten.

»Ja«, gab sie widerstrebend zu.

»Und dein Mann hat nichts bemerkt?«

»Nein, ich war vorsichtig. Er war furchtbar eifersüchtig.«

»Was dich nicht daran hinderte, mucksmäuschenstill aus seinem Bett zu schlüpfen, um zu diesem gastfreundlicheren Menschen im Turm zu gehen. Ich wette, dass dir Atticus dieses Mal gefolgt ist.«

»Wenn er mich gesucht hätte, wäre er bestimmt nicht zu den Fischbecken gegangen.«

»Vielleicht dachte er, er würde dich genau dort antreffen!«

»Meinst du wirklich, das ist der passende Ort für ein heimliches Stelldichein?«, fragte Helena verärgert.

»Dennoch ist Atticus zu den Fischbecken gegangen... und jemand hat ihm geholfen, dort hineinzufallen. Und wer wäre besser dazu geeignet als seine untreue Gattin oder ihr starker Liebhaber?«

»Fabricius war bei mir.«

»Die ganze Nacht?«

»Die ganze Zeit während der zweiten Nachtwache.«

»Vielleicht hatte er anschließend Zeit, Atticus umzubringen. War dein Mann im Zimmer, als du zurückkamst?«

»Das weiß ich nicht – wir haben getrennt geschlafen.«

Aurelius überlegte: Welchen Vorteil hatte diese habgierige Frau durch den vorzeitigen Tod ihres Mannes? Mit Sicherheit nicht, dass Fabricius sie heiraten würde. Dieser eingebildete Kerl war kein Typ, der eine Witwe mit zweifelhafter Vergangenheit heiratete, so schön sie auch war. Vielleicht wollte sich Atticus scheiden lassen, nachdem er von dem Techtelmechtel erfahren hatte. Allerdings ...«

»Bist du schwanger?«, fragte er plötzlich.

»Was erlaubst du dir?«, rief Helena und hob die Hand zu einer Ohrfeige.

Aurelius fing ihren Arm ab und drehte ihn leicht.

»Ich erlaube mir dies und noch mehr!«, sagte er, während er sie festhielt. Sie keuchte wütend. Aurelius sah, wie sich ihr Busen im Rhythmus des erregten Atems hob und senkte. Sie bemerkte, dass Lust in ihm aufstieg, ohne dass er es wollte, und lächelte listig.

»Senator«, flüsterte sie, plötzlich ganz schwach, in sein Ohr. »Vielleicht kann ich dir geben, wonach du suchst.«

»Genauso ist es«, gab Aurelius zu.

»Also, mein edler Aurelius?«, umschmeichelte sie ihn mit leiser Stimme.

»Nun, ich würde gerne deine Sklavin kaufen. Du allein kannst sie mir geben. Sag mir deinen Preis.« Aurelius lachte, als sich Helena mit einem Ruck befreite.

Der bildhafte Ausdruck, mit dem sie ihn beleidigte, ließ keinen Zweifel an ihrer plebejischen Herkunft.

»Und halte dich von meiner Tochter fern!«, rief sie ihm hinterher, während sie in den schützenden Schatten des *tablinum* lief.

IX

Nonen des November

»Wir sind gleich da!«, beruhigte Aurelius seinen Sekretär. »Noch eine Meile, und wir sind in Cumae!«

»Ich muss schon zugeben, dieser Tunnel des Cocceius ist eine interessante Konstruktion und auch von einem gewissen Nutzen«, lobte Castor gönnerhaft. »Aber, wenn ich ehrlich bin, ist er künstlerisch nicht gerade anspruchsvoll.«

Aurelius schnaubte: Nicht einmal angesichts eines solch gigantischen Werkes hoher Ingenieurskunst konnte der unbeirrbare Grieche zugeben, dass auch die Römer zu hervorragenden Leistungen fähig waren. Vor den grandiosen Aquädukten, den künstlichen Seen oder den gewagtesten Brücken zeigte er immer dieselbe Reaktion: ein leichtes Hochziehen der Augenbrauen, einige Worte pflichtschuldiger Anerkennung und einen langen Wortschwall über das unerreichbare griechische Genie.

Ohne auf ihn zu achten hob Aurelius den Kopf, um die Lichtschächte zu bewundern und den schweren Wagen hinterherzublicken, die in beide Richtungen im Bauch des Berges verschwanden. In diesen Momenten war er sehr stolz darauf, ein Römer zu sein, mehr, als wenn ihm die unzähligen Nachrichten über die Siege der römischen Legionen zu Ohren kamen. Tief ausgeschnittene Berge, flache Hügel, fruchtbare Böden anstelle übel riechender Sümpfe, und über-

all Straßen, große, bequeme, hervorragend gepflasterte Straßen, die Rom und seine Zivilisation in der Welt bekannt
machten, und dann fließendes Wasser, beheizte Häuser, Auf-
züge, Kräne, mächtige Kriegsmaschinen, schnelle Schiffe,
Schulen und Badehäuser für alle. Der Fortschritt ist unauf-
haltsam, dachte Aurelius stolz. Wer weiß, welche unglaub-
lichen Wunder die Welt bei diesem Tempo in den nächsten
Jahrhunderten noch sehen würde.

»Ihr Römer seid nicht wirklich kreativ«, spielte Castor die
Errungenschaften herunter, was die Begeisterung seines
Herrn sogleich zum Abkühlen brachte. »Eure Werke sind
schlichte Imitationen der griechischen Leistungen. Schon
vor Jahrhunderten, in Alexandria...«

»Wir sind da!«, unterbrach ihn Aurelius pikiert.

Das Ende des Tunnels kam in Sicht und öffnete sich zu
einer Straße, die sanft zum Stadtzentrum hin abfiel.

Aurelius blieb stehen, um sich das weiße Vorgebirge aus
Tempeln zu betrachten, das zwischen den dunkelgrünen
Steineichen und Lorbeerbäumen hervorragte.

»Das muss einmal ein wunderschöner Ort gewesen sein«,
meinte Castor und trieb sein Pferd an. »Aber jetzt – sieh mal,
wie heruntergekommen er ist. Das Forum ist von stinkenden
Fabriken umgeben, und die Stadt wirkt eher wie eine militärische Festung statt wie der geheimnisvolle Wohnort der
Pythia!«

Aurelius musste zugeben, dass sein Sekretär Recht hatte.
Jedes Mal, wenn er nach Cumae ging, hatte wieder ein La-
den zugemacht, und es war weniger los auf den Straßen.
Durch die Nähe zum blühenden Hafen von Puteoli, der in
kurzer Zeit zum wichtigsten an der Küste von Campania geworden war, hatte schon vor einiger Zeit der Niedergang der
alten griechischen Stadt begonnen, den auch der heilige Kult
der Sibylle nicht aufhalten konnte.

»Hier ist die Höhle der Priesterin. Mach dich an die Arbeit, während ich das Orakel befrage«, befahl Aurelius.

Als er allein war, blickte er sich in der dunklen Vorhalle um, von der aus man über einen trapezförmigen Gang in die heilige Höhle gelangte.

Nur wenige Gläubige warteten darauf, eingelassen zu werden, bestürmt von einer Schar skrupelloser Betrüger, die ihnen voller Eifer Tavernen und Bordelle, Gasthäuser und Hospize empfahlen, alles inklusive des Orakelspruchs der Prophetin, aber zu gesalzenen Preisen. Doch leider blühten die Geschäfte nicht mehr so wie noch vor zwanzig Jahren, als das Orakel noch viele Ratsuchende anzog, die bereit waren, alles zu tun, damit ihnen eine glückliche Zukunft versprochen wurde. Vor zwanzig Jahren war es gewesen, dass Appiana die Prophezeiung über den demütigen Pflaumenbaum im Gemüsegarten gehört hatte.

Seltsam, dachte Aurelius, Plautius' erste Frau musste wirklich naiv und leichtgläubig gewesen sein, wie sonst konnte sie sich einen solch undurchsichtigen und wenig befriedigenden Orakelspruch aufschwatzen lassen? Wären ihr Reichtum und gute Gesundheit prophezeit worden, hätte sie großzügig ihren Geldbeutel geöffnet. Der Spruch jedoch, den sie erhalten hatte, hatte etwas Beunruhigendes, fast schon Echtes...

Aurelius hatte sich in die Warteschlange eingereiht. Vor Jahren hatte er das Orakel einmal befragt. Jung war er damals gewesen, aber nicht weniger skeptisch. Er erinnerte sich noch gut an die langen geheimnisvollen Riten, die die Einfältigen umgarnen sollten. Jetzt hingegen hatten es die Priester nur noch eilig und machten sich nicht einmal die Mühe, ihr Treiben noch großartig in Szene zu setzen. Die Höhle der Pythia war nur noch ein exotischer Ort, an den die Küstenbewohner in Gruppen zogen, um sich mit einem etwas ausgefallenen Ausflug die Zeit zu vertreiben.

»Herr, Herr!«, rief ein Alter, der halb blind war und ihn an der Tunika zog. »Verlier keine Zeit hier – die Sibylle ist alt und wahnsinnig und von Schwindlern umgeben!«

»Sehr freundlich von dir, dass du mich warnst«, wunderte sich Aurelius argwöhnisch.

»Apollo, die Pythia – alles Geschichten! Wenn du dein Schicksal wissen willst, musst du zu den Priestern von Serapide gehen, den Erben der Weisheit der alten Ägypter!«

»Glaube ihm nicht!«, unterbrach ihn eine üppige Frau aus dem Volk. »Nur wir Phönizierinnen, der Astarte geweiht, können dir sagen, was dich erwartet! Außerdem sind unsere Priesterinnen jung und gut gebaut, was einem schönen jungen Mann wie dir bestimmt gefällt!«

»Ach was – Astarte! Komm zu Isis, und du erhältst das ewige Leben!«, unterbrach ihn ein Amulettverkäufer.

»Die Ewigkeit ist viel zu lang! Da wird mir nur langweilig«, erwiderte Aurelius lachend.

»Höre auf die wahre und einzige Stimme der Lara, der stummen Göttin!«, empfahl ein Junge, der ebenfalls auf sich aufmerksam machen wollte.

»Die Zeit ist gekommen, und das Reich ist nahe...«, predigte ein Stück abseits ein Alter in hebräischer Kleidung.

»Ihr müsst Buße tun, ihr Törichten!«, herrschte ihn eine Gruppe junger Männer mit rasierten Köpfen an, die, mit Tamburinen bewaffnet und misstönende Gebete psalmodierend, herankamen. »Sucht die Erneuerung, und ihr werdet in Mithras, dem Retter, wiedergeboren werden!«

Hin und her geschubst, von den Anhängern der seltsamsten Kulte umworben, wurde Aurelius allmählich ärgerlich. Es war schon klar, dass angesichts sinkender Besucherzahlen die Konkurrenz immer unerbittlicher wurde und die Anhänger der verschiedenen Sekten um die noch verbliebenen Narren kämpfen mussten.

Endlich gab ihm der Wächter ein Zeichen, dass er an der Reihe war, um die heilige Höhle zu betreten.

Der alte Ritus verlangte, dass man, bevor man die Pythia befragen konnte, eine lange Fastenzeit hinter sich bringen und dem Apollo einen Stier und der Artemis eine Ziege opfern musste. Doch die kurz angebundenen Priester hatten die Prozedur vereinfacht und begnügten sich damit, den entsprechenden Wert der beiden Tiere in Form von Geld einzustreichen, um sie anschließend in aller Ruhe zu opfern.

Aurelius war in gewisser Weise gerührt, als er den dunklen Gang betrat. Angesichts der Schar neuer Zauberer schwebte über der Höhle der Sibylle der Reiz des Vertrauten, nachdem Tausende von Gläubige jahrhundertelang verängstigt und zögernd hier entlanggegangen waren.

Die finstere Grotte sollte den Besuchern nach dem Willen der Priester Ehrfurcht einflössen. Plötzlich wurde die Dunkelheit von einem Lichtstrahl durchbrochen, der einen frei aufgehängten Käfig von oben beleuchtete. Aus diesem grinste dem Besucher die grässliche zahnlose Mumie einer alten Frau entgegen.

Jahrmarktpossen, sagte sich Aurelius: Dennoch war er zusammengezuckt. Dann erinnerte er sich daran, dass die Sibylle in ihrer Höhle immer in Begleitung der einbalsamierten Leiche ihrer Vorgängerin war.

Mit einem quietschenden Geräusch verschwand die runzlige Mumie, und die Seherin erschien.

Beim Anblick der Wahnsinnigen, die auf ihrem bronzenen Tripodium kauerte, vergaß Aurelius seine klaren und intelligenten Fragen, die er sorgfältig vorbereitet hatte. »Wer hat Atticus und Secundus umgebracht?«, stieß er stattdessen hervor.

Aus dem offenen, schäumenden Mund der Schwachsinnigen war nur ein Schrei zu hören, dann ein dumpfes, unverständliches Gurgeln.

Aurelius wartete gleichmütig. Zweimal murmelte die Alte mit ihren verzerrten, blutleeren Lippen etwas vor sich hin, dann schwieg sie. Offenbar war sie nicht bereit, ihrer Aussage noch etwas hinzuzufügen.

Aurelius wollte schon wieder gehen, als ihm jemand leicht auf die Schulter klopfte. Erschreckt zuckte er zusammen. Ein großer, hagerer Mann in einer weißen, bis zu den Füßen reichenden Tunika führte ihn wortlos in Richtung des Ausgangs und von dort weiter in eine geschlossene, in den Felsen gehauene Kammer.

»Hast du die Antwort der heiligen Pythia verstanden, Römer?«

»Ich habe etwas gehört, aber nicht ganz verstanden, was sie meinte.«

»Nur die dem Apollo Geweihten können die geheimnisvolle Stimme des Gottes deuten.«

»Und du bist bestimmt einer davon«, stellte Aurelius fest.

»Genau, Römer. Nur ich kann dir sagen, was der Unsterbliche prophezeit hat.«

»Ich denke mir, dass du eine bescheidene Opfergabe dafür verlangst.«

»Es ist alter Brauch, dem Priesterkollegium ein Geschenk zu machen.«

»Wie viel?«, schnitt ihm Aurelius das Wort ab.

»Niemand wagt es, dem göttlichen Phöbus weniger als drei Goldmünzen zu geben. Der Unsterbliche könnte sonst beleidigt sein und die liebsten Verwandten des Bittstellers strafen.«

»Das Risiko gehe ich ein. Um zu hören, was du für mich erfinden kannst, bezahle ich einen Aureus, mehr nicht.«

»Oh, was für eine Gotteslästerung! Ein General feilschte um den Preis, und seinen Erstgeborenen befiel eine Krankheit...«

»Ich habe keine Kinder.«

»Ein reicher Bankier trieb Mauscheleien, und seine Frau ...«

»Ich bin nicht verheiratet. Und ich biete einen Aureus.« Aurelius spielte mit der Münze in seiner Hand. »Los, nimm sie schon. Das ist besser als nichts, und ich bin sicher, dass das, was du mir zu sagen hast, nicht so viel wert ist.«

»Du tust nicht gut daran, mich zu verspotten, eingebildeter Römer! Die Prophetin des Apollo sieht die Vergangenheit, die Gegenwart und die Zukunft, und sie weiß alles! Sie hat gesagt, dass du um das Leben eines Menschen fürchtest.«

»Und um wen geht es, bitte schön? Hat sie dir auch den Namen genannt?«

»Du törichter Ungläubiger – der Gott hat von einer Tochter gesprochen, dem dritten Spross.«

Aurelius erstarrte. »Weiter«, verlangte er bedächtig.

»Du Gotteslästerer kommst in die heilige Höhle, verweigerst den Obulus und gibst vor, die göttlichen Orakel zu kennen.«

»Gut«, gab Aurelius schließlich nach. »Ich werde dir die drei Goldmünzen geben.«

»So, so! Dem Unsterblichen mit seinem unfehlbaren Pfeil missfällt dein Geiz! Deswegen verlangt er jetzt das Doppelte.«

Aurelius schnaubte – er durfte nicht wie ein Trottel in die Falle tappen, er, der Adlige, der Gebildete, der Epikureer.

»Die Sibylle hat auch eine andere Frau gesehen, eine misstrauische Römerin. Sie ist leicht, weiß, frisch wie Schnee ...«, lockte der dem Apollo Geweihte.

Nevia! Wie war das möglich? Aurelius kämpfte gegen seine verfluchte Neugier an. Er fühlte sich wie König Tarquinus, als Amalthea die sibyllinischen Bücher verbrannt hatte. Er starb vor Neugier. Was waren schon sechs Goldmünzen für einen reichen Mann wie ihn?

»Verschwinde! Der Unsterbliche ist beleidigt mit dir!«, entließ ihn der Priester patzig und drehte ihm den Rücken zu.

Er erwartet, dass ich ihn aufhalte, dachte Aurelius. Die ganze Sache war so dumm… aber er konnte nicht widerstehen.

»Hier, ich gebe dir, was du verlangst!«, rief er. Und während er die Münzen herausholte, fragte er sich, ob er mit dem Alter nicht schon senil wurde. Hastig steckte der Priester die Beute ein.

»Du musst dich von dem eisigen Schnee fernhalten – er wird in Kürze dein Verderben sein!«

Nevia mit ihrer zauberhaften Haarpracht, unschuldig und gefährlich…

»Was hat die Pythia auf meine Frage geantwortet?«, drängte Aurelius.

»Es ist verrückt, nach dem zu forschen, was das Schicksal bereits beschlossen hat – das ist der Orakelspruch!«

»Ach, damit machst du es dir aber einfach! Gib mir mein Geld zurück, du Betrüger!«, rief Aurelius voller Wut. Doch der Priester war schon im Stollen verschwunden und ließ ihn fluchend in der Dunkelheit allein.

Aurelius stand vor der Höhle, wütend auf sich selbst, weil er sich hatte übers Ohr hauen lassen.

»Enttäuscht, was, schöner Herr? Ich hatte dich doch gewarnt, dass du hintergangen wirst«, tröstete ihn die Anhängerin der Astarte.

»Sind die Phönizier vielleicht ehrlicher?«, fragte Aurelius sarkastisch.

»Bei uns hat man wenigstens noch seinen Spaß, edler

Herr. Bei uns gibt es Orakel, aber auch hervorragenden Wein und schöne Frauen! Ich wette, du hast noch nichts gegessen, und du suchst eine gute Taverne. Direkt vor dem Heiligtum der Göttin gibt es eine, die ist nicht schlecht. Wenn du willst, begleite ich dich, und dafür lädst du mich zu einem kleinen Krug leichtem Ulbano ein, unserem Wein aus Cumae, der einen schwindlig macht und bei dem man nie wissen kann, was sonst noch passiert.«

»Die Taverne wäre gut!«, nahm Aurelius das Angebot an. Er hatte diesen Betrüger mit sechs Münzen gefüttert, dann konnte er sich jetzt auch in der Taverne etwas gönnen. Die reizende Punierin, die alles andere als unreinlich wirkte, war den stinkenden Wahrsagern auf jeden Fall vorzuziehen, die ihre Klauen nach ihm ausstreckten.

Die Frau ließ sich nicht zweimal bitten, und nachdem sie ihre Konkurrenten keifend davongejagt hatte, zog sie ihre Beute mit sich fort. Sie überquerten das Forum, ließen die Akropolis links liegen und betraten ein Labyrinth übel riechender Gassen.

»Wo ist denn nun diese *caupona*?«, fragte Aurelius nach einer Weile. Langsam roch ihm die Sache nach Betrug.

»Hier!«, rief sie und zeigte auf das Schild – ZUM GARTEN DER ASTARTE.

Hoffentlich gibt es hier nicht nur gebratene Würste, wünschte Aurelius seinem gut entwickelten Geschmack, als sie das Kellergeschoss betraten, aus dem Musik und Geschrei drangen.

»Ich bringe dir einen Gast, Carina!«

Voller Bewunderung für den mit feinen Fibeln verzierten Umhang beäugte die Wirtin den Neuankömmling.

»Wirklich ein hübscher junger Mann!«, gratulierte sie, während sie den Wert des großen Rings an seinem Zeigefinger zu schätzen versuchte, um herauszufinden, wie viel sie dem reichen Gast für ein Essen in angenehmer Gesellschaft abknöpfen konnte.

»Heute ist unser Glückstag! Gerade ist ein anderer hoher Herr gekommen, und er hat nach Wein und Tänzerinnen gefragt. Es sind eine Menge Mädchen da, und der Gast ist fröhlich und nett, und er bezahlt in Gold!«

Aurelius hatte einen fürchterlichen Verdacht. Nein, das hätte er nie gewagt. Schließlich war er sein treuer Diener. Er konnte nicht schon vor ihm bei der Sibylle gewesen sein, um dem ersten treulosen Priester, der ihm vor die Nase kam, sein Geheimnis für schnödes Geld zu verkaufen.

Mit zwei Sätzen war Aurelius an der Tür zum kleinen Saal, wo offenbar ein kleines Fest gefeiert wurde, wie er aus dem Gesang und dem Lachen schloss. Hastig schob er gerade noch rechtzeitig den Vorhang zur Seite, um dem letzten Trankopfer beizuwohnen.

Halb unter drei üppigen Mädchen begraben, die auf Knien vor ihm krochen, ließ sich Castor, bereits völlig betrunken, den Bart kraulen und an den Ohren knabbern. In einer Hand hielt er den Kelch, mit der anderen erforschte er den Busen eines blühenden Mädchens. »Möge Apollo meinem Herrn ein langes Leben schenken!«, prostete er ihnen zu.

»Du hast mich fast ersäuft!«, schimpfte Castor, als er schwankend sein Pferd bestieg.

»Es war ein bisschen frisches Wasser nötig, um dich wieder aus dem Weinrausch zu holen«, spielte Aurelius, stoische Ruhe heuchelnd, die Angelegenheit herunter. Kurz zuvor war er keineswegs so gelassen gewesen, als er seinen Diener zur Tränke gezerrt, seinen Kopf zum Spaß der Tavernenmädchen unter Wasser gedrückt und ihn schließlich wie einen Sack Hafer quer über sein Pferd gelegt hatte.

Sie waren schon auf dem Hügel, als Castor wieder zu Atem kam, um zu protestieren. Mit ziemlich vulgären Reden hatte er alle Götter des Olymp und einen Großteil der Meeres- und Flussgötter auf den Plan gerufen.

»Es versteht sich wohl von selbst, dass ich die sechs Goldmünzen, die ich wegen dir verschwendet habe, von deinem reichen Lohn abziehe.« Aurelius hatte seinen Spaß an den Protesten des Griechen.

Es hatte sich gelohnt, das Geld auszugeben, um seinem Sekretär eine Lektion zu erteilen. Wenn sich Castor nicht schon zu so vielen Gelegenheiten als wertvoller Diener erwiesen hätte, hätte er ihn wegen dieses Schwindels verprügeln oder einsperren lassen. Doch stattdessen grinste er Castor nur freundlich an, als dieser gar den Namen von Spartacus vor sich hinmurmelte. »Ich verstehe dich nicht richtig, Castor. Was hast du gesagt?«

»Nichts, *domine*, ich habe nur über das bittere Schicksal eines großen Helden nachgedacht, der von übermächtigen Kräften überwältigt wurde…«

»Seit wann bewunderst du diesen grobschlächtigen Gladiator? Du hast doch immer behauptet, Spartacus sei ein einfältiger Tölpel gewesen, der sich lieber mit den römischen Legionen auseinander gesetzt hat, statt nach Gallien zu verduften, solange es noch Zeit war!«

»Nach dem eisigen Bad, das du mir verabreicht hast, sehe ich die Dinge in einem anderen Licht – hätte der tapfere Thraker die Legionen besiegt, wäre vorhin dein Kopf in der Tränke gelandet und nicht meiner!«

»Aber ich habe es nur gut mit dir gemeint, damit du wieder nüchtern wirst.«

»Damit hast du aber was Schönes angerichtet, Herr! Die kalte Dusche hat mein Gedächtnis ausgelöscht, dabei bin ich mir sicher, dass ich dir etwas berichten wollte…«

Dies war eine Falle, eine heimtückische Falle, um ihm die Schuld als Ausgleich für irgendein Lügenmärchen zu erlassen, dachte Aurelius, der entschlossen war, nicht hineinzutappen.

»Würden sich deine Gedanken wieder klären, wenn du noch einmal ins Wasser steigen würdest?«, fragte er und zeigte auf einen modrig riechenden Brunnen am Straßenrand.

»Ja, jetzt, Herr... ich habe mein Gehirn angestrengt, und jetzt ist mir etwas eingefallen: Die Besitzerin dieses phönizischen Lokals, in dem ich intensiv nachgeforscht habe, bevor du hereingeplatzt kamst, ist erst vor kurzem nach Cumae gezogen. Bis vor einiger Zeit wohnte sie in Neapolis, und unter den Stammgästen ihrer *caupona* war auch ein gewisser Nevius, ein wenig vertrauenswürdiger Gast, der nur selten pünktlich bezahlte. Die Wirtin hat ihn das letzte Mal, als sie in Neapolis war, zufällig getroffen, und er schien mit Sesterzen wohl ausgestattet zu sein. Er hatte seinen Wohlstand mit einer Kuh erklärt, die endlich Milch gäbe!«

»Großartig, Castor!«, rief Aurelius überschwänglich.

»Du verzeihst mir also?«, lächelte der Grieche beruhigt. »Eigentlich ist es ja nicht meine Schuld, wenn du dich von solchen Betrügern an der Nase herumführen lässt!«

»Willst du behaupten, du treuloser Sklave, dass du mit der Sache nichts zu tun hast?« Aurelius blickte ihn forschend an.

»Mein Mund ist verschlossen, *domine*, und ich würde mir eher die Kehle durchschneiden lassen als deine Geheimnisse zu verraten. Allerdings...«

»Allerdings?«, knurrte Aurelius. Er wartete auf das Geständnis des Verräters.

»Also... ich war um dich besorgt, und vor der Höhle der Sibylle habe ich in deinem Namen eine Bitte an Apollo gerichtet, den Schutzheiligen der Weissagung.«

»Weiter!«

»Im Eifer meines Gebets kann es sein, dass mir ein paar Worte entschlüpft sind, die ich laut gesprochen habe, und vielleicht kam genau in diesem Moment jemand vorbei… genau, ich glaube, ich erinnere mich an einen großen, weiß gekleideten Mann, der eilig wieder verschwand. Aber ich versichere dir, dass ich ihn nicht angesprochen habe!«

»Wer hat dir die Goldmünzen gegeben?«, wollte Aurelius wissen.

»Das ist ehrlich verdientes Geld, *domine*! Ich habe es für einen Verbesserungsvorschlag für das Orakel erhalten. Es gibt einen ganz einfachen, unsichtbaren Mechanismus, mit dem das Tripodium der Pythia angehoben werden kann, so dass es von weitem so aussieht, als würde sie in der Luft schweben. Die Priester des Ammun sind Spezialisten für diesen Schwindel.«

»Ganz schön schlau, dagegen lässt sich nichts sagen.«

»So schlau wie einträglich, Herr. Ich werde nie vergessen, dass du mich vor ihren Klauen gerettet hast. Also, dann sind wir wieder Freunde?«, fragte er mit einem gewinnenden Lächeln.

»Nur, wenn du mir wirklich alles erzählt hast. Sicher, wenn du es schaffst, dich noch an etwas zu erinnern, könnte ich dir entgegenkommen, vielleicht indem ich dich nur mit der halben Summe bestrafe, die mich dein unvorsichtiges Gebet gekostet hat. Oder ich könnte dir ein kleines Geschenk machen«, versprach Aurelius.

»Gut, dann hör zu: In der Sammlung der sibyllinischen Bücher gibt es keinen Eintrag für den Orakelspruch!«

»Was? Von wem weißt du das?«

»Von dem weiß gekleideten Priester.«

»Ach so, der, mit dem du kein Wort gesprochen hast!«, wetterte Aurelius mit schrägem Blick.

»Herr, wenn es möglich ist, eine Information zu kaufen, ist man immer versucht, sie mit einer anderen zu bezahlen.« Mit einem ganz und gar nicht zerknirschten Gesichtsausdruck breitete Castor seine Arme aus. »Es ist das Ergebnis, das zählt!«

»Also ist der Orakelspruch falsch«, überlegte Aurelius.

»Das ist nicht gesagt. Im Krater des Avernus gibt es viele Grotten, und eine von ihnen wurde jahrelang von einer Alten bewohnt, die erst vor kurzem gestorben ist und von der die Bewohner dachten, sie würde über seherische Fähigkeiten verfügen. Es scheint, dass Appiana eher dieser Megäre als der offiziellen Pythia vertraute. Von ihr könnte das Orakel stammen. Wenn wir gleich auf die andere Seite des Berges reiten, zeige ich dir, wo ihre Höhle war.«

»Wir gehen nicht zum Avernus zurück, Castor«, ordnete Aurelius an. »Da wir schon einmal unterwegs sind, will ich Nevius besuchen. Ich bin richtig gespannt, wie der arme geschiedene Ehemann zurechtkommt.«

»Aber der wohnt in Neapolis!«, stöhnte Castor.

»Genau, dreh dein Pferd um!«

»Ist das wirklich nötig?«, versuchte Castor einzuwenden. »Es gibt ständig Erdbeben, und über der Stadt droht ein furchtbarer Vulkan.«

»Der ist seit Jahren erloschen«, schnitt ihm Aurelius das Wort ab.

»Er könnte eines Tages wieder ausbrechen. Und wer weiß, was dann passieren würde ...«

»So ein Quatsch, es gibt überhaupt keine Gefahr. Am Vesuv gibt es viele Städte, die dicht besiedelt und absolut sicher sind: Herculaneum, Stabia, Pompeji ... Los, hör schon auf, dich zu wehren, und reite weiter. Morgen früh will ich am Ziel sein!«, drängte Aurelius und galoppierte los.

X

Achter Tag vor den Iden des November

»Bei Herkules, was für ein Schlamm! Reicht es dir nicht, dass ich die Nacht in einem ekelhaften Wirtshaus verbringen musste unter dem Vorwand, ich würde einen herrlichen Ausblick auf die Insel Nisida haben?«

»Ach, komm schon, Castor, so schlimm war es nun auch wieder nicht«, spielte Aurelius die Angelegenheit herunter.

»Das Problem ist, Herr, dass du keinen Sinn für deinen Rang hast, obwohl du an alle Annehmlichkeiten gewöhnt bist. Andere römische Adlige übernachten nicht in stinkenden Gasthäusern – sie unterhalten Villen entlang der Straße von der Hauptstadt zu ihrem Ferienort, damit sie immer sicher im eigenen Haus übernachten können!«

»Ich wette allerdings, dass ihr Leben weniger interessant ist als meins. Und hör auf, dich zu beschweren; schau, da unten liegt Pausilypon, die ehemalige Villa von Vedius Pollione!«

»Sie scheint nicht bewohnt zu sein, ich sehe nur Grotten aus Basalt.«

»Bis zum letzten Jahrhundert war Neapolis eine blühende, lebendige Stadt. Leider hatte sie einen untrüglichen Sinn dafür, sich auf die Seite der Verlierer zu stellen: Die Stadt hielt sich an Marius, als Sulla siegte, sie unterstützte Pompeus gegen Cäsar und half Brutus und Cassius, als Augustus praktisch schon gewonnen hatte. Und wie du siehst, hat sie den Preis für bestimmte Entscheidungen noch nicht ganz bezahlt.«

»Schade, sie war ein Schmuckstück hellenistischer Zivilisation«, bedauerte Castor.

»Griechen gibt es mittlerweile nur noch wenige hier. Wer konnte, ist schon vor geraumer Zeit gegangen. An Stelle der alten Bewohner ist das verarmte Volk vom Land hereingekommen.«

»Und trotzdem gibt es noch die großartigen Schulen, die Gymnasien. Die bekanntesten Persönlichkeiten aus Rom schicken ihre Söhne hierher, um sie ausbilden zu lassen.«

»Die Schulen sind vor allem vom Namen her griechisch. Ansonsten zieht man sich eine exotisch geschnittene Tunika an und plappert ein bisschen über die Klassiker daher. Die Schönheit des Ortes tut ihr Übriges.«

»Ich könnte in dieser Stadt mein Glück machen, wenn ich mir hier niederlasse! Schließlich bin ich ein echter Alexandriner!«, überlegte Castor.

»Sieh mal, da hinten ist das Theater, wo Kaiser Claudius seine Komödien aufführen lässt. Nevius wohnt nicht weit von dort. Versuche so viel wie möglich über ihn herauszufinden, während ich ihm einen Besuch abstatte.«

»*Domine*, ich will ja nicht indiskret sein, aber wie soll ich es deiner Meinung nach schaffen, die Lerchen zum Singen zu bringen? Du weißt sehr wohl, dass niemand mit trockener Kehle spricht.«

Seufzend übergab Aurelius seinem Sekretär einen Beutel mit Münzen, den er mit Sicherheit nicht wiedersehen würde. Dann machte er sich zu Fuß auf den Weg zu dem Haus, in das Nevius angeblich vor kurzem eingezogen war – der Mann, von dem sich Helena hatte scheiden lassen, um Atticus zu heiraten.

Je näher Aurelius kam, desto überraschter war er: Die Gebäude, vor kurzem restauriert, sahen neu und anständig aus; einige waren sogar in bestem Zustand, als wäre in den letzten Jahren auf Grund der Erdbeben, die es in dieser Region oft gab, nichts eingestürzt. Die fleißigen Parthenopeier, wie die Bewohner von Neapolis früher genannt wurden, hatten beim Wiederaufbau wirklich ganze Arbeit geleistet. Und dabei hatte Horaz die Stadt »otiosa Neapolis« genannt – das faule Neapolis!

Ein paar Fragen, unterstützt von einem bisschen Kleingeld, und Aurelius fand Nevius' Haus gleich neben einem großen Bogengang, der als Schule genutzt wurde – eine derjenigen, in die die anspruchsvolleren Römer ihre Söhne schickten, um sie griechisch erziehen zu lassen. Griechisch war übrigens auch die Sprache, die auf der Straße gesprochen wurde. Das Aussehen der Schüler entsprach von der Frisur bis zur Fußbekleidung diesem Bild, während sie über die Wachstafeln gebeugt saßen und ihren Lehrern scheinbar interessiert lauschten.

Aurelius' geübtes Auge jedoch brauchte nicht lange, um zu erkennen, dass viele der hellenischen *chitons*, ionischen Halbstiefel und argivischen Sandalen in Wirklichkeit von erfahrenen iberischen Handwerkern stammten, die jede Imitation zu einem niedrigen Preis auf den Markt brachten. Und aus dem leicht keltischen Akzent der strengen Lehrer zu schließen, die den widerspenstigen Schülern mit der *ferula* drohten, hätte er schwören können, dass sie eher aus Nemasus, Alestum oder einer anderen, unter römischer Herrschaft stehenden gallischen Stadt als aus Attica stammten. Doch die ehrgeizigen Händler aus Rom, die ihr letztes Hemd hergaben, um ihren Sprösslingen die Schule bezahlen zu können, hielten sich nicht mit solchen Kleinigkeiten auf – die Tatsache, dass sie öffentlich erklären konnten, dass ihr Sohn in Neapolis, der antiken und berühmten Stadt, unterrichtet wurde, war Entschädigung genug für die ihnen entstandenen Kosten.

Ob bei Helena auch nur der Name griechisch war, fragte sich Aurelius zweifelnd. Hinweise darauf könnten ihre fließende Sprache und die hellen Haare sein, doch die könnte sie von einem ausländischen Barbaren geerbt haben, einem der vielen, die in den beliebten Vierteln des kosmopolitischen Hafens von Puteoli verkehrten.

In solche Gedanken versunken, pochte Aurelius mit dem Türklopfer, einem großen brüllenden Löwen, der viel über den kostspieligen Allerweltsgeschmack des Hausherrn sagte, an die Tür.

Nevius, ein gestandener, kräftig gebauter Mann, empfing ihn herzlich. Voller Stolz trug er das listige, zufriedene Aussehen eines Menschen zu Schau, der unter Umgehung der lästigen Qualen harter Arbeit endlich erreicht hatte, was er wollte.

»Wie kommt es, dass du mich besuchst?«, fragte er und ließ die nagelneue, mit einem aufwändigen korinthischen Muster verzierte Tunika rascheln.

»Ich komme aus der Villa der Plautier am Avernus.«

»Ah, Helena!«, seufzte Nevius voller Sehnsucht. »Sie fehlt mir sehr… ich hätte sie nie gehen lassen sollen!«

»Du kannst dich freuen. Sie ist Witwe geworden, und du kannst sie wiederhaben«, erklärte ihm Aurelius, der allerdings bezweifelte, dass es Nevius mit seinem Bedauern ernst meinte.

»Atticus ist tot? Oh, das tut mir aber Leid.«

Nevius war blass geworden, doch diesmal schien sein Gefühl echt zu sein. Vielleicht hatte ihm Atticus eine Leibrente gezahlt, überlegte Aurelius.

»Wie kam es, dass du so schnell der Scheidung zugestimmt hast?«, fragte Aurelius, wohl wissend, dass Gneus Plautius für diese Trennung ein hübsches Sümmchen bezahlt hatte.

»Ich habe sie geliebt, aber ich war nicht der Richtige für sie«, antwortete Nevius, Bescheidenheit heuchelnd. »Helena hat mit ihrer Schönheit das Recht auf einen anderen, der nicht so arm ist wie ich.«

»Wie viel hat Atticus denn springen lassen, um den Ärger aus der Welt zu schaffen?«, fragte Aurelius ironisch.

»Was glaubst du denn? Dass ich meine Frau verkauft habe?« Nevius schien tief beleidigt. »Wenn es die Plautier für nötig hielten, mir etwas zu bezahlen, hätte ich ablehnen sollen? Ich hatte meine gesamte Familie verloren, hätte ich vor Hunger sterben sollen?«

»Sicher war es schwierig, auf eine so schmucke Ehefrau zu verzichten. Ich kann mir denken, dass sie dir treu und ergeben war.«

»Sicher! Es gab über sie zwar einige Gerüchte, das stimmt, aber du weißt, wie boshaft die Leute sein können«, zog sich Nevius aus der Affäre. »Ich habe mich aber nie dazu herabgelassen, solchen Boshaftigkeiten Glauben zu schenken. Ich habe meiner Frau geglaubt, nicht dem Geschwätz der Klatschbasen!«

»Im Übrigen warst du ja immer hier und hast aufgepasst«, unterstellte ihm Aurelius.

»Immer? Wo denkst du hin! Ich kam und ging – Probleme mit der Arbeit, verstehst du. Aber ich sage es noch einmal: Ich hatte absolutes Vertrauen zu Helena.«

»Wer weiß, wie sie Atticus kennen gelernt hat.«

»Den habe ich ihr sogar noch selber vorgestellt! Wer hätte das gedacht… ein Mann in mittlerem Alter, so farblos, ohne erkennbare Reize! Mir ging es wirklich schlecht, als Helena seinen Antrag angenommen hat. Ich war der Meinung, ich sei besser als er. Aber Geld hatte schon immer eine große Anziehungskraft.«

»Und deine Tochter?«

»Ich hätte sie gerne bei mir behalten, aber Helena behauptete, ich hätte nicht die Mittel, um ihr eine gute Erziehung zu bieten. Die liebe, kleine Nevia, sie ist ihrem *tata* so ähnlich! Der Mutter ähnelt sie kaum.«

»Das habe ich bemerkt«, gab Aurelius zu, der sich neugierig umblickte – makelloser Verputz, Stoffe frisch vom Webstuhl, neue Möbel, vielleicht ein bisschen geschmacklos, aber mit Sicherheit teuer.

»Ich sehe, dass du trotzdem gut zurechtkommst«, bemerkte Aurelius.

»Von den vier Sesterzen, die mir die Plautier gegeben haben, habe ich mir dieses Häuschen gekauft, und jetzt habe ich vor, Geschäftsmann zu werden. Ich spüre, dass mir diesmal das Glück hold sein wird«, erklärte Nevius, ohne näher ins Detail zu gehen. Doch aus dem komplizenhaften Lächeln der Mägde, die sich hinter den Vorhängen zeigten, konnte Aurelius leicht erkennen, welche Geschäfte Nevius im Sinn hatte.

»Aber sage Helena ruhig, dass sie zurückkommen kann, wann immer sie will!« Mit einer großzügigen Geste breitete Nevius seine Arme aus.

Die Reise war vergebens, dachte Aurelius, während er in Gedanken alle seine Schritte noch einmal durchging. Dass dieser Neapolitaner für den Mord an Atticus verantwortlich war, konnte er ausschließen. Auf die entscheidende Frage, wo er die Nacht verbracht hatte, in der Atticus in das Fischbecken gefallen war, hatte er – o je – eine viel zu ausführliche Antwort gegeben: Zwanzig Zeugen hatten gesehen, wie er bis zum Morgen in einer zwielichtigen *caupona* in der Nähe des Hafens Astragal gespielt hatte.

Enttäuscht ging Aurelius weiter in das Wohnviertel, in

dem er sich mit Castor verabredet hatte – das gleiche, in dem Nevius gewohnt hatte, bevor er zu seinem neuen Reichtum gekommen war.

Hier herrschte eine ganz andere Atmosphäre. Aus den baufälligen Hütten, die mehr schlecht als recht von wackligen Balken gehalten wurden, strömten Scharen zerlumpter Kinder, während kränklich aussehende Frauen in den Höfen auf ärmlichen Feuerstellen aus Steinen kochten. Wenige Schritte von diesen Küchen unter freiem Himmel entfernt häuften sich die Abfälle, schlammige Rinnsale und offene Abwasserkanäle durchzogen die ungepflasterten Gassen, deren aufgeweichter Boden von den Rädern der Karren durchpflügt wurde.

Aurelius versuchte sich vorzustellen, wie die schöne Helena, hochmütig wie eine Göttin, zu Fuß und mit einem Korb schmutziger Wäsche über dem Arm durch diese Gasse ins öffentliche Waschhaus ging, während ihre feinen Füße bis zum Knöchel im Schlamm versanken.

An einer Ecke vor einem überfüllten *thermopolium* blieb er stehen. Es war Hauptgeschäftszeit, und der Wirt, ein kleiner, verschwitzter Mann mit kahlem Schädel, machte sich zwischen Schüsseln, Krügen und Trichtern zu schaffen, um die zahlreichen Gäste zufrieden zu stellen, die sich hier stärken wollten.

»Kennt Ihr einen gewissen Nevius?«, fragte Aurelius wohlerzogen und bahnte sich mit den Ellbogen einen Weg durch die Menge der Gäste.

Der Wirt würdigte ihn keines Blickes. »Popia, was ist los, bist du lahm?«, rief er stattdessen einer Sklavin mit geschwollenen Beinen zu. »Trag diese beiden Schüsseln mit Bohnen zu den Maurern, und bereite den warmen Wein vor!«, befahl er in strengem Ton. Auf seine Schultern lud er sich einen Topf mit kochender Brühe, um sie in den großen gemauerten *dolium,* der in den Steintresen eingelassen war, zu schütten.

Als sich Aurelius bis zum Tresen durchgekämpft hatte, versuchte er erneut die Aufmerksamkeit des Wirtes auf sich zu ziehen. »Kennt ihr vielleicht...«

»Popia, die Würste! Komm endlich und hol sie! Oder wartest du auf die griechischen Kalenden?«, schimpfte der Wirt.

Aurelius zog ihn an der Tunika. »Guter Mann, ich brauche eine Information über einen gewissen Nevius, der...«

»Bohnen, Wurst und Fladenbrot. Heute keine Kichererbsen«, antwortete ihm hastig der Mann hinterm Tresen.

»Ich suche aber...«

»Also, willst du was essen oder nicht? Wenn nicht, heb dich weg von hier, ich muss arbeiten!«

»Hör mir endlich zu, du Weinhändler, jetzt reicht's! Ich bin römischer Senator und...«, bedrängte ihn Aurelius, kurz vorm Nervenzusammenbruch.

»Die Fladenbrote sind fertig, beweg dich, Popia!«, unterbrach ihn der Wirt, offenbar wenig beeindruckt.

Mit einer wütenden Geste drehte sich Aurelius um und wollte gehen. Wenn doch nur Castor hier wäre, dachte er, überrascht von seinen eigenen Gedanken.

»Siebenundvierzig Fladenbrote mit Kräutern und zwei *congii* Wein!«, rief jemand von der Tür aus. Respektvolle Stille legte sich über das Lokal.

Castor zeigte sein gewinnendstes Lächeln und bahnte sich seinen Weg durch die Gäste.

»Was hast du gesagt?«, fragte der Wirt ungläubig.

»Siebenundvierzig... nein, mach fünfzig, und bring sie um die Ecke in die ehemalige Kaserne der Gladiatoren.«

»Aber dort hausen die Obdachlosen.«

»Genau. Senator Publius Aurelius Statius, der eben von Rom eingetroffen ist, bietet diesen Unglückseligen ein

Essen!«, rief Castor feierlich und stellte seinen Herrn mit einer ausladenden Geste vor.

»Ah, verehrter Senator, wie konnte ich wissen…«, entschuldigte sich der Wirt und wischte für den berühmten Gast eine Bank ab. »Aber nach zehn Jahren haben wir die Hoffnung schon aufgegeben, dass sich der kaiserliche Untersuchungsausschuss hier noch einmal blicken lassen würde!«

Aurelius sah ihn verständnislos an.

»Ich habe während des Erdbebens das Dach über dem Kopf verloren. Nicht erst beim letzten Mal, sondern schon beim Erdbeben davor, unter Tiberius. Seit fünfzehn Jahren schicke ich Bittgesuche nach Rom, ohne je eine Antwort zu erhalten. Endlich hat sich Cäsar an mich erinnert!«

Und schon war Aurelius von einer Reihe Bittstellern umringt.

»Senator, schon fünfzehn Jahre schlafe ich unter den Arkaden!«, beschwerte sich ein alter Mann.

»Und mir ist mein Haus eingestürzt!«, stöhnte eine spindeldürre Frau.

»Ich habe mein Geschäft mit allen Ölkrügen verloren!«

»Ach was, Ölkrüge! Meine Schwiegermutter hat ihre Beine verloren!«

»Du musst Cäsar berichten, unter welchen Bedingungen wir hier leben. Die aus dem Rathaus haben sich mit dem Geld vom Kaiser ihre Häuser wieder aufgebaut, und für uns ist nichts übrig geblieben!«

Aurelius, von allen Seiten bedrängt, war das Ganze sehr peinlich.

»Immer mit der Ruhe, Leute!«, unterbrach sie Castor. »Bevor mein Herr die Anträge bearbeiten kann, muss er dringend mit jemandem Kontakt aufnehmen. Es geht um einen gewissen Nevius. Sagt euch dieser Name etwas?«

»Aber natürlich, er war Stammgast hier! Früher kam er

oft, aber jetzt sieht man ihn schon seit einer Weile nicht mehr. Aber wenn ihr gleich den Schaden begutachten wollt, dann zeige ich euch das Dach.«

»Die zuständigen Techniker werden später vorbeikommen. Erzähl uns lieber was von Nevius!«, schnitt ihm Castor das Wort ab.

»Oh, ein sympathischer Mensch. Er hielt gerne ein Schwätzchen mit Fremden, vor allem mit denjenigen, deren Geldbeutel keine Spinnweben hatte... Geschäfte, sagte er immer.«

»Hast du nie erfahren, um was es dabei ging?«

»Ich stecke meine Nase nicht in fremde Angelegenheiten«, verwahrte sich der Wirt.

Aurelius tat gut daran, ein paar Münzen sehen zu lassen.

»Also, edler Senator«, bekam er prompt zur Antwort, »wenn ein Fremder Begleitung suchte, hat er sie ihm besorgt.«

»Hier in deiner Taverne?«, wollte Aurelius wissen.

»Senator, weißt du nicht, dass Zuhälterei ohne Lizenz unter Strafe steht? Soweit ich weiß, hat Nevius seinen Freunden nur einen Gefallen getan.«

»Ich verstehe.« Aurelius ging zur Tür.

»*Domine*«, hielt ihn sein Sekretär auf. »Das Fladenbrot muss noch bezahlt werden.«

»Und der Wein!«, meldete sich der Wirt. »Aber es wäre mir eine Freude, ihn diesem edlen Magistraten anzubieten, der...«

»Nicht im Traum!«, empörte sich Castor ungewöhnlich großzügig. »Es wird alles auf die Rechnung gesetzt!« Mit einer ausladenden Geste streckte er seine Hand in Aurelius' Richtung, bis dieser ihm den Geldbeutel reichte. »Das ist für dich, meine Liebe«, sagte er zu Popia und gab ihr ein großzügiges Trinkgeld.

Die Sklavin zählte die Münzen und traute ihren Augen nicht. War dieser zungenfertige Grieche mit Spitzbart etwa Hermes, der unter einem falschen Namen vom Olymp heruntergestiegen war, um ihr zu helfen? Vielleicht konnte sie noch mehr herausschlagen! Vorsichtig blickte sie sich um und lief den beiden hinterher, die unter Empfehlungen und Verbeugungen der anderen Gäste das Lokal verließen.

»Edle Herren, edle Herren! Hört mich an! Dieser Nevius handelt mit Frauen – er hat es auch mit meiner Enkelin versucht! Und er kannte auch den Kerl, der seine Frau geheiratet hat, den Fischgroßhändler. Ich habe sie mehrmals zusammen gesehen. Sie haben heftig miteinander diskutiert, als müssten sie einen Vertrag aushandeln«, verriet sie flüsternd. Wieder blickte sie sich vorsichtig um. »Aber ich habe euch nichts gesagt, verstanden?«, fügte sie hinzu und verschwand, nachdem sie ein weiteres Trinkgeld eingestrichen hatte.

»Darf man vielleicht wissen, was dir in den Sinn gekommen ist?«, schimpfte Aurelius, sobald sie weit genug von der Taverne entfernt waren. »Ich habe in diesem Gasthaus ein Vermögen gelassen!«

»Keine Sorge, *domine*, das war eine Investition! Die Leute aus den Baracken in der Kaserne der Gladiatoren wussten hübsche Sachen über unsere beiden Täubchen zu erzählen. Das Mindeste, was ich tun konnte, war doch, ihnen ein bescheidenes Fladenbrot anzubieten!«

»Allen siebenundvierzig?«

»Hätte ich vielleicht jemanden benachteiligen sollen? Diese Armen leben zusammengepfercht im Hof und warten auf Hilfe und Vorräte, die nie eintreffen, weil sie von den Adligen der Stadt schon eingeheimst wurden! Es wäre nicht möglich gewesen, nur einige zu belohnen, weil ich die Informationen von allen gleichzeitig erhalten habe. Du weißt doch, Herr: *vox populi, vox dei.*«

»Und weiter?« Aurelius fügte sich ohne weiteren Protest in sein Schicksal.

»Nevius hielt sich über Wasser, indem er seine Frau vermietete!«

»Willst du damit sagen, dass er ein Zuhälter war?«, fragte Aurelius verwundert.

»Offiziell nicht. Aber es kam vor, wenn er mit finanziell gut gestellten Persönlichkeiten sprach, dass er ein paar pikante Einzelheiten über seine wunderschöne, treue Frau fallen ließ und so nebenbei erzählte, er sei am Abend nicht zu Hause.«

»Und weil er ihnen etwas vormachte, konnte ihn niemand wegen Zuhälterei anklagen«, schloss Aurelius.

»Genau. Das römische Gesetz ist nicht nachsichtig mit Männern, die ihre Frauen unter den Hammer bringen.«

Somit war auch der Edelmut des Vaters erklärt, der auf Frau und Tochter verzichtete, um ihnen eine glänzende Zukunft zu ermöglichen.

Die Wirklichkeit sah also ganz anders aus, als sich Aurelius gedacht hatte: Helena war eine Prostituierte und Nevius ihr Zuhälter. Was für ein Vorbild für die arme Tochter, seufzte Aurelius, als er zu seinem Pferd zurückging, das er auf dem Platz vor dem Theater angebunden hatte.

Kurz darauf bog er in Begleitung von Castor die *crypta neapolitana* in Richtung Puteoli ein.

XI

Siebter Tag vor den Iden des November

Am Tag darauf, als er im Garten neben Pomponia und Plautilla spazieren ging, die mit ihren Gewürzkräutern beschäftigt waren, war Aurelius wirklich schlecht gelaunt.

Die Reise nach Cumae und Neapolis hatte keine fruchtbaren Ergebnisse geliefert, wenn man von der Entdeckung des zweifelhaften Charakters von Nevius und seiner unklaren Rolle absah, die er bei der Hochzeit seiner Exfrau mit dem reichen Atticus gespielt hatte. Aber was das geheimnisvolle Orakel anging, mit dem die beiden tödlichen Unfälle angekündigt worden waren, wusste Aurelius nicht mehr als vorher.

Nach der Reise jedoch hatte sich Aurelius' Meinung über die Hauptpersonen dieser Geschichte ziemlich geändert. Helena sah er nun in einem anderen Licht – sie war für ihn nicht mehr die schöne, egoistische Frau wie bisher. Sie musste sehr jung gewesen sein, so alt wie ihre Tochter jetzt oder noch jünger, als sie Nevius geheiratet hatte. Der Senator stellte sich vor, wie sie als junges Mädchen ihre Schönheit wie ein Banner hochgehalten hatte, ihr einziges Vermögen in dem Viertel, in dem sie aufgewachsen war. Mit Sicherheit hatte es ihr damals nicht an einer guten Partie oder an der Möglichkeit gefehlt, eine Karriere in der feinen Gesellschaft einzuschlagen, wenn sie gewollt hätte. Stattdessen hatte sie sich in diesen Schwätzer Nevius verliebt, der nur mit seinen Versprechungen großzügig war.

Dann die Enttäuschung: die Höhen und Tiefen eines kargen Lebens, die bittere Entdeckung, dass sich hinter der Maske des liebenswürdigen und aufrichtigen Ehemanns ein Zuhälter versteckte. Aurelius konnte ihn sich gut vorstellen: »Nur dieses eine Mal... tu es für das Kind... dieser Atticus hat eine Menge Geld, das ist unsere Gelegenheit...«

Aber warum, so fragte sich Aurelius, sollte er annehmen, dass sich die Dinge so abgespielt hatten? Helena konnte genauso gut eine strapazierfähige Dirne sein, die sich dem ersten Besten hingegeben und nicht gezögert hatte, sich ihres unbequemen Mannes zu entledigen, als sie die Sesterzen klingeln hörte.

Tertia Plautillas aufgeregte Stimme riss ihn plötzlich aus seinen Überlegungen.

»Leider sind diese Produkte leicht verderblich. Das ist das Üble an Parfümen, auch die besten verlieren schnell ihren Duft«, erklärte sie, in Gedanken mehr bei ihrem Handel als beim Tod ihrer Brüder. Sie hatte darauf bestanden, dass ihre Gäste trotz der traurigen Umstände ihr Laboratorium besichtigten, und jetzt ließ sie sich über die Wirkung dieser oder jener Pflanze aus, ohne einen Gedanken an den Schmerz ihres Vaters oder das Schicksal des Landguts zu verschwenden.

Die Mitgift, die Aufnahme in die feine Gesellschaft, der Handel mit Kosmetika, die stattlichen Männer, die sie in der Hauptstadt kennen lernen würde – dies, und nur dies waren die Dinge, die Tertia Plautilla wirklich interessierten.

»Das Pulver auf Korallenbasis zum Reinigen der Zähne schmeckt etwas herb, aber man könnte das auch leicht als Minzegeschmack verkaufen«, erklärte sie ihrer Freundin routiniert. »Und der vulkanische Schlamm ist hervorragend für die Haut – man muss ihn nur mit ein paar Tropfen Wacholderöl versetzen, damit er gut riecht. Das Grundmaterial kostet nichts, und das Endprodukt lässt sich zu einem hervorragenden Preis verkaufen!«

»Lass mir ein Bad vorbereiten, ich will es sofort ausprobieren!«, quiekte Pomponia außer sich vor Entzücken.

Aurelius wurde von einem Wirbel aus verwirrenden und durchdringenden Gerüchen empfangen, als er das kleine Laboratorium betrat. Fasziniert ließ er seinen Blick über die Sammlung der heimlichen Tricks der Frauen schweifen, über all das, was ihren verführerischen Künsten diente, mit denen sie auch den widerspenstigsten Männern den Kopf verdrehen konnten.

Er hatte schon immer Gefallen daran gefunden, in die Geheimnisse der Damengemächer einzudringen. Er sah gerne zu, wenn sich Frauen die Haut samtweich polierten, sich die Wimpern tuschten oder einen neuen Stoff vor sich hielten, um zu sehen, ob er ihnen stand.

Aurelius liebte die Frauen – alle. Ihre geheime Welt, die Rätsel der Schönheit, der Fruchtbarkeit oder der Zeugung zu erkunden, erregte und verwirrte ihn zugleich. Er fühlte sich unwohl und überlegte einen Augenblick, ob seine Leidenschaft für das Weibliche und die Gier, sie zu befriedigen, zu bedrängen und zu besitzen, der sichtbare Teil eines nie eingestandenen Bedauerns war, dass er nicht selbst zu diesem geheimnisvollen Geschlecht gehörte. Doch dann sah er sich Plautilla an, die eifrig eine neue wunderbare Creme beschrieb; ihre roten Wangen erinnerten ihn an das Mädchen, das sie vor zehn Jahren in seinem Bett gewesen war…

Im gleichen Moment verflüchtigten sich seine Zweifel, und er fasste wieder Mut. Pomponia wirbelte zwischen den Unmengen von Fläschchen hin und her wie ein Legionär in einem gut ausgestatteten Waffenarsenal.

»Wir werden haufenweise Geld machen!«, jauchzte sie. In Gedanken sah sie sich schon gezwungen, neue, fantastische Möglichkeiten zu erfinden, um es auszugeben.

Von den vielen Düften leicht verwirrt, ging Aurelius ins Freie. Der Himmel war grau, und auch die weite *dalmatika* mit den langen Ärmeln schützte ihn nicht vor den Windböen.

Der See am Eingang zur Unterwelt schillerte beunruhigend metallisch, als wollten die Geister der Toten scharenweise aus dem trüben Wasser steigen. Vom Kräutergarten, in dem Bienen und Hummeln die letzten kümmerlichen Blüten umschwärmten, wehten Schwaden durchdringender Gerüche herüber. Einige Vögel, die in den Sträuchern saßen, um sich auf die verschlafene Beute zu stürzen, erinnerten Aurelius an den armen Reiher Catilina, der am Tag nach Secundus' Tod erbarmungslos geschlachtet worden war. Doch weder ein Silberreiher noch ein Storch, geschweige denn ein kleiner Reiher wie Catilina hätten es geschafft, solch ein kleines, regelmäßiges Loch in einen menschlichen Schädel zu hauen.

Er erinnerte sich an etwas, das er über die Gräueltaten der Barbaren gehört hatte, als er als Militärtribun nach Germania gegangen war – eine Art Menschenopfer oder eine Form der Todesstrafe, die dort oben im Norden mit Hammer und Meißel vollstreckt wurde. Ob Secundus wegen eines Verbrechens hingerichtet worden war, von dem niemand wusste? Aber was war dann mit Atticus? Der Wundrand an der Stelle, an der seine Hand abgehackt worden war, war zwar von den Muränen zerfressen worden, doch Aurelius hatte immer noch erkennen können, dass der Knochen nicht von einem Fisch, sondern schön sauber mit einer starken, scharfen Klinge durchtrennt worden war.

Diese geheimnisvolle Geschichte war von Tieren geprägt, überlegte Aurelius: Nachts gab es hier kreischende Raubvö-

gel, summende Insekten, wilde Fische, knurrende Hunde…
cave canem.

Tiere sind keine Mörder, hatte Secundus gesagt. Die makabre Inszenierung mit dem Reiher war eine reine Verspottung des unglücklichen Vogelkenners gewesen! Er muss überrumpelt worden sein, der Arme, dass er ein solches Ende gefunden hatte – hätte er auch nur den geringsten Verdacht seinem Mörder gegenüber gehegt, er hätte zumindest versucht, sich zu verteidigen.

Auch Atticus war im Übrigen ein kräftiger Mann gewesen. Ohne Zweifel hatte man ihn betäuben müssen, bevor er ins Wasser geworfen worden war. An seinem Körper waren – abgesehen von der abgetrennten Hand – keine Anzeichen von Gewalt zu sehen gewesen. Vielleicht hatte man ihm irgendeinen Trank verabreicht.

Aurelius sah die tausend Fläschchen in Tertias Laboratorium vor sich und erschauderte. Tertia, die Pflanzenkennerin, die im Destillieren von Kräutern sehr erfahren war, wusste sicher auch, wie man Beruhigungsmittel, Arzneien und Gifte mischte.

Vorsichtig schlich Aurelius zwischen den Beeten umher, auf der Suche nach irgendeiner Giftpflanze – Schierling, Bilsenkraut oder einer selten Pilzsorte, versteckt vielleicht unter einem unschuldigen Thymianstrauch.

Die beiden Frauen überraschten ihn mit der Nase in einer Weinraute.

»Gefällt sie dir? Wir verwenden sie zum Würzen von Wein. Man sagt auch, sie hätte eine aphrodisierende Wirkung, aber in Wirklichkeit ist sie giftig, wenn sie in großen Mengen eingenommen wird«, informierte ihn Plautilla, während Pomponia nacheinander an allen Pflanzen schnupperte. Aurelius war sicher, dass sie ganz eindeutig den Duft der Sesterzen roch, in die sie sich verwandeln würden.

Dann machte sich Pomponia auf den Weg in die Therme, wo sie unbedingt den wunderbaren Schlamm ausprobieren wollte, der in der Lage sein sollte, sie auf einen Schlag um zehn Jahre jünger aussehen zu lassen.

»Komm, reden wir über die Mitgift. Sie müsste doch schon beträchtlich angewachsen sein!«, rief Tertia mit einer Begeisterung, die Aurelius fehl am Platze schien.

»Hast du keine Angst davor, dass du wie deine Brüder endest?« Aurelius war über so viel Gleichgültigkeit überrascht.

Tertia wurde bleich wie ein Trauergewand. »Was willst du damit sagen?«

»Auch du bist ein Baum im Garten. Wenn in diesem Orakel ein Fünkchen Wahrheit steckt...«, wagte Aurelius anzudeuten.

»O ihr Götter, man könnte auch mich umbringen. Daran habe ich gar nicht gedacht! O Aurelius, ich habe Angst!«, rief sie und warf sich ihm an den Hals.

Aurelius strich geduldig und tröstend über ihren Kopf.

»Aurelius«, stöhnte sie. »Ich hätte gerne, dass es jetzt zehn Jahre früher ist.«

»Was?«, rief Aurelius voller Zuneigung. »Du bist mit Sempronius Priscus zusammen und dabei, dir die Welt der Hauptstadt zu erobern.«

»Ja, ich werde die Frau eines Patriziers werden, und meine Kinder werden in der Curia sitzen. Es ist mir egal, ob er mich wegen des Geldes heiratet, ich werde mich trotzdem anstrengen, eine tapfere und treue *matrona* zu werden.«

Aurelius war skeptisch. »Ich bezweifle nicht, dass du es versuchen wirst.«

»Aurelius, hilf mir. Ich bin nicht mehr so jung und habe schon zwei gescheiterte Ehen hinter mir. Ich habe mein Leben genossen, ohne mich groß um das Morgen zu kümmern, was ich auch nicht bereue. Aber seit einiger Zeit laufen die Dinge nicht mehr so gut wie früher. Erinnerst du dich, wie leicht ich mir die Männer angeln konnte? Auch du bist irgendwie in meine Falle getappt. Aber jetzt fürchte ich jedes Mal, wenn ich in den Spiegel schaue, eine Falte unter der Schminke zu entdecken, und ich habe Angst, dass meine Wangen schlaff werden. In einigen Jahren werde ich alt sein – und allein. Ich bin überrascht, dass ich meine Freundinnen beneide, diejenigen, die ich bis jetzt auf den Arm genommen habe, weil sie ergebene Ehefrauen ohne Flausen im Kopf sind und sich nur um die Zukunft ihrer Kinder sorgen. Aber ich werde es noch rechtzeitig schaffen, mich zu ändern und eine ganz andere Frau zu werden. Ich kann jetzt nicht sterben, jetzt, wo ich eine Familie haben werde, vielleicht auch Kinder...«

»Du brauchst keine Angst zu haben, Tertia, ich bin hier, um dir zu helfen. Dir wird nichts passieren. Ich werde dich beschützen«, versuchte Aurelius sie zu beruhigen, doch Plautilla genügten Worte nicht.

»O Aurelius, lass mich nicht alleine. Bleib heute Nacht bei mir!«, flehte sie ihn erschrocken an.

»Was wird Sempronius sagen!«, erinnerte er sie. »Das scheint mir nicht der richtige Weg zu sein, um dein neues Eheleben zu beginnen.«

»Vielleicht hast du Recht, aber... aber was habe ich von einem Mann, wenn man mich umbringt?« Sie zog die Nase hoch.

»Wir werden schon dafür sorgen, dass das nicht passiert.« Aurelius wusste aus persönlicher Erfahrung nur zu gut, wie schnell bei Plautilla aus einer rein tröstenden Umarmung andere, unehrenhaftere Berührungen werden konnten. »Los, gehen wir.«

Kurze Zeit später betrat Aurelius die Bibliothek. Die gesamte Längsseite stand voll mit aufwändig gearbeiteten Polsterliegen für die Lesenden. Große *armaria* aus wertvollem Holz mit unzähligen Fächern, mit je einer Rolle gefüllt, säumten die Außenwände, die in die große halbrunde Veranda übergingen.

Die mit Schildpattnieten verzierten Elfenbeinstäbe, um die sich die Pergamentrollen wanden, lugten aus den in Reichweite der Leseplätze stehenden Regalen heraus. Die langen Reihen wurden hin und wieder von einer kleinen Statue oder einer wertvollen Vase aufgelockert. Aurelius, dem eifrigen Sammler, fiel gleich die alte zerbrechliche Taube aus geblasenem Glas ins Auge, die neben einem riesigen Skarabäus aus Porphyr stand. Ein gut ausgestatteter Leseraum für einen anspruchsvollen Hausherrn, überlegte Aurelius leicht skeptisch und fragte sich, ob diese Papyri wirklich gelesen wurden oder nur zu Dekorationszwecken dienten.

Wie dem auch war, in der Bibliothek hielt sich zumindest ein fleißiger Besucher auf, der so in das Studium der Handschriften vertieft war, dass er den Senator nicht bemerkte.

Als Aurelius mit einem höflichen Husten auf sich aufmerksam machte, blickte der Junge auf. Erschrocken hob er den Blattbeschwerer hoch und wickelte die Rollen nervös wieder zusammen.

»Was liest du da Schönes, Silvius?«, fragte Aurelius neugierig. Aus dem Augenwinkel heraus versuchte er den Inhalt der Rollen zu erkennen.

»Der Herr hat mir erlaubt zu lesen, wenn sonst niemand hier ist«, rechtfertigte sich der Junge verlegen, während er seine Sachen unbeholfen zusammensammelte wie ein Kind, das in der Speisekammer beim Stehlen erwischt worden war. In der Eile rutschte ihm der Federkiel aus der Hand und rollte über den Boden, wo er neben Aurelius liegen blieb. Lächelnd hob ihn Aurelius auf und betrachtete mit kennerhaftem Blick das stumpf gewordene Ende.

Silvius beobachtete ihn misstrauisch: Seit wann bückte sich ein römischer Senator aus alter Familie, um die Feder aufzuheben, die ein ungeschickter Sklave hatte fallen lassen?

»Keine Sorge, du kannst sie wieder anspitzen«, beruhigte ihn Aurelius. »Ah, Heron, wie interessant! Du beschäftigst dich mit der Mechanik, wie ich sehe. So hastig, wie du die Rolle weggeräumt hast, hätte ich schwören können, du würdest ein erotisches Epos lesen!«, sagte Aurelius lachend, nachdem er einen Blick auf das offene Blatt auf dem Tisch hatte werfen können. »Eine hübsche Maschine, so eine habe ich in Ägypten gesehen.«

»Die Priester verwenden sie, um den Unwissenden vorzutäuschen, sie hätten übernatürliche Kräfte!«, erklärte Silvius.

»Ganz genau! ›Ammun‹, beten sie, ›zeig uns deine magische Kraft, und öffne die Türen des Tempels!‹ Dann schüren die Sklaven das Feuer unter einem Kessel voller Wasser, der unter der Erde versteckt ist«, erklärte Aurelius und zeigte auf die Zeichnung. »Der Dampfdruck setzt ein komplexes System aus Scheiben in Bewegung, mit dem die Türflügel auf den Angeln bewegt werden. Das Tor öffnet sich von alleine, und die Gläubigen, voller Bewunderung für den Zauber, verdoppeln ihre Opfergaben.«

»Zur Zeit der Pharaonen verängstigten diese Schlitzohren das Volk sogar mit der Vorhersage von Finsternissen«, meinte Silvius mit einem Lächeln.

»Du weißt für dein Alter gut Bescheid«, stellte Aurelius verwundert fest. »Kennst du zufällig auch Herons Werk über die Automaten?«

»Nein, aber das würde ich sehr gerne lesen!« Silvius' Augen leuchteten vor Begeisterung. »Bisher hat noch niemand die Möglichkeiten von Maschinen richtig genutzt, um die Mühsal der Menschheit zu lindern.«

»Eigentlich handelt es sich mehr um Spielsachen, mit denen man ein Theaterpublikum in Staunen versetzen kann«, überlegte Aurelius. »Ich besitze eine wunderbare Wasseruhr, die zu jeder Stunde eine andere Melodie spielt.«

»Das stimmt nicht, das sind keine Spielsachen!«, wagte Silvius ihn zu unterbrechen. »Wenn man einen solchen Mechanismus mit einem Mühlstein oder einer Ölpresse verbinden würde…«

Aurelius schüttelte den Kopf. »Man braucht doch nur ein paar Sklaven oder Esel, um den Mühlstein zu bewegen. Es wäre doch Wahnsinn, für ein solches Gerät so viel Geld auszugeben, wenn die menschliche Arbeitskraft so wenig kostet!«

»Aber dann bräuchte man gar keine Sklaven!«, rief der Junge, ärgerte sich aber im gleichen Moment über seine allzu deutlichen Worte.

Aurelius blickte ihn lange an. »Erzähl weiter«, forderte er ihn interessiert auf.

»Nichts, ich…«, zögerte Silvius verlegen.

»Was bedeutet die Zeichnung, die du gemacht hast?«, drängte Aurelius, von Neugier gepackt.

Silvius atmete tief durch, um sich Mut zu machen. »Es ist der Entwurf für eine Wassermühle. Ich habe ihn nach den Anweisungen von Vitruvius angefertigt. Die Griechen sind in den Wissenschaften sicher besser, aber in der Technik werden sie von den Römern auf ganzer Linie geschlagen. Sieh mal: Diese Verbindung verstärkt die Kraft der Maschine. Damit kann sie hundertfünfzig Pfund Weizen in der gleichen Zeit mahlen, in der zwei kräftige Sklaven nur zwanzig schaffen.«

Aurelius beugte sich aufmerksam über das Papyrus.

»Ich verstehe, was du eben gemeint hast: Wenn es einige von diesen Vorrichtungen gäbe…«, murmelte er.

Doch gerne hätte er hinzugefügt: Ja, Silvius, ich weiß, wie dich dein Sklavendasein bedrückt. Du träumst von einer Welt ohne Sklaven und von Maschinen, die ihre Stelle einnehmen.

Doch er sagte nichts. Dass es Sklaven gab, war einfach eine Tatsache, und wegen ihrer großen Zahl war ihr Preis ein Witz. Die römischen Legionen drangen auf ihren Eroberungszügen immer weiter vor, und jedes Mal kehrten sie triumphierend mit Unmengen aneinander geketteter Menschen zurück. Silvius war ein naiver Mensch, ein Träumer. Oder ein Verrückter, der zweimal getötet hatte, um seine Pläne umsetzen zu können?

»Du würdest gerne die Sklaverei abschaffen, stimmt's?«, fragte er plötzlich und traf damit den Nagel auf den Kopf.

Das Thema war so heikel, dass nur die seit vielen Generationen Freigelassenen wagten, laut darüber zu sprechen.

Silvius zögerte eingeschüchtert. »Ich wurde von einer Gefangenen geboren, aber ich habe Glück gehabt: *Kiria* Paolina hat mich wie ihren eigenen Sohn behandelt, und der Herr wollte, dass ich eine gute Erziehung bekomme. Aber ich vergesse meine Herkunft nicht und bin meinem Vater Proculus sehr ergeben.« Seine wahre Herkunft schien er tatsächlich nicht zu kennen.

»Ich habe ihn kennen gelernt – ein anständiger Mensch. Und er ist noch gut beieinander.« Aurelius fragte sich, ob es vielleicht Proculus war, von seinem vermeintlichen Sohn getrieben, der die beiden Plautier auf dem Gewissen hatte.

»Er kann sich kaum noch auf den Beinen halten! Ja, vor einigen Jahren war er noch wohlauf. Obwohl ich in der Villa aufgewachsen bin, habe ich in den *ergastula* viel Zeit mit ihm verbracht.«

»Jetzt allerdings wirst du Verwalter werden.«

»Ich sammle noch meine Erfahrungen. Es ist nicht leicht,

besonders dann nicht, wenn man auf bestimmte Mittel verzichten will.«

»Wie die Peitsche?«

»Ja, wie die Peitsche, die Zelle, den Essensentzug!«, ereiferte sich Silvius. »Hier und auf allen anderen Landgütern sterben die Menschen wie die Fliegen an Erschöpfung, Unterernährung und grausamen Strafen. Schon durch die geringste Erkältung werden sie in kurzer Zeit dahingerafft. Aber was zählt das? Du hast ja selbst gesagt, dass es sich um Ware von geringem Wert handelt!«

»Der Mensch hat in meinen Augen immer einen Wert«, erwiderte Aurelius. Es fehlte gerade noch, dass ihm ein besserwisserischer Junge eine Strafpredigt hielt, ihm, der seine Sklaven immer so gut wie möglich und manchmal viel zu gut behandelte, sagte sich Aurelius und dachte dabei an seinen größten Nutznießer Castor.

»Denk daran, dass derjenige, den du Sklave nennst ...«, begann Silvius.

»... dieselbe Luft atmet, unter denselben Schmerzen leidet und so weiter und so fort«, setzte Aurelius mit wegwerfender Geste den Satz fort. »Ja, die Stoiker können hervorragend predigen.«

»Du bist mit ihren Ideen nicht einverstanden?« Silvius wirkte enttäuscht.

»Mir gefällt, was sie sagen, aber nicht, was sie tun. Ein Moralist wie Seneca zum Beispiel besaß Hunderte von Sklaven, bevor man ihn ins Exil schickte, und außerdem hungerte er das arme Volk aus, indem er Geld zu Wucherzinsen verlieh.«

Silvius blickte ihn verwirrt an, weswegen Aurelius ihn auf die Probe stellen wollte.

»Das Problem betrifft auch dich, Silvius. Was würdest du tun, wenn du – nur einmal angenommen – eines Tages zum

Herrn über das Landgut werden würdest?«, fragte er in Gedanken an das Testament.

»Das ist unmöglich.« Silvius hob seine Schultern, für Aurelius eine vieldeutige Geste.

»Dann bete zu den Göttern, dass du nie gezwungen sein wirst, es zu werden!«, warf ihm Aurelius entgegen.

»Warum? Ist es so schwer, Freigelassener, Römer und Herr zu sein? Wenn man dich so sieht, sollte man das nicht gerade annehmen«, erwiderte der Junge frech.

Aurelius wollte Silvius schon mit harten Worten zurechtweisen, als er dessen Bestürzung bemerkte, dass er es gewagt hatte, einen so mächtigen Menschen grundlos und unverschämt zu beleidigen. Etwas besänftigt legte er die Hand auf seine Schulter.

»Kümmere dich um deine Maschinen, Silvius. Wer weiß, vielleicht kannst du sie eines Tages wirklich bauen«, sagte er gelassen und ging hinaus. Unsicher blickte ihm der Junge hinterher.

XII

Sechster Tag vor den Iden des November

Im grauen Licht des frühen Vormittags ging Aurelius mit einem Leintuch unter dem Arm ins *sudatorium*.

Der bleifarbene Himmel und die Erinnerung an die tragischen Ereignisse in der Villa hatten in ihm eine gewisse Leere hinterlassen, und es gab nichts Besseres als ein Dampfbad, um die traurigen Schatten aus dem Gemüt zu vertreiben.

Vielleicht ist es Zeit, nach Rom zurückzukehren, überlegte er. Eigentlich geht mich das, was die Plautier hier treiben, gar nichts an. Er hatte Heimweh nach seinem großen *domus*, seinen Mägden, seiner *cervisia* und sogar nach Parides' langweiligen Berichten über die Buchhaltung.

Während er durch die Vorhalle ging, trug ihm der Wind ein unbestimmtes Flüstern zu, Wortfetzen, die im Rascheln des trockenen Laubes kaum zu verstehen waren.

»…meine Mutter!«, verstand er mit seinem geübten Ohr und erkannte Nevias Stimme. Aurelius befahl sich, sich nicht einzumischen, hatte aber wenig Erfolg damit. Wie immer siegte seine Neugier, und im Nullkommanichts lag er auf allen Vieren, in einer seiner erhabenen Stellung wenig angemessenen Position zwischen den Lorbeersträuchern.

»Ziehst du diesen reifen Ganimed vor, oder treibst du es mit dem kleinen Sklaven?«, brüllte Fabricius, noch überheblicher als gewöhnlich.

»Aurelius ist ein großer Herr, und du bist nur eingebildet!«

»Jetzt hör sie dir an, diese Provinz-Rotznase, die erst gestern aus einer Bruchbude in Neapolis gekommen ist! Du hast noch keine Brüste und machst schon jedem Mann schöne Augen, um dich gleich darauf wie eine beleidigte Jungfrau zurückzuziehen. Du bist ja eine noch schlimmere Nutte als deine Mutter!«

Wie einen klaren Akkord auf der Kithara hörte Aurelius die gut sitzende Ohrfeige.

»Du elende Dirne!«, schimpfte der General und hob seinen Arm. »Dir werd ich's zeigen!«

»*Ave*, Lucius Fabricius!«, rief Aurelius gerade noch rechtzeitig und schlüpfte aus seinem Versteck. »*Ave* auch dir, *kiria* Nevia!«, rief er ziemlich verärgert, als er sich zwischen die beiden stellte.

Der schöne General mit dem immer noch drohend erhobenen Arm hielt die andere Hand gegen seine rote Wange, wo deutlich abgegrenzt der unverwechselbare Abdruck einer kleineren Hand zu sehen war. Mit einem vielsagenden Blick auf den lästigen Menschen senkte er den zum Schlag bereiten Arm.

»Mein Pförtner ist diskreter als du, Aurelius!«, murrte er. »Du bist ja so neugierig, dass du mir nicht einmal von deinem Sklaven hinterherspionieren lässt, sondern das gleich selbst übernimmst! Wärst du einer meiner Soldaten…«

»O mein edler Fabricius, dem Himmel sei Dank, ich bin weder ein Legionär noch einer deiner Hausangestellten. Zu deinem Unglück bin ich ein römischer Patrizier, den du nicht nach Belieben schlagen darfst. Halte also deine Wut im Zaum, und komm lieber mit mir ins Bad. Lassen wir die schöne Nevia allein, damit sie in Ruhe entscheiden kann, wen von uns beiden sie vorzieht.«

Fabricius, immer noch rot im Gesicht vor Wut, zögerte. Vertraulich hakte sich Aurelius bei ihm unter. »Komm schon, du wirst doch wegen ihr nicht den Kopf verlieren? Du kriegst jederzeit was Besseres!«, raunte er ihm scherzhaft provozierend zu.

Der General folgte ihm leicht besänftigt, doch widerwillig ins *sudatorium*, wo sich die beiden Männer auszogen und ihre Kleider einem Sklaven übergaben.

Seite an Seite und umspielt von den Dampfwolken warteten sie schweigend auf der Bank, bis die Luft richtig aufgeheizt war. Der Schweiß rann an ihren muskulösen Körpern herunter. Die entspannte Atmosphäre im Bad stimmte den eigenwilligen Soldaten milder.

»Ich verstehe dich nicht, Aurelius«, unterbrach er die Stille. »Du bist ein Patrizier aus einer ganz alten Familie, aber du scheinst dich inmitten dieser Plebejer richtig wohl zu fühlen. Ich ertrage sie nur, weil sie die Verwandten meiner Mutter sind; schließlich hat sie nicht darum gebeten, einen Fischverkäufer zu heiraten, die Arme! Ehrlich gesagt, widern sie mich an, und es wäre eine Lüge, wenn ich sagen würde, dass mir das Herz wegen meiner Stiefbrüder blutet.«

Es würde dir noch weniger bluten, wenn du von der großzügigen Hinterlassenschaft wüsstest, die dir die Toten eingebracht haben, dachte Aurelius. Wer weiß, ob der kratzbürstige General schon vom neuen Testament wusste oder ob er zumindest hoffte, über den Umweg über Paolina ein Recht auf das gesamte Erbe zu haben, nachdem beide Stiefbrüder aus dem Weg geräumt waren.

»Dieser Secundus war ein Schlappschwanz«, fuhr Fabricius unterdessen fort. »Auf jeden Fall ein Mensch, der sich Praktiken hingab, die gegen die Natur sind. Wo gibt es denn so was, dass jemand kein Fleisch isst?«, führte er als Beweis an.

»Oh, aber sicher gibt es das«, antwortete Aurelius, der so tat, als würde er die Frage ernst nehmen. »Pythagoras, zum Beispiel, Epikur und viele andere berühmte Philosophen…«

»Das werden auch solche Waschlappen gewesen sein! Und dann ist es ja nicht nur eine Frage der Ernährung – hast du jemals gesehen, dass dieser Hasenfuß was mit einer Frau hatte? Nicht einmal mit den Sklavinnen hat er es gemacht, und auf die Jagd wollte er nicht gehen. Wenn der in meiner Legion gewesen wäre, dieser Schlappschwanz… in ein paar Monaten hätte ich ihn zurechtgebogen! Und Atticus? Eine Krämerseele, knauserig und engstirnig wie alle von seinem Stand – ein ganzes Leben lang nur Geld zählen!«

»Da wundert es nicht, wenn sich die Frau etwas Ablenkung gönnt«, unterstellte Aurelius lächelnd.

»Ach, sogar du weißt darüber Bescheid«, meinte Fabricius gleichgültig. »Das ist offenbar für niemanden mehr ein Geheimnis. Aber was macht das jetzt noch? Er ist tot und begraben, und diese Frau langweilt mich mit ihrem Getue. Wenn sie glaubt, dass mir ein schönes Gesicht reicht, damit ich den Kopf verliere… und die Tochter ist noch schlimmer als die Mutter.«

»Vor nicht allzu langer Zeit schienst du sie aber noch nicht so zu verachten!«, bemerkte Aurelius und zeigte auf die rote Wange des Generals.

»Diese Nutte! Sie hätte sich geehrt fühlen müssen, dass sie mein Interesse geweckt hat! Aber die sind doch alle gleich, diese arroganten Plebejer. Was erhofft sie sich, diese Göre? Einen Senator als Mann?« Fabricius blickte Aurelius verstohlen an. »Ich sage dir, was sie für ein Ende nehmen wird: Sie wird von irgendeinem Flattergeist mit schönen Worten umgarnt, dann nimmt er sie mit nach Rom und steckt sie in ein Bordell.«

»Apropos«, unterbrach ihn Aurelius schmeichelnd.

»Warst du mit Helena im Bett, als ihr Mann umgebracht wurde?«

»Umgebracht?«, wiederholte Fabricius und wurde bleich.

»Von den Muränen, natürlich!«, sagte Aurelius mit einem gehässigen Grinsen.

»Ja. Ich war mit ihr zusammen«, gab Fabricius ohne Scheu zu.

»Um wie viel Uhr hat Helena deine Wohnung verlassen?«

»Woher soll ich denn das wissen? Ich habe doch schon längst geschlafen.«

»Dagegen ist nichts einzuwenden – das wird bei den Soldaten so Brauch sein, denke ich«, meinte Aurelius sarkastisch.

»Genau, du geschniegelter Fatzke. Ich bin Soldat, und das nicht nur im Bett... und ich bin auch gerne bereit, dir das zu zeigen.« Ruckartig stand er auf und ließ seiner Wut wieder freien Lauf.

Auch Aurelius erhob sich und blickte ihn scharf an. Schweigend ging er in die Mitte der Matte. Hier, fernab indiskreter Ohren, würden sie ihre privaten Fragen wie zwei gute Römer klären.

Ihre bisher mühsam im Zaum gehaltenen Aggressionen offen zeigend, warfen sie sich aufeinander. Nackt und eng umschlungen fielen sie keuchend auf die Matte. Nur hin und wieder wurde die Stille von einem unterdrückten Fluchen unterbrochen.

Am Fenster unterhalb des Daches stand Nevia auf dem Ast einer Kletterpflanze und schaute den beiden Ringern aufgeregt lächelnd zu.

XIII

Fünfter Tag vor den Iden des November

Senator Publius Aurelius Statius konnte auf dem rutschigen Hühnermist kaum das Gleichgewicht halten, als er über den staubigen Hof ging. Nur Alte und Kinder hielten sich hier auf. Alle, die auch nur einen Fuß vor den anderen bekamen, waren schon seit dem Morgengrauen auf dem Feld.

Um sich herum sah er nur Dreck und Elend. Die Verschläge der Bauernsklaven waren nicht besser als die Hütten, in denen die Hunde unruhig jaulten. Die knochige Sklavin, der er folgte, wackelte unangenehm mit den Hüften – fast wie in einer üblen Parodie des provozierenden Gangs, den Aurelius so sehr an den feinen Damen der Hauptstadt schätzte. Voller Mitleid reichte er der Frau eine Münze, achtete aber nicht auf ihr unterwürfiges, zahnloses Lächeln.

Die Hütte, die man ihm zeigte, sah eher aus wie die Höhle eines wildes Tieres und nicht wie der Wohnraum eines menschlichen Wesens. Der Platz von sechs oder sieben auf vier Schritte diente dem Alten zum Flechten seiner Strohkörbe. Zu seinen Füßen lag ein alter, kranker Hund, ein Mastiff am Ende seiner Tage.

»Bist du Silvius' Vater?«, fragte Aurelius.

Der Alte starrte ihn eingeschüchtert an.

»Ich habe seine Mutter zu meiner Frau genommen, als der *dominus* sie zu mir brachte«, antwortete er.

»War sie schwanger?«, fragte Aurelius, ohne auf die Empfindlichkeit des Alten Rücksicht zu nehmen.

Zur Bestätigung senkte dieser schweigend den Kopf. »Sie war mir in den wenigen Monaten eine angenehme Begleitung.«

»Wie starb sie?«

»Das Kind lag in ihrem Bauch nicht richtig. Die Herrin befahl, dass sie ins Haus gebracht würde, sie wollte eine Hebamme aus Cumae kommen lassen. Doch plötzlich haben die Wehen eingesetzt, und ich habe sie nie wieder gesehen.«

»Erinnerst du dich gut an sie?«

Über die Augen des Alten legte sich ein wässriger Schleier. »Aber sicher erinnere ich mich an sie«, antwortete er, von seinen Gefühlen überwältigt. »Diese blauen, immer lächelnden Augen… sie hat nur ihre Sprache gesprochen, die ich nicht verstanden habe. Sie war schön, das Schönste, was ich je hatte.«

»Paolina war nicht eifersüchtig?«

»Es war vom Herrn nicht nett, seine neue Frau so zu behandeln. Wer weiß, was eine andere gemacht hätte. Aber unsere Herrin war eine freundliche und großzügige Dame. Sie hat uns immer gute Sachen zum Essen geschickt, weil das Kind schön kräftig werden sollte.«

»Bist du als Sklave geboren worden, Proculus?«

»Ja, wie meine Mutter und die Mutter meiner Mutter, die in Capua gekauft worden war. Bei ihr bin ich aufgewachsen.«

»Waren alle in deiner Familie immer schon Sklaven?«

Der Alte fuhr zusammen und wollte etwas sagen, änderte aber seine Meinung und nahm den stumpfsinnigen, passiven Gesichtsausdruck an, der von einem guten Sklaven verlangt wird.

»Was wolltest du sagen, Proculus?«, fragte Aurelius leise, dem die leichte Erregung des Alten nicht entgangen war.

»Nichts, Herr.«

Aurelius war schon dabei, seine Hand in den Geldbeutel zu schieben, als Proculus ihn mit einer entschiedenen Geste daran hinderte. Aurelius merkte auf. Seit wann weigerte sich ein armer Bauer, Geld anzunehmen?

»Nicht alle waren Sklaven«, erklärte der Alte und hob den Kopf. »Mein Großvater ist als freier Mann gestorben!«

»War er freigelassen worden?« Aurelius wusste, dass es vielen Sklaven unter großen Opfern gelang, sich die Freiheit zu erkaufen.

»Nein, er ist am Kreuz gestorben«, antwortete Proculus stolz. »Zu der Zeit, als die Sklaven flohen und sich gegen ihre Herren auflehnten.«

Capua! Dort war vor etwas mehr als einem Jahrhundert die Revolte ausgebrochen, hatte sich über die ganze Halbinsel ausgebreitet und sogar Rom in Angst und Schrecken versetzt. O ja, das unsterbliche, unbesiegbare Rom hatte damals gezittert, mehr noch als vor den Puniern, Mazedoniern oder Galliern!

»War dein Großvater ein Anhänger von Spartacus?«, fragte Aurelius. Einem Sklaven war es verboten, diesen Namen zu nennen.

»Er wurde mit weiteren sechstausend Menschen gekreuzigt. Es gab keine Überlebenden, wie du weißt.«

Aurelius nickte. Nicht einmal der hohe Handelswert dieser starken, gut ausgebildeten Männer, die zudem Gladiatoren waren, hatte sie vor der Hinrichtung gerettet. Die Kreuze mit den faulenden Leichen hatte man tagelang als grausame Mahnmale für die konsequente Rache Roms stehen lassen.

Was bedeutete die Gefahr durch die Barbaren außerhalb der Grenzen im Vergleich zu dem heimtückischen und tödlichen Feind im Inneren, mit dem man das Dach teilte, der einem das Essen zubereitete und in der Nacht über einen

186

wachte? Um ihn niederzuschlagen, waren die Legionen von Pompeus, Crassus und Lucullus angerückt, das größte Aufgebot an Streitkräften, das Rom je gesehen hatte.

Von diesem Tag an hatten strenge Kontrollen jeden weiteren Aufstand unterdrückt. Wagte es auch nur ein Sklave, die Hand gegen seinen Herrn zu erheben, wurden alle anderen Sklaven des Hauses ohne Ausnahme mitverurteilt.

Ja, zum ersten Mal hatte Rom bei diesem thrakischen Gladiator gelernt, was Angst war. Der Stolz in Proculus' Blick, der auch nach drei Generationen Sklaventum nicht gebrochen war, erinnerte Aurelius daran. Und Silvius, der Sohn einer Sklavin, gestärkt durch die von einer Generation zur anderen überlieferten Erzählungen, schämte sich des Samens seines leiblichen Vaters, des Unterdrückers, und träumte davon, seinen wahren Brüdern die Freiheit zu ermöglichen.

»War das Kind gesund?«

»Ja, aber sehr schwach. Er kam zu früh auf die Welt, und ohne die Hilfe der *kiria* hätte er es nicht geschafft.«

»Du kannst auf deinen Großvater stolz sein«, meinte Aurelius und erhob sich. »Hätte ich in seiner Haut gesteckt, hätte ich das Gleiche getan.«

»Was für einen Freien gerecht ist, ist für uns ein Verbrechen, edler Senator. Ein Sklave hat weder Ehre noch Stolz. Wir werden in Ketten sterben.«

»Die Wege des Schicksals sind unergründlich, selbst für die Götter. Die Parzen spinnen den Schicksalsfaden, ohne hinzuschauen. Und wenn unsere kurze Zeit abgelaufen ist, schneiden sie ihn ab. Sie brauchen sich nicht dafür zu rechtfertigen, denn sie werden nicht von ihrem Willen gelenkt, sondern nur vom Zufall«, murmelte Aurelius.

Doch der Alte hörte schon nicht mehr zu. Von der Müdigkeit und seinen Gefühlen übermannt, war er über seinen Körben eingeschlummert.

»Hier ist das Geschenk, das ich dir versprochen habe«, sagte Aurelius zu seinem Sekretär, der ihm beim Ankleiden half.

»*Domine*, das wäre doch nicht nötig gewesen«, begann Castor gerührt, doch seine Stimmung schlug ins Gegenteil, als er sah, was es war.

»So, das ist also die Belohnung für meine Mühen!«, rief er und schüttelte das glücksbringende Phallussymbol.

»Was, du willst mir nicht danken? Du hast doch selbst gesagt, dass es sich um ein antikes, seltenes Fundstück der *cimerii* handelt«, seufzte Aurelius, zufrieden damit, den gerissenen Griechen endlich einmal übers Ohr gehauen zu haben. »Wenn du willst, kannst du es ja einem abergläubischen Sklaven verkaufen.«

»Ach, der frühe Tod von Secundus hat meinen Handel in den Ruin getrieben«, beschwerte sich Castor. »Vielleicht könnte ich es bei Demetrius versuchen, er hat schon eine ganze Sammlung... he, hast du daran gedacht, dass dieser Freigelassene einen Haufen Sesterzen erben wird, wenn sein Herr stirbt? Übrigens habe ich erfahren, warum Plautius ihn freigelassen hat: Früher war diese Dicke, mit der er heute verheiratet ist, eine ziemlich appetitliche Frau. Gneus war damals noch jung, und wie du weißt, hatte er eine Schwäche für seine Mägde. Als ergebener Sklave tat unser Demetrius so, als würde er nichts sehen, so dass er als Belohnung die Freiheit und eine Menge Privilegien erhielt.«

»Demetrius ist ein kräftiger Mann, und niemand kennt die Fischbecken besser als er. Es wäre ein Leichtes für ihn gewesen, Atticus hineinzustoßen, nachdem er ihn unter irgendeinem Vorwand dorthin gelockt hat. Wäre Gneus das Opfer gewesen, wäre der Verdacht sofort auf ihn gefallen. Aber sein Erbteil ist durch den Tod der Söhne nicht verändert worden«, überlegte Aurelius. »Es nützt nichts, ich finde kein sinnvolles Motiv für die Morde!«

»Aber du liegst doch schon mit der Nase drauf, Herr: eine betrogene Ehefrau, ein getäuschter Ehemann und ein unbequemer Zeuge. Aber vielleicht zögerst du, Helena zu beschuldigen, weil du ihrer Tochter hinterherrennst.«

»Hör auf mit diesen dummen Unterstellungen!«

»Ich unterstelle nichts, *domine*, ich stelle fest. Du hast dich gewissenhaft rasieren lassen, du hast dich sorgfältig gekleidet, dir sogar die *chlamys* angezogen, in der du am jüngsten aussiehst, und seit einer halben Stunde kannst du dich für keine passende Fibel entscheiden. Das sind alles untrügliche Anzeichen für eine Verabredung.«

Aurelius, auf frischer Tat ertappt, winkte verärgert ab. »Ein bisschen Zurückhaltung würde dir nicht schaden. Was meinst du zu diesem Jade?«

»Geht so.«

»Die Brosche mit dem Heliotropen ist zu auffällig, aber der Smaragd auch. Vielleicht ist die Onyx-Fibel besser... wo ist sie denn bloß?«

»Ich glaube, du hast sie in der Eile in Rom vergessen, *domine*«, meinte Castor mit einem Hüsteln.

»Aber ich habe sie doch vorgestern noch getragen!«

»Dann wird sie früher oder später wieder auftauchen. Schau mich nicht so böse an, Herr, ich habe sie nicht genommen, das schwöre ich bei Hermes.«

»Genau, beim Gott der Gauner.«

»Dein unbegründeter Verdacht beleidigt meine empfindlichen Gefühle, *domine*. In letzter Zeit bist du so unvorsichtig, so zerstreut... und dann weißt du auch sehr gut, dass man den Hausangestellten nicht trauen darf.«

»Besonders einem nicht!«

»Möge mich Jupiter hier und jetzt mit einem Blitz erschlagen, wenn ich diese Fibel genommen habe. Möge Hades mich in den Tartarus ziehen, Mars mich...«

Ich würde ihm nicht einmal glauben, wenn er auf seine geliebte Xenia schwören würde, dachte Aurelius und ging ins *peristylium* hinaus, um sich mit Nevia zu treffen.

Sie erwartete ihn mit einem Lächeln. »Und, wer hat gewonnen?«

»Du kleine Schnüfflerin, woher weißt du das?« Aurelius war überrascht.

»Es war nicht zu übersehen, was passiert ist. Ihr seid beide mit blauen Flecken und übel zugerichtet aus der Therme gekommen«, meinte Nevia mit listigem Lächeln.

»Daraus kannst du schließen, dass der Kampf unentschieden ausgegangen ist«, versicherte ihr Aurelius, während er sich auf dem Gras ausstreckte, um die letzten Sonnenstrahlen zu genießen.

»Weißt du, als ich klein war, wurde mir prophezeit, ich würde einen reichen Adligen heiraten«, begann Nevia. »Ab und zu denke ich daran und stelle mir vor, wie schön es wäre, in Rom zu leben, von Wundern umgeben... Träumst du nie mit offenen Augen, oder hat dir das Leben schon alles gegeben, was du wolltest, so dass dir jetzt langweilig ist?«

»Nein, mir ist selten langweilig. Die Welt ist voller interessanter Menschen.«

»Wie meine Mutter? Siehst du nicht, dass sie nur eine Dirne ist?«

»Wieso willst du sie verurteilen? Du spielst die unvoreingenommene Frau und bist dabei nur eine kleine Moralistin!«, entrüstete sich Aurelius.

»Du hast mir nicht geantwortet. Gibt es nichts, was du dir wünschst?«, beharrte sie.

»Doch – das Land jenseits von Indien zu sehen, wo die Seide herkommt. Niemand ist dort gewesen, aber viele behaupten, dass es schöner und reicher ist als Rom. Man sagt, dass dieses Volk das Geheimnis von Jupiters Blitz kennt. Einmal habe ich auf einem Sklavenmarkt in Anatolien einen Alten kennen gelernt, der von dort kam. Er war hell wie Elfenbein, und seine Augen waren wie zwei Schlitze. Niemand wollte ihn kaufen, man sagte, er würde Unglück bringen.«

»Aber du hast natürlich gleich zugeschlagen.«

»Und es nie bereut. Schließlich brachte er mir einige hervorragende Tricks beim Kämpfen bei. Ich gab ihm die Freiheit und etwas Geld, dann marschierte er barfuß mit einem Stock und einer Schale los, um nach Hause zurückzukehren. Ich glaube nicht, dass er jemals angekommen ist – er war schon achtzig Jahre alt!«

»Oh, ich hatte gehofft, deine Träume wären aufregender«, meinte Nevia enttäuscht. »Ich weiß, dass du bald wieder abreist«, fuhr sie flüsternd fort. »Wer weiß, ob wir uns noch einmal wiedersehen.«

Aurelius betrachtete das Gesicht mit dem Schmollmund und besiegte sein Verlangen, es zu streicheln. Warum konnte Nevia nicht sein geheimer Traum sein? Ein naher, konkreter Traum, der in Erfüllung gehen könnte… Der Wunsch, nach Hause zurückzukehren, verschwand wie eine Menschenmenge vor einer Schar Bettler.

Am selben Abend überwachte Aurelius in Begleitung von Tertia eine umfangreiche Durchsuchung.

»Wir haben die Möbel verrückt, die Teppiche ausgeklopft, alle Truhen geöffnet….«, beschwerten sich die Küchenmädchen und zeigten das kümmerliche Ergebnis ihrer emsigen Suche – eine tote Wanze.

Aurelius blickte sich um. In Tertias Zimmer herrschte das Chaos, das Holzbett war umgekippt, auf den Ebenholzstühlen stapelten sich irgendwelche Sachen, überall lagen Kleider herum. Der Inhalt der Schmucketuis – Armbänder, Ohrringe, Fibeln und Ringe –, der auf dem Intarsientisch ausge-

191

leert worden war, hatte in dieser Menge schon etwas Unanständiges.

Aurelius' aufmerksames Auge durchforstete den Nippes und blieb an einem Ring aus rosa Muschelkalk hängen, der zwei gefaltete Hände zeigte. Das verschwundene Schmuckstück war also in Tertia Plautillas Besitz. Vielleicht hatte es ihr Appiana vor ihrem Tod geschenkt. Doch wie hätte in diesem Fall Paolina bemerken können, dass es verschwunden war? Es musste die Tochter selbst gewesen sein, die es aus dem Kelch genommen hatte, in dem auch der Orakelspruch aufbewahrt wurde.

»Hier gibt es keine Insekten, Herrin, du kannst dich ruhig hinlegen«, murmelte Xenia erschöpft.

»Ich halte es hier nicht aus«, schrie Tertia verzweifelt.

In der Gewissheit, dass sie das nächste Opfer des unheilvollen Orakels sein würde, wollte sie keine Vernunft annehmen. Nicht einmal die Zusage der fürstlichen Mitgift hatte sie davon überzeugen können, allein in ihrem Zimmer zu schlafen. Andererseits hatte sie Pomponias großzügiges Angebot, mit ihr das Bett zu teilen, aus Angst abgelehnt, das Schicksal könnte deren fülligen Körper dazu benützen, sie zufällig im Schlaf zu ersticken.

Schmollend blickte sie Aurelius an, der sich hartnäckig weigerte, sie persönlich zu beschützen.

»Castor!«, rief er.

»Ja, *domine.*«

»Wir werden die Fensterläden verriegeln, und du beziehst Stellung vor der Tür, wo du die Nacht über Wache hältst«, ordnete Aurelius an.

»*Domine*, es gibt aber ein einfacheres Mittel, um sicherzustellen, dass das Mädchen unversehrt bleibt. Wenn du...«

»Nicht im Traum!«

»Dein Verhalten der armen Frau gegenüber kommt mir

ziemlich gemein vor. Die Aufgabe, der du dich entziehen willst, ist weder unangenehm noch schändlich.«

»Hör auf! Ich habe schon gesagt, dass ich nicht die Absicht habe, die Nacht mit ihr zu verbringen!«, schnitt ihm Aurelius das Wort ab.

»Du bist nicht mehr derselbe, *domine*. Früher hättest du deine Pflicht ohne Zögern erfüllt.«

Aurelius ließ sich von seinem widerspenstigen Diener nicht ärgern, sondern blieb hartnäckig, und nachdem er ihn vor Plautillas Tür postiert hatte, ließ er ihn allein.

Doch er hatte sich nicht damit begnügt, für die Sicherheit seiner Freundin zu sorgen. Wegen des Orakelspruchs, ob er nun wahr oder falsch war, hatte er einige Sklaven beauftragt, das Bienenhaus zu bewachen. Diese standen für den unwahrscheinlichen Fall eines Angriffs der Bienen bereit.

Silvius hingegen lehnte es kategorisch ab, sich den Schutzmaßnahmen zu unterwerfen, weil er sich nicht zur Familie gehörig fühlte. Dennoch hatte Aurelius auf Paolinas Drängen hin dafür gesorgt, dass die Nubier aus seiner eigenen Eskorte ohne Silvius' Wissen in seiner Nähe Wache hielten.

Mit einem Seufzer der Erleichterung dachte Aurelius, dass er sich nun endlich auch zurückziehen könnte. Nach der ganzen Aufregung jedoch fand er keinen Schlaf und suchte im *peristylium* etwas Entspannung.

Der Himmel war schon dunkel, obwohl es noch nicht so spät war, und die Tücher vor den Gerüsten, gebläht vom kalten Wind, der vom See heraufblies, tanzten im Rhythmus der Böen. Im schwachen Licht der Fackeln sahen die flatternden Tücher aus wie Leichenhemden von zum Tode Verurteilten, wie die Geister der aufständischen Gekreuzigten auf der Straße nach Capua.

Plötzlich wehte ein Windstoß den Stoff zur Seite, der die

letzte Freske bedeckte, und für einen Augenblick sah es aus, als würden die gemalten Figuren zum Leben erweckt werden – der Kopf der Chimäre schien sich zurückzuziehen, während der Feuerstrahl, der dem Löwenmaul entströmte, rötlich schimmerte.

Aurelius erschauderte. Er hatte den Eindruck, als hätte er zwischen den Falten des weißen Stoffes eine zum Angriff bereite Gestalt gesehen, einen Mastiff, der aus dem Hades ins Leben zurückgekehrt war, um die verstorbenen Plautier zu rächen.

Unwillkürlich wich er zurück. Aus welchem seltsamen Grund, so fragte er sich, zittern Menschen vor einem Schatten, wenn sie ansonsten realen Feinden mit dem Schwert in der Hand entgegentreten?

Er war in Alarmbereitschaft – dort stand wirklich jemand hinter dem weißen Stoff. Er drückte sich flach gegen die Wand und kniff die Augen zusammen, um in der Dunkelheit besser sehen zu können. Er hatte sich nicht getäuscht. Hinter dem Vorhang bekam der Schatten eine Form mit einer Hand, die etwas Scharfes, Dünnes hielt. Mit Sicherheit war es ein Dolch...

Aurelius schlich hinter den Angreifer und schob rasch den Vorhang beiseite, bereit, mit bloßer Faust zuzuschlagen. Blitzartig ließ er den rechten Arm nach vorne schnellen und umfasste das kräftige Handgelenk, während er mit der Linken ein Büschel rauer Haare packte.

»He, was soll denn das?«, wehrte sich Pallas. Der Pinsel, den er gerade reinigen wollte, rollte über den Boden.

»Was machst du hier? Ich dachte, du seist ein Mörder!«, rief Aurelius.

»Ich habe vergessen, die Pinsel zu reinigen. Wenn ich das nicht jeden Abend mache, kann ich sie am nächsten Tag fortwerfen«, erklärte der Maler.

»Wenn du oft in der Nacht umhergeisterst, wirst du viel zu sehen bekommen...«

»Ich sehe, was gut für mich ist, edler Senator. Ich werde hier teuer bezahlt!«

»Wie lange wirst du das hier noch aushalten, bei dem ganzen Unglück? Ich habe doch schon erwähnt, dass ich eine Villa auf Pithecusae bauen lassen werde, und ich habe eine britannische Sklavin mit Haaren wie Weizen, eine Berberin mit bernsteinfarbener Haut, eine sehr große Barbarin, die...«

»Hast du ›sehr groß‹ gesagt?«, jauchzte Pallas.

»Wie eine dorische Säule!«, übertrieb Aurelius.

Pallas zögerte noch immer.

»Also? Du willst doch nicht mitten im Winter arbeitslos sein, wenn nichts gebaut wird! Du müsstest dich an ein Leben als Narr gewöhnen.«

»Als Narr? Ich? Niemals!«, regte sich Pallas auf. »Ich habe meine Würde, und um nichts auf der Welt würde ich mich dazu herablassen, dumme Geschichten zu erzählen, nur damit Gäste ihren Spaß haben, die allein schon über mein Aussehen lachen!«

»Was sagst du zu einem Arbeitsplatz auf meiner Baustelle auf der Insel?«, schlug Aurelius vor.

»Ist diese Sklavin wirklich so groß?«

»Man kann ihren Kopf kaum noch sehen! Aber bevor ich dich anstelle, will ich prüfen, ob du ein gutes Gedächtnis hast.«

»Du interessierst dich für eine Intrige im Turm?«

»Das sind alte Geschichten.«

»Und eine Dame, die sich um ihren betrogenen Stiefsohn sorgt?« Pallas kniff ein Auge zusammen.

»Schon besser.«

»In der Nacht, in der Atticus starb, kam eine Dame zufrieden aus der Wohnung ihres Liebhabers zurück, da tauchte plötzlich die wütende Schwiegermutter auf und gab ihr eine Ohrfeige. Ich wusste gar nicht, dass es so viele Ausdrücke für eine Nutte gibt. Die Alte drohte, sie würde am nächsten Morgen Atticus, dem gehörnten Ehemann, von dem Seitensprung erzählen.«

»Das hat sie nicht mehr rechtzeitig geschafft«, überlegte Aurelius.

»Und dieser Secundus, der sich nachts immer wie ein Geist hier herumgetrieben hat… immer allein allerdings. Dem hat doch etwas zwischen den Beinen gefehlt, das ist meine Meinung. Dann gibt es noch die kleine Jungfer. Du weißt schon, der Apfel fällt nicht weit vom Stamm, und mit der Mutter, die… ich habe sie mehrmals dabei erwischt, wie sie mit dieser Art Sklavenaufseher kokettiert hat.«

Nevia und Silvius, überlegte Aurelius. Vielleicht hatte Fabricius doch nicht so Unrecht. Aber warum fand er die Sache nicht lustig, sondern eher beunruhigend?

»Halte die Augen offen, Pallas!«, meinte er komplizenhaft, während er ihm zwei Münzen zusteckte.

»Es macht mir keine Mühe aufzupassen, wenn dieser verdammte Hund heute Nacht wieder bellt«, versprach der Maler zufrieden und machte sich auf den Weg in seine Kammer, nicht ohne über die Köchin zu fluchen, die nicht nur alt war, sondern auch noch schnarchte.

Sobald Pallas gegangen war, machte sich Aurelius daran, das Werkzeug des Malers zu durchsuchen.

Es dauerte nicht lange, bis er fand, was er gesucht hatte – einen langen, spitzen Meißel und den dazugehörigen Hammer. Secundus' Schädel war mit einem ähnlichen Gegenstand durchbohrt worden. Einige Barbarenstämme verwendeten diese Technik, und Fabricius, Befehlshaber einer am Rhein stationierten Legion, musste sie gut kennen.

Aurelius durchschritt den Marmorbogen in Richtung des

überdachten Weges, der zum Türmchen führte. Von dort ging er, in Gedanken vertieft, weiter in den Garten.

Also wusste Paolina über den Ehebruch Bescheid. Für eine Frau von ihrem Schlag eine schwer hinnehmbare Angelegenheit. Warum hatte sie Helena nicht gleich verraten? Es konnte nur einen Grund geben: Sie fürchtete, dass man auch ihren Sohn Fabricius anzeigen könnte.

Ein gleißender Blitz erhellte die verschlafene Villa. Ohne Vorwarnung ging ein Wolkenbruch nieder und hüllte ihn in rauschenden Regen. Heftige Donnerschläge dröhnten schmerzhaft in seinen Ohren. Mit dem schon klitschnassen Umhang, die Kapuze über den Kopf gezogen, suchte Aurelius Schutz unter der Pergola.

Doch der kleine Bogengang bot kaum Deckung vor dem heftigen Herbstgewitter. Nachdem Aurelius einmal auf dem Mosaik ausgerutscht war, entschloss er sich, in seine Kammer zurückzukehren, um sich dort seiner nassen Kleider zu entledigen.

Endlich trocken, lag er nackt unter der Decke, ohne sich noch auf einen Gedanken konzentrieren zu wollen. Er konnte sich ruhig dem Schlaf hingeben – in dieser Nacht würde es keine unangenehmen Überraschungen mehr geben.

XIV

Vierter Tag vor den Iden des November

»Los, Aurelius, wach auf! Gneus ist verschwunden!« Pomponia schüttelte ihn aufgeregt.

Erschrocken sprang Aurelius aus dem Bett, wobei er die Decke schützend vor sich hielt, und streifte sich hastig ein Wollgewand über.

»Paolina hat das zerwühlte Bett bemerkt, als sie aufgewacht ist. Aber von Gneus keine Spur!«

»Die Villa ist groß, wir werden ihn schon finden.« Aurelius versuchte, sie zu beruhigen und sich seine eigene Besorgnis nicht anmerken zu lassen.

Inzwischen tauchte Castor aus dem Garten auf. »Bei den Bienenhäusern ist alles in Ordnung, Herr. Demetrius hat sie gut bewacht.«

Während die Sklaven erregt hin und her huschten, zerraufte Tertia Plautilla ihre aufgelösten Zöpfe. »Der Zorn der Götter ist auf unsere Familie herabgekommen«, murmelte sie.

In diesem Augenblick kam Silvius mit bleichem Gesicht aus dem *tablinum* gestürzt.

»Der Herr ist in der Bibliothek«, meldete er, fahl im Gesicht. »Tot.«

Aurelius rannte hinter dem Jungen her, während die schluchzende Tertia, die sich kaum mehr auf den Beinen halten konnte, Schutz in den Armen ihrer mütterlichen Freundin Pomponia suchte.

Die Tür zur Bibliothek stand sperrangelweit offen, und die morgendliche Brise strich durch die auf dem Tisch liegenden Blätter. Die Pergamentrollen im Regal lagen durcheinander, als hätte sie jemand eilig durchwühlt.

Paolina stand mit wächserner Miene unbeweglich wie eine Statue der Niobe neben dem Stuhl. Ihr zu Füßen lag in einem Durcheinander aus Rollen, die Arme und Beine unnatürlich verbogen wie ein Fötus im Bauch der Mutter, Gneus' Leiche. Sein Kopf war mit dem massiven, jadegrünen Blattbeschwerer eingeschlagen worden.

Erschüttert betrachtete Aurelius die blutige Figur mit den alten, kaum noch lesbaren Hieroglyphen – der alte ägyptische Gott mit den schillernden Flügeln, der göttliche Skarabäus der Pharaonen: *Fische, Vögel, Insekten…*

Aurelius' Blick schwenkte zum Regal, auf dem er letztes Mal den Skarabäus aus Porphyr gesehen hatte – die zerbrechliche Taube aus geblasenem Glas stand noch unversehrt an ihrem Platz.

»Die Prophezeiung!«, rief Paolina, die sich kaum noch auf den Beinen halten konnte. Aurelius eilte zu ihr, um sie zu stützen, während sie zitternd auf den Stuhl sank.

Nun war die stoische *matrona* mit ihren Nerven doch am Ende. Dazu erzogen, jeden Schmerz mit Gleichmut zu ertragen, hatte sie ihre Trauer lange mit übermenschlicher Kraft zurückgehalten. Jetzt stotterte und stöhnte sie wie ein Kind. In ihrem verzerrten Gesicht spiegelte sich die Last der Jahre und des Unglücks. Sie konnte sich einfach nicht mehr so kontrollieren, wie sie es beim Tod ihrer Söhne getan hatte – diesmal war es ihr Mann, derjenige, der Gesetz und Konvention herausgefordert hatte, um sie zu bekommen. Die strenge Herrin, erneut ihres Liebsten beraubt und zum zweiten Mal Witwe geworden, war eine gebrochene Frau, ebenso verzweifelt wie eine Sklavin, die mit ansehen muss, wie ihr Mann unter den Schlägen der Peitsche zusammenbricht.

»Marcus Fabricius wurde wenigstens mit dem Schwert getötet«, flüsterte sie, als Silvius, immer noch bleich im Gesicht, wieder in der Tür erschien.

Paolina atmete tief durch und richtete sich auf. »Silvius, bahre die Leiche deines Vaters auf!«, forderte sie ihn mit strenger Stimme auf. »Diese Pflicht kommt nun dir zu!«

Der Junge senkte seinen Kopf und gehorchte.

»Sehr günstig für das Schicksal, dass gerade ein Skarabäus aus Stein zur Hand war!«, überlegte Castor.

»Das war alles andere als Schicksal! Alles ist so inszeniert, dass es aussieht wie ein Unfall: Gneus, der sich den schweren Blattbeschwerer vom Regal holen will und im Fallen die Papyrusrollen mit herauszieht. Aber wenn die Porphyrstatue zufällig heruntergefallen ist, dann hätte auch die Taube aus Glas in tausend Stücke zerschellen müssen! Stattdessen ist sie nicht nur heil geblieben, sondern auf dem Regal ist nicht einmal Staub zu sehen. So kann man nicht beweisen, dass die beiden Figuren dort oben nebeneinander gestanden haben. Das ist vielleicht der erste und einzige Fehler, den der Mörder gemacht hat. Die bisherigen Unglücksfälle standen so sehr unter dem Vorzeichen der Prophezeiung, dass niemand an ein Verbrechen denken wollte.«

»Meinst du, sie glauben wirklich daran?«, fragte Castor.

»Ich weiß nicht. Paolina ist sehr skeptisch, aber sie schweigt – vielleicht um ihren Sohn zu schützen.«

»Aber es ist Silvius, nicht Fabricius, der das Vermögen erbt! Und wenn man bedenkt, dass er nur ein heimlicher Bastard ist...«

»Er kann es aber nicht allein getan haben. Die Nubier aus meiner Eskorte haben ihn die ganze Nacht über bewacht. Er hätte einen Komplizen gebraucht, vielleicht Demetrius. Oder, was wahrscheinlicher ist, seinen vermeintlichen Vater Proculus. Der Alte ist hier geboren und kennt in Haus und Garten alle Schleichwege… und der Mastiff war in seiner Hütte!«

»Was hat er damit zu tun, *domine*?«

»Abends werden die Tiere am Eingang angekettet, und jedermann kann sich am See frei bewegen. Nur dieser alte Hund, den Pallas manchmal bellen hört, wird nicht angekettet. In den Nächten der ersten Morde aber war alles ruhig. Der Mastiff kennt Proculus und hätte keinen Alarm geschlagen, wenn sein Herr von den Fischteichen oder der Voliere zurückgekommen wäre. Versuche, etwas darüber herauszufinden. Sei aber vorsichtig, dass niemand etwas merkt!«

»Keine Sorge. Ich weiß, dass das Leben eines Menschen auf dem Spiel steht.«

»Nicht nur das eines einzelnen Menschen, sondern das von mehreren hundert!«

Fragend blickte Castor seinen Herrn an.

»Proculus ist ein Sklave«, erklärte Aurelius mit finsterer Miene. »Du weißt, was passiert, wenn man herausfindet, dass er der Täter ist?«

»O ihr Unsterblichen! Alle Sklaven…«

»Alle, ohne Ausnahme, würden zum Tode verurteilt werden.«

»Xenia!«, flüsterte Castor. »Wir müssen was unternehmen. Wir dürfen keine Zeit verlieren!«

Im großen Atrium diskutierten Mutter und Sohn aufs Heftigste.

»Ich habe ihn gesehen, ich schwöre es! Er war da, direkt am Fenster zur Bibliothek!«, behauptete Fabricius.

»Mein Sohn, in der Nacht war es sehr dunkel, und das Gewitter...«, wandte Paolina ein, besorgt wegen der Folgen einer so schwer wiegenden Unterstellung.

»Es hat aber heftig geblitzt«, fuhr der General fort. »Er hatte die Kapuze übergezogen und blickte zur Villa. Unter Tausenden würde ich ihn erkennen – dieser leere Blick, der zögernde Schritt... er hinkt, das wisst ihr doch.«

»Aber wie kannst du dir so sicher sein, dass Gneus ermordet wurde? Er wollte doch nur nach einer Rolle greifen.«

»Du vergisst, dass dein Mann diese Regale extra so niedrig bauen ließ, damit er die Rollen immer griffbereit hatte. Nein, ich glaube nicht an ein Unglück. Ich muss den Alten sofort verhören, notfalls auch unter Folter. Lass ihn herbringen!«

»O Aurelius, endlich!«, seufzte Paolina erregt. »Fabricius hat Proculus gestern Abend im Garten gesehen und will ihn des Mordes beschuldigen. Die Hausangestellten sind schon zu Tode erschrocken. Jeder weiß, was passieren wird, wenn man herausfindet, dass ein Sklave seinen Herrn ermordet hat – es werden alle zum Tode verurteilt!«

»Ich werde ihn selbst holen!«, sagte Fabricius.

»Nein, warte!«, rief Aurelius und lief zu den *ergastula*. Er wusste aus Erfahrung, dass die Sklaven immer als Erste von einer Neuigkeit erfuhren, und wollte mit Proculus allein, ohne Fabricius, sprechen.

Die Tenne wirkte verlassen. Nicht einmal ein Trauerfall unterbrach die elende Monotonie der Bauernsklaven – noch vor dem Morgengrauen, wenn die Glocke rücksichtslos läutete, aufwachen, das Werkzeug zusammensuchen, dann ein langer Fußmarsch über die Schotterwege und danach der erbitterte Kampf gegen die steinharten Erdschollen. Seit Generationen dieselben Bewegungen, ob Sonne oder Regen, mit einem einzigen Gedanken im Kopf: die Suppe.

Auf dem Platz gingen zwei oder drei Frauen zwischen den Hühnern umher. Die Hunde kläfften pausenlos.

»Das tun sie immer, wenn jemand stirbt«, meinte eine gebeugte Sklavin. »Ah, hier kommt auch der alte Argus.«

Ein altersschwacher Mastiff kam hinkend näher. Aurelius wollte ihn freundlich zu sich winken, doch der Hund kehrte feindselig und winselnd um.

»Das nützt nichts, *domine*, er ist zu scheu. Es ist der alte Hund der Herrschaften. Du hättest ihn mal vor Jahren sehen sollen, wenn es ein Sklave gewagt hätte, nachts hinauszugehen. Aber jetzt – sieh nur, wie gebrechlich er ist.«

Aurelius dachte daran, wie Proculus dem zahnlosen Hund seine Hand mit einem kleinen Leckerbissen hinstreckte. Ihn würde der Mastiff sicher nicht anbellen.

Schweigend ging er durch den tiefen Schlamm zu den Hütten.

»Er lag auf seinem Bett ausgestreckt und hat sich nicht mehr gerührt«, erzählte Aurelius verblüfft.

»Er wird doch nicht etwa umgebracht worden sein?«, fragte Castor.

»Kann sein, aber er war schon über siebzig, und es ist ohnehin ein Wunder, dass ein Bauernsklave älter als vierzig wird. Vielleicht hatte Proculus wirklich etwas mit dem Tod seiner Herren zu tun und es vorgezogen, seinem Leben ein Ende zu setzen, statt sich der Folter auszuliefern ... da aber sowieso nichts mehr zu machen war, habe ich die Leiche mit meinem Umhang zugedeckt, ihm einen Obolus in den Mund gesteckt, damit ihn Charon zum Hades rudert, und bin wieder gegangen.«

»Den Umhang?« Castor fuhr zusammen. »Welchen Umhang?«

»Den, den ich heute Morgen anhatte.«

»Meinst du etwa das reich bestickte Stück, das du mir als Geschenk versprochen hattest?«, heulte Castor wild. »Ich hatte so auf ihn aufgepasst und mich schon darauf gefreut, dass du ihn mir einmal überlassen würdest... und du hast ihn so einem Aas von Sklaven umgelegt! Als wenn ein Toter einen Schutz aus cyrenischer Wolle bräuchte!«

Jetzt wird man denken, dass Proculus der Schuldige ist, überlegte Aurelius, ohne auf Castors Jammern zu hören. Und wenn dazu noch bewiesen wird, dass Silvius sein Komplize war, dann ist es aus mit dem Erbe. Alles würde die Witwe bekommen, und nach ihrem Tod ihr Sohn. Deswegen war Fabricius so erpicht darauf, dem Alten die Schuld in die Schuhe zu schieben. Aber er lügt, denn ich war im *peristylium*, als das Gewitter einsetzte, und ich habe niemanden gesehen... außer...

Aurelius schüttelte sich, um sich selbst aus seinen Gedanken zu reißen.

»Los, wir dürfen keine Zeit verlieren!«, befahl er seinem Diener. »Ich glaube, ich weiß, wie die Sache passiert ist.«

»Aurelius, komm schnell! Fabricius hat befohlen, dass alle Sklaven des Hauses rot markiert werden, damit sie nicht fliehen können! Tu etwas, bitte!«, flehte ihn Nevia an.

»Wir werden ihn aufhalten. Er hat keinen Beweis.«

»Doch«, stöhnte das Mädchen. »Silvius hat gestanden, dass er es war!«

»Was?«, rief Aurelius und lief zum Saal.

Die ganze Familie war im großen *tablinum* versammelt – oder vielmehr diejenigen, die noch übrig waren. Der junge Erbe stand mit bleichem Gesicht und gesenktem Kopf vor

Fabricius, der sein Gegenüber mit Beleidigungen überschüttete; Nevia, die mit Aurelius gekommen war, lehnte an der Wand und kaute nervös an den Nägeln, während sie leise protestierte, was aber niemand hörte; Tertia Plautilla stand kurz vor einem hysterischen Anfall, und Helena, weniger schön, dafür umso ernster, schluchzte in einer Ecke.

Paolina war die Einzige, die stumm und unbeweglich wie eine Marmorstatue im *tablinum* stand. Sie konnte trotz des Geständnisses nicht glauben, dass der von ihr mit aller Sorgfalt aufgezogene Junge das schlimmste aller Verbrechen begangen haben sollte – den Vatermord.

»Mörder!«, brüllte Fabricius, rot im Gesicht vor Wut. »Du falscher Bastard. Dieser Hund hat seinen Herrn, Vater und Gönner umgebracht! Er hat ihn gehasst…«

»Dann warst du es also, Silvius. Natürlich ganz allein!«, höhnte Aurelius.

»Ja, Senator«, gab Silvius kaum hörbar zu.

»Dann lass einmal hören. Wie hast du es denn angestellt?«

»Gneus hat mich in die Bibliothek gerufen, um mit mir über das Erbe zu reden. Ich habe erfahren, dass ich bei seinem Tod reich werden würde. Deswegen habe ich den Papierbeschwerer genommen und ihn erschlagen. Das ist alles.«

»Ohne dass die Taube heruntergefallen ist! Und Proculus hat mit der Sache nichts zu tun, stimmt's? Klar, wäre er schuldig, würden alle Sklaven in diesem Haus einem furchtbaren Tod entgegensehen. Wenn das Verbrechen aber von einem freien Mann wie dir begangen wurde, bezahlst nur du, und die Sklaven sind gerettet«, erklärte Aurelius. »Eine rührende Einstellung, mein kleiner Held, aber wenig durchdacht.«

Alle Augen waren auf Aurelius gerichtet.

»Erstens erhält Silvius nach Plautius' Tod nicht nur ein gewisses Erbe, sondern das gesamte Landgut.«

»Umso mehr Grund hatte er!«, fuhr Fabricius auf, der über diese Information nicht überrascht schien.

»Aber das konnte er nicht wissen«, fuhr Aurelius fort. »Außerdem habe ich ihn heute Nacht von meinen Nubiern bewachen lassen, und ich kann euch versichern, dass er sein Zimmer nicht verlassen hat.«

»Sklaven!«, rief der General. »Ihr Wort zählt doch nichts!«

»Sag einmal, Fabricius, wieso bist du dir so sicher, dass du gestern Abend Proculus erkannt hast? Bei dem heftigen Regen konnte man doch gar nichts sehen.«

»Es war, bevor es zu regnen begann. Er wurde von einem Blitz angestrahlt, und…«

Kopfschüttelnd begann Aurelius zu lachen.

»Das war ich, Fabricius! Ich bedaure zwar, zugeben zu müssen, dass ich mit einem alten Buckligen zu verwechseln bin, aber du hast nur gesehen, was du sehen wolltest: den Mann, dessen Schuld dir geholfen hätte, Silvius loszuwerden, wenn auch auf Kosten des Lebens Hunderter unschuldiger Sklaven. Mein tollpatschiger Gang, als ich mich vor dem Regen retten wollte und auf dem Boden ausgerutscht bin, hat ein Übriges getan. Es fehlte nur noch die Opferbereitschaft dieses naiven Kerls, damit du vollständig von deiner Idee überzeugt warst.«

Fabricius schüttelte den Kopf. Er war ganz und gar nicht überzeugt. »Ich glaube dir nicht!«

»Du hast mein Wort, Fabricius. Und das Wort eines römischen Senators hat für jemanden wie dich doch einen gewissen Wert. Streng dich an, damit du dich wieder erinnerst!«

Der General zog die Augenbrauen zusammen und starrte Aurelius zornig an. Unter diesem wütenden und verzweifelten Blick fühlte sich Aurelius wie der Spielverderber in der Schule, der mit einer einzigen Frage den komplexen Beweis eines geometrischen Lehrsatzes, vom Mathematiklehrer in langen schlaflosen Nächten ausgearbeitet, widerlegt und sich damit ewige Feindschaft einhandelt.

»Es könnte sein, dass es jemand anderes war«, gab Fabricius schließlich äußerst widerwillig zu. »Aber mir kam es wirklich so vor, als sei es Proculus gewesen.«

»Du behauptest noch immer, schuldig zu sein, Silvius?«, wollte Aurelius wissen.

Rot vor Scham senkte der Junge den Kopf. »Ich habe gelogen«, stotterte er. »Ich wollte nicht, dass alle Sklaven gekreuzigt werden.

»Bewundernswert, da kann man nichts anderes sagen. Aber das nächste Mal, wenn du den Helden spielen willst, musst du etwas glaubwürdiger und vielleicht auch schlauer sein. Unnötige Opfer nützen selten dem, dem man helfen will, und oft bringt ein Fünkchen Verschlagenheit mehr als großmütige Gesten«, sagte Aurelius ernst.

Beschämt und zerknirscht hielt Silvius den Blick gesenkt, während er sich die Strafpredigt anhören musste.

»O Aurelius!«, zwitscherte Nevia entzückt. »Du hast ihn gerettet!« Vor den Augen aller gab sie ihm, ungeachtet der möglichen Kommentare, einen Kuss auf die Wange.

»Jetzt bist du aber völlig kompromittiert!«, flüsterte ihm Castor zu, der Zuflucht beim Weinschlauch gesucht hatte. »Gleich morgen wird Paolina dafür sorgen, dass du Nevia heiratest!«

Doch die hob nur müde den Kopf, als hätte sie lange Zeit den Atem angehalten, und lächelte.

XV

Dritter Tag vor den Iden des November

Pomponia packte flink ihre Koffer. »Passt auf die Perücken auf, dass die Locken nicht eingedrückt werden«, wies sie die Mägde zurecht.

»Du hast es aber eilig, von hier zu verschwinden«, meinte Aurelius.

»Wenn ich nicht so schnell wie möglich abhaue, werde ich bestimmt auch noch das Zeitliche segnen. Ich bin sicher, dass Avernus auf die Plautier böse ist. Jedenfalls kann ich es kaum erwarten, wieder in Rom zu sein – wenn man von Gift und Dolchen absieht, ist es dort sicherer!«

»Ach, das kannst du mir nicht weismachen! Ich weiß, warum du wirklich abreisen willst: Du bist scharf auf die neuesten Gerüchte um die Kaiserin!«

»Oh, einige Namen habe ich auch hier in Erfahrung bringen können, um mich in Übung zu halten: Messalina treibt es mit Urbicus, Trogos, dem Arzt Valentinus... und sogar mit Lateranus!«

»Jetzt bin ich aber neugierig, wer dein Informant ist.«

»Der General natürlich. Wer sonst?«

»Deine Fähigkeiten überraschen mich immer wieder, Pomponia. Wie hast du einen Kerl wie Lucius Fabricius dazu gebracht, sich zu so vertraulichen Gesprächen herabzulassen?«

»Ich habe ihn bei seiner Eitelkeit gepackt und so getan, als vermutete ich, er gehöre zu Messalinas Favoriten, weil er doch so berühmt ist.«

»O ihr Götter, aber das ist doch der gleiche Trick, den du bei mir anwendest!« Aurelius war bestürzt.

»Das funktioniert immer. Ich kann es kaum abwarten, nach Rom zu kommen, um alles zu erzählen. Zum Glück hast du dich auch entschlossen zu gehen. Ich hatte schon befürchtet, du würdest wegen der Sache mit dem Testament noch hier bleiben wollen.«

»Mir scheint, dass alles in Ordnung ist.«

»Sicher, abgesehen davon, dass das Testament verschwunden ist«, meinte die Dame so gelassen, als handele es sich um eine Nebensächlichkeit.

»Was willst du damit sagen?« Aurelius fuhr zusammen. »Davon weiß ich nichts.«

»Logisch, du hast ja bis jetzt wie ein Murmeltier geschlafen. Hilf mir lieber, diese Stolen zusammenzupacken.«

Doch Aurelius hörte sie nicht mehr. Er hatte Pomponia mit ihrem Gepäck allein gelassen und ging langsam und nachdenklich in sein Zimmer. Selbst als Xenia an ihm vorbeischoss und gut sichtbar seine Onyxfibel zur Schau stellte, war er viel zu verbittert, um Protest einzulegen.

Wie dumm er doch gewesen war, dachte er. Jetzt, wo Silvius aus dem Spiel war und Tertia kein Anrecht auf eine Mitgift hatte, war Paolina die einzige Erbin. Paolina, die weder ihren Mann Gneus noch ihre Söhne geliebt und die Möglichkeit gehabt hatte, sowohl die drei Morde zu begehen als auch das Testament verschwinden zu lassen.

»Ja, aber sie war doch mit ihrem Mann im Schlafzimmer, als Secundus umgebracht wurde«, sagte Castor, der neben ihm ging und sich in die Überlegungen einmischte.

»Schade, dass Gneus dies nicht mehr bestätigen kann«, erwiderte Aurelius.

»Aber was die Verdächtigen angeht, kannst du Helena und General Fabricius nicht ausschließen. Außer ihrem Wort, dass sie zusammen gewesen sind, gibt es keinen Beweis.«

»Warum hätten sie dann sagen sollen, dass sie sich mitten in der Nacht getrennt haben?«, überlegte Aurelius. »Wenn sie sich ein Alibi konstruieren mussten, hätten sie keine halben Sachen gemacht.«

»Das mussten sie, weil Helena im Morgengrauen von ihrer Schwiegermutter überrascht worden ist.«

»Was bedeutet, dass auch Paolina wach war.«

»Aber niemand hatte sie bemerkt. Es wäre dumm von ihr gewesen, auf sich aufmerksam zu machen und ihrer Schwiegertochter genau in dem Moment eine Szene zu machen, als sie von einem Verbrechen zurückkam«, schlussfolgerte Castor.

»Oder ziemlich schlau, wenn sie bemerkt hätte, dass Pallas sie gesehen hat«, murmelte Aurelius. »Wer sonst bleibt als möglicher Schuldiger? Nur Fabricius und Helena, wenn du Tertia Plautilla bewacht hast. Bist du sicher, dass sie nicht unbeobachtet entwischen konnte?«

»Möge mich Hermes mit dem Blitz erschlagen, wenn ich sie auch nur einen Moment aus den Augen gelassen habe!«, schwor Castor.

Stirnrunzelnd nahm ihn Aurelius scharf ins Visier. »Castor, würdest du dir bitte abgewöhnen, auf den Gott der Gauner zu schwören? Das macht keinen guten Eindruck.«

»Er ist ein guter Gott, und er hat mich immer beschützt!«, wehrte sich Castor. »Was Paolina angeht, brauchst du nur einmal zu überlegen, wie sie sich gegen Gneus' Entschluss gewehrt hat, sein Vermögen diesem Bastard zu geben, während ihr geliebter Sohn kein Geld hat, um seine Soldaten zu bezahlen. Der General kann sich also sehr gut mit seiner Geliebten abgesprochen haben. Ach übrigens, wie ist sie eigentlich im Bett?«, fragte Castor.

»Ich habe keine Ahnung!«, schnaubte Aurelius.

»Herr, geht es dir nicht gut? Oder hast du der Jungfrau Artemis Enthaltsamkeit geschworen?«

»Castor, warum ist es dir so wichtig, Helena in ein schlechtes Licht zu rücken? Hast du etwa Angst, ich könnte sie mit nach Rom nehmen?«

»Nein, Herr, im Gegenteil!«, meinte Castor. »Diese Frau wird dich nicht lange um den Finger wickeln. Sorgen mache ich mir eher um ihre Tochter! Wenn ein Vierzigjähriger anfängt, kleinen Mädchen nachzuschauen… Überlasse Silvius die Kleine. Wenn du sie mitnimmst, wissen nur die Götter, welches Übel du damit anrichten könntest!«

Aurelius gab keine Antwort. Sollte das Testament wiedergefunden werden und sollten Nevia und Silvius heiraten… wieso hatte er nicht schon vorher daran gedacht?

Warum hatte niemand – auch sein zynischer Diener nicht – daran gedacht, das listige Mädchen als Mörderin in Betracht zu ziehen?

Aurelius stand vor dem vor Rührung zitternden Silvius.

»Der Herr hatte mir zwar erzählt, dass er mir etwas hinterlassen würde, aber nicht, dass ich sein einziger Erbe sein würde«, sagte Silvius.

»Er war dein Vater«, erklärte Aurelius. »Bevor er starb, hat er dich anerkannt.«

Silvius verzog sein Gesicht und blickte zur Seite. »Dann hatte er sich also endlich entschlossen. Zwei Söhne musste er verlieren, damit er sich erinnerte, dass er noch einen dritten hatte!«

»Fabricius hat Recht: Du hast ihn gehasst«, stellte Aurelius fest.

»Ja«, gab Silvius leise zu.

»Er hat sich dir gegenüber aber nie schlecht verhalten.«

Damit hatte Aurelius Recht. In wie vielen Sklaven floss das gleiche Blut wie das ihrer Herren, ohne dass jemand wagte, laut darüber zu sprechen? Wie viele Nachkommen der Familien von Marius, Julius oder Antonius lebten in den Häusern ihrer Herren in Ketten und zitterten unter der Peitsche? Wie oft wurde täglich von Stiefbrüdern Inzest getrieben, die nicht wussten oder einfach nicht wissen wollten, über welche Ecken sie mit den Sklavinnen des Hauses verwandt waren?

Gneus hingegen hatte sich immer um Silvius gekümmert, für seine Ausbildung und eine sichere Zukunft gesorgt, lange bevor Silvius als letzter Erbe übrig geblieben war. Doch der Patrizier ahnte wohl, dass ihm dieser Junge nicht dankbar sein würde, sondern stolz darauf war, von Spartacus statt vom reichen Plautius abzustammen.

»Man hat seltsame Dinge über ihn gehört«, fuhr Silvius fort. »Einmal habe ich zufällig zwei Gäste belauscht, die von seinen Aktivitäten unter Tiberius sprachen. Was er getan hat, scheint wenig klar zu sein, aber er hätte wohl kaum mit erhobenem Kopf in Rom erscheinen können. Das, und nicht seine Liebe zum ländlichen Leben, war der wahre Grund dafür, dass er sich an den Avernus zurückgezogen hat.«

»Du glaubst irgendwelchen Klatschmäulern, Silvius?«, fragte Aurelius zurückhaltend.

»Tatsache ist, dass Gneus damals ein Vermögen gemacht hat, während andere ihren Kopf dem Henker hinhalten mussten.«

»Auch ich habe unter Seianus, Tiberius und dem verrückten Caligula überlebt, wenn auch nicht ganz ohne Tricks, wie ich zugeben muss. Andere, die weniger aufmerksam waren als ich oder vielleicht geradliniger und weniger kompromissbereit, haben es nicht geschafft. Sie haben sich entschieden, was in jedem Fall lobenswert ist; aber wie gesagt, ein Heldenopfer oder ein schöner Tod, von dem die Rhetoriker in ihren Geschichtsbüchern erzählen, dient nicht immer dazu, die Probleme auch zu lösen. Die Fehler von Gneus noch einmal aufzuwühlen ändert nichts daran – ob das nun gut oder schlecht ist –, dass er dein Vater ist.«

»Ich hasse ihn nicht mehr. Jetzt liegt er nackt auf Charons Boot, wo sich ein Sklave nicht von einem König unterscheidet.«

»Und du wirst *pater familias*, oberster Herr dieses Landguts, römischer Bürger mit allen Rechten...«

»Das werde ich nie akzeptieren!«, erklärte Silvius entschieden.

Aurelius lächelte leicht spöttisch.

»O doch, du wirst es akzeptieren, mein Junge. Vielleicht lässt du dich ein bisschen bitten, um deinem grenzenlosen Stolz Genugtuung zu geben.«

»Stolz? In einem Sklaven?«, rief Silvius voller Wut.

»Mehr, als der aufgeblasene Lucius je aufbringen könnte, mein junger Silvius! Ach, übrigens würde er mit seinen brutalen Methoden das Landgut der Plautier verwalten, wenn das Testament nicht gefunden wird. Er würde die Sklaven hungern lassen, sie mit Arbeit überhäufen und mit der Peitsche umbringen. Du musst schon einsehen, dass es für alle, Sklaven eingeschlossen, besser ist, wenn das Erbe in deine Hände fällt.«

»Ich kann nicht«, zögerte der Junge.

»Du musst! Du hast nicht das Recht, deine Leute den Händen dieses Schlächters zu überlassen, nur weil du edelmütig sein und dich damit vor dir selbst wichtig machen willst!« Aurelius packte ihn an den Handgelenken und schüttelte ihn. »Es widert dich an, das weiß ich. Du hast die

Herren immer verachtet, und jetzt erlegt dir das Schicksal die Pflicht auf, selber einer zu sein.«

»Das ist zu viel für mich«, sagte Silvius leise und wandte sein tränennasses Gesicht Aurelius zu. Aurelius glaubte einen Moment, in diesen dunklen Augen etwas wieder zu erkennen. Vielleicht die schwache Ähnlichkeit mit einem anderen Gesicht.

»Wisch dir diese weibischen Tränen ab, Silvanus Plautius! Du bist jetzt ein Mann und ein Römer, das Oberhaupt einer wichtigen Familie. Du kannst dir keine Schwäche erlauben! Du wirst Herr über die Sklaven sein, Gerechtigkeit üben und das Landgut verwalten. Steh jetzt auf, und blick mir wie ein Mann direkt in die Augen!«

Silvius raffte sich auf und versuchte, eine entschiedene Haltung einzunehmen. Er wird sich daran gewöhnen, dachte Aurelius. Schließlich ist es gar nicht so schwer, ein Herr zu sein.

Mit ernster Miene blickte Aurelius so lange zurück, bis er sah, dass Silvius wieder die Kontrolle über sich hatte.

»*Ave atque vale*, Silvanus Plautius!«, grüßte er ihn schließlich. Ihr Götter, beschützt ihn, betete er im Stillen. Der Weg wird für seine ungeübten Beine nicht gerade leicht. Sorgt dafür, dass er nicht gleich bei den ersten Schritten strauchelt.

»Du bist ein herzloser Mensch, Aurelius, und du hast mich enttäuscht«, schimpfte Pomponia.

»Du wirst mir kein schlechtes Gewissen einreden, meine Liebe. Tertia ist mit den Tröstern männlichen Geschlechts zu nachgiebig, und ich bin wahrlich keine vestalische Jungfrau. Wir wissen beide zu gut, wie es geendet hätte, hätte ich in ihrem Zimmer übernachtet«, erwiderte Aurelius kopfschüttelnd.

»Du hast sie der Gewalt der Mörder überlassen«, fuhr Pomponia vorwurfsvoll fort.

»Aber Castor hat sie doch in der Nacht bewacht.«

»Du traust diesem unzuverlässigen Griechen? Eine Haussklavin hat mir erzählt, sie sei den Flur entlanggegangen, hätte aber niemanden gesehen. Statt Wache zu halten, wie du ihm aufgetragen hast, hat dein Sekretär bestimmt tief und fest irgendwo in einer Ecke geschlafen.«

»Ihr Götter! Wenn die Sache so steht, ändert das alles!«, rief Aurelius wütend und rannte in Castors Zimmer, während in seinem Kopf tausend Fragen durcheinander purzelten: Wo war Plautilla gewesen, als Atticus ermordet wurde? Hatte sich der Bruder wirklich gegen die Übergabe der Mitgift gewehrt? Und was machte der Muschelring bei Plautillas Schmuck?

Rasend schnell wechselten die Bilder vor seinem geistigen Auge – eine junge, reiche, ehrgeizige Frau, deren Mutter vor kurzem gestorben ist, erfährt, dass ihr Vater wieder heiratet. Sie sieht, wie die neue Frau den Schmuck ihrer Mutter Appiana in Besitz nimmt, der eigentlich ihr gehören sollte. Heimlich öffnet sie die Schmuckschatulle, lässt den Schmuck durch ihre Hände gleiten und kann nicht widerstehen, sich einen Ring über den Finger zu streifen – er ist wenig wert, die Stiefmutter wird nicht bemerken, dass er fehlt. Zufällig fällt ihr Blick auf einen seltsamen farbigen Anhänger, streicht darüber und entdeckt den geheimnisvollen Orakelspruch. Jahre später bietet sich ihr die passende Gelegenheit, um die Prophezeiung für sich zu nutzen. Sie folgt den Versen des Orakelspruchs und schaltet die Brüder einen nach dem anderen aus, in der Gewissheit, dass niemand sie verdächtigen würde.

»Wo ist er?«, rief Aurelius mit drohender Miene, als er Xenias Kammer betrat. »Er soll rauskommen!«

Ein leichtes Zittern der Matratze verriet Castors Versteck.

»Ich verlange eine Erklärung!«, schimpfte Aurelius und zog seinen Diener an den Haaren.

»Nicht hier, *domine*, bitte nicht!«, flehte der Grieche. »Reden wir lieber unter vier Augen.«

Seinen Diener an der Tunika hinter sich herschleifend, ließ er ihn schließlich in seinem Zimmer wie einen Sack Gerste auf den Mosaikboden fallen.

»So hast du also meinen Befehlen gehorcht und Tertia Plautilla die ganze Nacht bewacht, was?«

»Aber sicher, Herr, lass mich doch erklären...«

»Du elender Lügner! Auf dem Flur war niemand!«

»Das stimmt, Herr«, gab Castor zu. »Aber trotzdem...«

»Dann sprich, du dreckiger Sklave, bevor ich dir den Hals umdrehe!«, rief Aurelius, kurz davor, die Beherrschung zu verlieren.

»Wie du unmissverständlich befohlen hast, habe ich das Mädchen aus der Nähe bewacht.«

»Wo warst du, du griechischer Hund? Mit Sicherheit nicht vor ihrer Tür.«

»Eben! Nicht vor der Tür, *domine*, sondern dahinter.«

Aurelius verstand Castors Worte nicht, zumindest nicht gleich.

»Ich bin nicht so hartherzig wie du«, erklärte Castor. »Und weil du dich in ungebührlicher Weise deinen Pflichten entzogen hast, musste ich für dich handeln. Wie du mich oft erinnerst, bin ich nur ein Diener, und ein guter Diener muss sich in jeder Hinsicht um das Wohl und die Sicherheit der Herrschaften kümmern.«

»Du willst mir also sagen, dass du die Nacht mit Plautilla im Bett verbracht hast?«, fragte Aurelius ungläubig.

»Nicht im Bett, *domine*, auf dem Teppich«, klärte der Diener seinen Herrn gewissenhaft auf.

»Du alter Galeerensträfling! Nicht einmal ich, ein römischer Patrizier, hätte es gewagt, die Situation so schamlos auszunützen.«

»Genau! Du bist ein Herr, du musst deinen Ruf wahren. Ich trage nicht die gleiche Verantwortung wie du. Als ergebener Diener versuche ich nur, mich nützlich zu machen, indem ich jedes Mal, wenn meine bescheidenen Dienste gefragt sind, mein Bestes gebe.«

Das war doch die Höhe! Dieser unverschämte Diener hatte es gewagt, eine freie Frau zu berühren, ohne auch nur im Geringsten auf den adligen Sempronius Rücksicht zu nehmen, der vertrauensvoll darauf wartete, seine Verlobte heimzuführen! Aurelius blickte ihn an und schwieg, unsicher, ob er ihn auspeitschen oder ihn beglückwünschen sollte.

»*Domine*, dieses schwache Mädchen war in großer Gefahr«, rechtfertigte sich Castor.

Aurelius bekam einen Lachanfall. »Dieses Mädchen nähert sich erfolgreich dem vierzigsten Lebensjahr und hat schon zwei Männer und eine unbestimmte Anzahl von Liebhabern verbraucht.«

»Zu denen auch du gehörst, Herr«, erinnerte ihn Castor voller Mitleid.

»Also, angesichts dessen, was du mir verraten hast, kann Tertia nichts mit dem Tod ihres Vaters zu tun haben.«

»Im Moment des traurigen Dahinscheidens von Plautius hatte das Mädchen alles andere im Kopf«, beteuerte der Diener. »Kann ich auf deine Diskretion zählen, *domine?*«, fragte er, während er seine zerknitterte Kleidung in Ordnung brachte.

»Sicher«, willigte Aurelius ein. »Wenn nämlich die Geschichte Sempronius Priscus zu Ohren kommt…«

»Vor Sempronius habe ich keine Angst, sondern vor Xenia«, stellte Castor klar. »Sie kann ganz schön zuschlagen.«

»Xenia! Bring sie mir her, schnell«, befahl er.

Kurz darauf trat die Sklavin mit gesenktem Blick vor ihn.

»Du weißt, dass Diebinnen die Peitsche bekommen?«, schimpfte Aurelius möglichst böse.

»*Domine*, ich habe deine Fibel im Flur auf dem Boden gefunden«, log die Sklavin schamlos.

»Ja, wie den Muschelring!«, seufzte Aurelius und streichelte zerstreut die Peitsche.

»Den habe ich nie gesehen, das schwöre ich beim Kopf meines Bruders!«, wehrte sie ab. »Du kannst ruhig meine Sachen durchsuchen, wenn du mir nicht glaubst.«

»Das wäre verlorene Zeit. Du hast ihn loswerden wollen, indem du ihn am Tag der Durchsuchung unter Tertias Schmuck versteckt hast. Du hattest Angst, man würde ihn in deiner Kammer finden. Ich glaube nicht, dass es mir reicht, dich auspeitschen zu lassen – du wirst verkauft werden!«

»Gnade, *domine*!« Xenia warf sich auf die Knie. Aus dem Augenwinkel heraus versuchte sie die Reaktionen ihres Anklägers zu beobachten. »Ich habe niemanden mehr auf der Welt.«

»Aha, also auch keinen Bruder, du verlogene Schlange!« Aurelius wurde immer wütender, während er die Peitsche umklammerte.

»Verzeih mir, ich bitte dich, ich werde alles tun, was du willst!« Flehend sank sie weiter auf den Boden, bedacht darauf, dass ihre schlanken Beine in der offenen Tunika gut zu sehen waren.

»Jetzt erzähl mir von dem Ring, aber diesmal die Wahrheit, sonst…« Aurelius ließ die Drohung offen in der Hoffnung, ihre Wirkung zu erhöhen.

»Ich habe ihn gestohlen, *domine*, aber es war das einzige Mal… es gab so viele Schmuckstücke, die viel wertvoller waren, aber ich habe das kleine genommen. Als du dann angeordnet hast, dass das ganze Haus auf den Kopf gestellt werden soll, hatte ich Angst, dass man mich erwischen würde. Ich flehe dich an, Herr, du kannst mich ruhig schlagen, aber schicke mich nicht auf den Sklavenmarkt. Wer weiß, wo ich dann lande.«

Aurelius sah sich vor, nichts zu versprechen. Dieses freche Ding brauchte eine Lektion. Es schadete nichts, sie eine Weile in ihrer Angst schmoren zu lassen, bevor er sie selbst kaufen würde.

Während sich Castor um die Magd kümmerte, nahm Aurelius seufzend vor einem Kelch Wein Platz. Er sehnte sich nach dem bitteren Geschmack seiner *cervisia*, er hatte Sehnsucht nach Rom.

Wenn er doch nur dieses Rätsel endlich lösen könnte.

Paolinas Gesicht war angespannt, ihre Augen verquollen.

»Was ich dir sagen muss, Aurelius, ist sehr schwierig.«

»Es handelt sich um das verschwundene Testament, oder?«

Paolina nickte betrübt.

»Denken wir beide dasselbe?«, murmelte Aurelius, besorgt, er könnte sie verletzen.

»Fabricius ist ein Ehrenmann. Wenn ich mich täuschen sollte, würde ich niemandem gegenüber zugeben, dass ich ihn für schuldig gehalten habe. Aber ich habe Gneus mein Wort gegeben, dass ich seinen letzten Willen respektiere, und so bedrückend es auch sein mag, ich habe die Absicht, mich daran zu halten.«

»Du wirst gute Gründe haben, deinen Sohn für den Dieb des Testaments zu halten.«

»Ja. Ich habe ihm selbst davon erzählt, bevor mein Mann gestorben ist. Ich wollte, dass er von seinem Erbteil erfährt, ohne dass er sich über den Rest des Vermögens Illusionen macht. Er hat einen Wutanfall bekommen, und ich musste meine ganze Kraft aufbringen, um ihn zu beruhigen.«

»Aber er tut immer so, als würde ihm Geld nicht viel bedeuten«, erinnerte sich Aurelius.

»Ja, weil es nicht die Gier nach Reichtum ist, die seinen Zorn geweckt hat«, bestätigte Paolina. »Fabricius ist alles andere als gierig, findet es aber unerträglich, dass ihm Gneus Plautius einen Bastard vor die Nase gesetzt hat. In seinen Augen ist ein Dokument, in dem der Sohn einer germanischen Barbarin zum Erben und *pater familias* erklärt wird, das Papyrus nicht wert, auf dem es geschrieben ist.«

»Warum also bittest du mich um Hilfe? Du bist für Lucius Fabricius eine Respektsperson, und deine mütterliche Autorität sollte genügen, damit er dir das, was er gestohlen hat, zurückgibt.«

»Es gibt noch etwas: Helena hat ein Techtelmechtel mit ihm. Ich bin weder blind noch dumm, und ich weiß es schon eine ganze Weile. Dennoch habe ich lieber so getan, als wüsste ich nichts. Sie war Atticus' Frau, so dass es seine Sache war, sie im Auge zu behalten. Aber auch für Unverschämtheiten gibt es eine Grenze, und als ich eines Abends gesehen habe, wie sie mit offenem Haar und verwischter Schminke aus dem Turm kam, konnte ich mich mehr zurückhalten und habe ihr eine Ohrfeige gegeben. Damals war ich entschlossen, die Dinge klarzustellen und mit meinem Mann und meinem Stiefsohn zu reden, um diesem Skandal, der dem Ruf unserer Familie geschadet hat, ein Ende zu machen. Aber gleich am Morgen danach wurde Atticus' Leiche im Muränenbecken gefunden. Deswegen habe ich die Geschichte für mich behalten – ich hatte Angst, Fabricius zu sehr zu kompromittieren, weil er als Geliebter der Frau des Opfers zum Hauptverdächtigen geworden wäre.«

»Dein Sohn allerdings hat es noch schlimmer getrieben …«

»Ja, er hat eine große Dummheit begangen und muss vielleicht teuer dafür bezahlen. Jetzt ist er in großer Gefahr, Aurelius. Deswegen brauche ich dich.«

»Bist du wirklich entschlossen, Gneus' Willen auch gegen deine Interessen zu respektieren?«

»Ja, das bin ich«, versicherte Paolina stolz. »Treibe dieses Testament wieder auf, Aurelius. Um jeden Preis!«

XVI

Vorabend der Iden des November

»Castor, ich weiß nicht mehr weiter. Wie kann ich Fabricius zwingen, die Tafeln mit dem Testament herauszurücken? Vielleicht hat er sie ja auch schon zerstört!« Aurelius war untröstlich.

Castor jedoch ließ sich nicht aus der Ruhe bringen. »Wenn ich du wäre, würde ich sie trotzdem finden, *domine*«, schlug er ihm flüsternd vor.

»Als wenn das so einfach wäre... ich kann mir doch keine basteln!«, sagte Aurelius, bevor ihm plötzlich klar wurde, was sein Diener meinte. »Moment mal... Castor!«

»Ja, *domine*.« Castor blickte scheinheilig nach unten.

»Womit hast du dich eigentlich in Alexandria beschäftigt?«

»Ich habe im Bereich der niederen Künste gearbeitet, Herr – Gemmen, Intarsien, Siegel«, antwortete der Grieche bescheiden. »Böse Zungen behaupteten, ich hätte, während ich versuchte, die Handwerkskunst zu verbessern, versehentlich das Siegel einiger hoher Finanzbeamter nachgebildet. Deswegen war ich gegen meinen Willen gezwungen, diese Tätigkeit niederzulegen. Die Anklage war natürlich unbegründet«, versicherte er. »Aber diese alten Fähigkeiten könnten angesichts der momentanen Lage ganz nützlich sein. Leider würde mein Werk nach den ungerechten Gesetzen unrechtmäßig sein. Schon einmal wurde ich beinahe wegen Fälscherei gehängt. Um es noch einmal zu tun, bräuchte ich eine gute Motivation.«

Aurelius seufzte. »Wie viel?«

»Wie kannst du annehmen, dass sich mein schlechtes Gewissen mit Geld beruhigen ließe?« Castor war ganz außer sich. »Ich dachte da an ein Mädchen, das unter ihren Ketten stöhnt.«

»Du schlägst mir vor, Xenia zu kaufen? Abgemacht!« Aurelius nahm das Angebot gerne an, da er ohnehin schon zu dieser riskanten Investition entschieden war.

»Xenia und fünfhundert Sesterzen. Nicht, dass mich materielle Güter interessieren würden, aber das Mädchen ist kostspielig.«

»Meinst du, du schaffst es, dass das Dokument so aussieht wie das gestohlene?«, fragte Aurelius vorsichtig.

»Warum willst du eine identische Kopie, Herr? Wenn du erlaubst, habe ich einen besseren Vorschlag.«

Castor ist wirklich unbezahlbar, dachte Aurelius, während er sich den Plan erklären ließ. Er ist das Geld wert, das er mich kostet – und auch das, das er mir klaut.

Nervös ging Fabricius in seinem kleinen Zimmer im Turm auf und ab, dann drehte er sich wütend zu Aurelius um.

»Sie sind falsch!«, schrie der General außer sich und schleuderte die von Castor angefertigten Tafeln fort.

»Wie kannst du dir so sicher sein?«, fragte Aurelius. »Paolina und ich haben sie als Zeugen unterschrieben. Hier sind unsere Siegel, und darunter ist das deines Stiefvaters.«

»Du kannst mich nicht reinlegen, Aurelius. Du hast diese Tafeln gefälscht, um deinem Freund Silvius zu helfen. Was hat er dir als Ausgleich dafür versprochen? Diese kleine Intrigantin Nevia, nehme ich an.«

»Das Dokument ist echt, Fabricius. Deine Mutter war dabei, als es erstellt wurde.«

»Du lügst!«, schrie der General, blass vor Wut.

»Nein, er sagt die Wahrheit, mein Sohn«, bestätigte Paolina, die den Turm leise betreten hatte.

Fabricius blickte sie verblüfft an. »Du bist auch auf seiner Seite? Du, nachdem du jahrelang diesen stinkenden Fischverkäufer ertragen musstest?«

»Jetzt reicht's, Lucius Fabricius!«, fuhr ihn seine Mutter an. »Wenn du beweisen kannst, dass diese Dokumente falsch sind, dann tu es, andernfalls hör mit diesem absurden Theater auf!«

»Den Beweis habe ich!«, rief Fabricius triumphierend. »Seht euch das Siegel an: Hier sieht man eine geflügelte Schlange, die Feuer spuckt; ihr gedrehter Schwanz zeigt nach links. Auf dem echten Siegel aber zeigt er nach rechts!«

»Woher weißt du das, Fabricius?«, fragte Aurelius schmeichlerisch.

»Ich bin schon tausend Mal hier gewesen, und ich erinnere mich sehr gut daran. Und es wird viele andere Dokumente von Plautius geben, die das auch beweisen!«

»Und in welche Richtung war die Zunge der Schlange gebogen?«, fragte Paolina tonlos.

»Auch nach rechts. In diesem Punkt stimmt die Fälschung mit der langen, gespaltenen Zunge auf dem echten Siegel überein.«

Paolina ließ sich auf den Stuhl fallen und bedeckte ihr Gesicht mit den Händen.

»Was ist, Mutter?« Fabricius ging besorgt zu ihr.

Paolina antwortete erst nach einer kurzen Pause. »Du erinnerst dich an das Siegel von Gneus noch sehr gut, mein Sohn«, sagte sie mit bitterer Stimme. »Allerdings konntest du nicht wissen, dass er es erst vor einem Monat hat erneuern lassen, weil das andere einen Riss hatte. Auf dem alten Siegel war der Mund der Schlange geschlossen!«

Entgeistert hielt auch Fabricius seinen Mund geschlossen!

»Also, wo hast du diese gespaltene Zunge gesehen, Fabricius?«, fragte Aurelius mit spöttischem Grinsen.

»Mutter...«, rief der Ertappte blass im Gesicht.

Plötzlich stand Paolina auf und schnappte sich die falschen Tafeln, die sie unter ihrer Stola verschwinden ließ.

»Mit dem Schwanz der Schlange musst du dich getäuscht haben, genauso, wie du Proculus verwechselt hattest. Jetzt wirst du mir das echte Testament geben, dasjenige, auf dem der Schwanz in die richtige Richtung zeigt.«

Mit einem unterdrückten Stöhnen drehte sich Fabricius um und holte aus einem Schränkchen ein in Stoff gewickeltes Päckchen, das er schweigend seiner Mutter reichte.

»Jetzt ist alles in Ordnung, Aurelius«, meinte Paolina, die das Bündel fest an sich drückte. »Dies war nur ein Missverständnis, das schnell wieder vergessen sein wird. Ich werde sagen, ich hätte es unter Gneus' Sachen wiedergefunden.«

Ein Missverständnis mit drei Toten, dachte Aurelius.

»Ist es das, was du wirklich willst, Mutter?«, flüsterte Fabricius.

»Was ich will, zählt nicht. Man stellt sich nicht gegen das Schicksal.«

»Mutter, ich habe es für dich getan, als Ausgleich für die vielen schweren Jahre, die du mit diesen Plebejern hier verbracht hast...«

Fabricius biss sich auf die Lippe. Die Erniedrigung in Anwesenheit von Aurelius brannte wie Salz in einer Wunde, doch mehr noch quälte ihn die Angst, dass er durch diesen Diebstahl die Achtung seiner geliebten Mutter verloren haben könnte.

»Es ist nichts passiert, Lucius. Bald wirst du wieder bei

deinen Legionen sein, an deinem eigentlichen Platz, der früher der deines Vaters war. Du bist nicht als Bauer geboren.« Tröstend legte ihm Paolina eine Hand auf die Schulter.

»Ich füge mich deinem Willen.« Voller Hochachtung für seine Mutter senkte Fabricius den Blick.

Aurelius merkte, dass er hier fehl am Platz war, und verließ schweigend den Turm.

Niedergeschlagen lag er in seiner Kammer.

Also wieder von vorne beginnen! Drei brutale Morde, und dank eines zwanzig Jahre alten Orakelspruchs konnte er nur dem Schicksal die Schuld geben! Je länger er darüber nachdachte, desto mehr kam er zu der Überzeugung, dass der Schlüssel zum Geheimnis dort gesucht werden musste – in der Vergangenheit. Fabricius war damals sechzehn oder siebzehn Jahre alt gewesen, also alt genug, um sich ein sibyllinisches Orakel auszudenken. Aber wenn er die Morde begangen hatte, dann nur, um der Prophezeiung den Zauber zu nehmen; und sicher nicht, um sie Wirklichkeit werden zu lassen! Sofern er nicht selbst der Pflaumenbaum im Garten sein wollte. Es kam nicht selten vor, dass ein Stiefsohn das Vermögen seines Stiefvaters erbte. Tiberius, der Sohn aus Livias erster Ehe, hatte von Augustus sogar ein ganzes Reich geerbt.

Also gut, dachte Aurelius, fangen wir von vorne an. Der General tötet in der Hoffnung, alles zu erben, dann muss er feststellen, dass in dem Testament der Sohn einer Sklavin als Erbe genannt wird, weswegen er das Testament stiehlt. Nur Paolinas beispielloses Verhalten verhindert, dass sein Plan Wirklichkeit wird.

»*Ave*, Senator!«

Nevia war unbemerkt eingetreten und schloss die Tür hinter sich. Ihr tief ausgeschnittenes, hervorragend gearbeitetes

Gewand ließ sie erwachsener und reifer aussehen. Viel zu reif, dachte Aurelius und schielte auf den Ansatz ihres Busens.

»Hast du deiner Mutter eine Stola geklaut?«, fragte er ironisch.

»Warum sagst du so etwas? Gefällt sie dir etwa nicht?«, kokettierte Nevia und ging ihm auf Zehenspitzen entgegen. Eine peinliche Situation, dachte Aurelius und versuchte mühsam, Haltung zu bewahren.

»Ich bin eine Frau, Senator«, fuhr Nevia fort. »Und jetzt sag nicht, du könntest mein Vater sein.«

Aurelius, der sie gerade genau daran erinnern wollte, biss sich auf die Zunge.

»O Aurelius, warum tust du, als würdest du nichts verstehen? Für mich und meine Mutter gibt es nichts zu erben. Du hast mehr Geld als Crescus, und auch als Mann bist du nicht zu verachten!«

»Ich danke dir von ganzem Herzen für das Kompliment.« Aurelius kam sich wie ein Hundertjähriger vor.

»Meine Mutter will dich bitten, ob du sie mit nach Rom nimmst, aber ich wollte ihr zuvorkommen. Ich glaube nicht, dass sie dein Typ ist.«

»Ah! Aber du, stattdessen…«

»Ich bin erst sechzehn, noch Jungfrau, gut erzogen und würde dich nicht blamieren. Zwar kannst du mich nicht heiraten, weil ich Plebejerin bin, aber du könntest mich als *paelex* nehmen. Es ist normal, wenn ein berühmter und zudem lediger Adliger wie du eine Konkubine hat. Ich würde dir nicht zur Last fallen.«

Aurelius traute seinen Ohren nicht. Wenn Nevia wenigstens so viel Einfühlungsvermögen besäße, abzuwarten, bis er den ersten Schritt machte.

»Im Gegenteil, du würdest mir sogar sehr zur Last fallen.

Du bist aggressiv, frech und maßlos. Du kommst hier in mein Schlafzimmer, als würde ich… und außerdem gefällst du mir überhaupt nicht«, log Aurelius.

Lächelnd legte Nevia einen Arm um seinen Hals. »Aber sicher gefalle ich dir, Senator.«

»Und Silvius?« Aurelius war immer noch misstrauisch.

»Ach, die Dinge haben sich so schnell geändert. Bis gestern war ich die unberührbare *kiria* Nevia, vielleicht mittellos, aber frei. Und er war nur ein Sklave, dem verboten war, seine junge Herrin auch nur anzublicken.«

»Was ihn nicht daran hinderte, es trotzdem zu tun«, meinte Aurelius pikiert.

»Jetzt aber heißt er Plautius Silvanus und ist *pater familias* geworden, während ich eine arme Verwandte bin, die von seiner großzügigen Gastfreundschaft abhängig ist.«

»Also hast du gedacht: ›Da ich keine andere Wahl habe, versuche ich es einmal mit dem Senator.‹«

»Dummkopf, natürlich nicht! Ich finde dich sehr anziehend, du hast mir schon vom ersten Augenblick an gefallen«, warf sie ihm vor, belohnte ihn aber gleichzeitig mit einem bewundernden Blick. »Ein römischer Patrizier mit einem jahrhundertealten Stammbaum. Deine Ahnen waren mit Scipio in Zama und mit Cäsar in Pharsalus! Die Frauen bewundern dich, und ich…«

Nevias feuchte Lippen strichen über seinen Hals.

Diese verdammte Göre, dachte Aurelius, warum hängt sie sich nicht an ihren Silvius und lässt mich in Frieden? Aber nein, sie hat nur Rom in ihrem jungen Kopf, träumt von den Wundern, die sie dort zu finden hofft, von Marmorsäulen und prächtigen Festen… Geduld, sagte er sich und beugte sich vor, um sie zu küssen. Sie will nach Rom, und ich kann sie dorthin bringen. Warum auch nicht? Ein paar Monate mit ihr, ein kurzer Jungbrunnen, und anschließend suche ich ihr unter meinen *clientes* einen Mann, gehe zu ihrer Hochzeit und …

»Ich liebe dich, Senator.« Nevia war voller Leidenschaft. »Ich liebe dich seit dem ersten Augenblick, in dem ich dich gesehen habe.«

Aurelius erstarrte. Das durfte nicht passieren. Und es würde auch nicht passieren.

Mit Gewalt zog er sie an sich. Verängstigt versuchte sie sich wieder von ihm zu lösen. Mit zitternden Händen stieß sie sich von ihm ab, schaffte es aber nicht, sich zu befreien. Mit spöttischem Grinsen hielt er sie fest.

»Und? Wo ist denn die große, selbstbewusste Dame geblieben?« Er lachte verächtlich und warf sie brutal aufs Bett.

»Lass mich!« In Nevias Augen war kein Verlangen mehr zu erkennen, nur noch Angst. Ohne zu zögern warf sich Aurelius auf sie. »Nein«, schrie sie. »So nicht!«

Aurelius löste seinen Griff, so dass das Mädchen schnell entwischen konnte.

»War es nicht das, was du wolltest?«, fragte Aurelius sarkastisch.

Bleich lehnte sie an der Wand und starrte ihn mit einer Mischung aus Wut und herber Enttäuschung an. »Meinst du vielleicht, du hättest es mit meiner Mutter zu tun?«, warf sie ihm entrüstet vor.

»Und wenn schon, du kleine, eingebildete Egoistin! Jungfrau und gut erzogen – wem hast du das denn deiner Meinung nach zu verdanken? Dass du nicht gezwungen wirst, dich mit dem Segen deines geliebten Vaters auf den Straßen von Neapolis zu verkaufen, liegt nur daran, dass es deine Mutter an deiner Stelle getan hat!«

Nevia starrte ihn mit einer Wut an, zu der nur junge Menschen wie sie fähig sind.

»Gemeiner Hund«, presste sie durch ihre Zähne und bedeckte ihren Busen mit der zerrissenen Stola. Dann strich sie mit der Hand durch ihr zerzaustes Haar und ging zur Tür, den Blick auf Aurelius geheftet, der kalt zurückstarrte.

»Ave, *atque vale*, Nevia«, flüsterte ihr Aurelius hinterher, als sie schon im *peristylium* war. »Sei glücklich mit deinem Silvius, mit mir wärst du es nicht lange gewesen.«

In seinem Innern versuchte er, die Enttäuschung zu unterdrücken.

»Sie ist doch so schön, und du hast sie dir durch die Lappen gehen lassen!«, schimpfte Castor. Für den zynischen Griechen war die edle Geste, auf Nevia zu verzichten, nur einer der zahlreichen Beweise für den vorzeitigen geistigen Verfall seines Herrn. Aurelius hatte ihn nicht mehr so vergnügt gesehen, seit er dem verhassten Parides für das falsche Versprechen, nach Cappadocia auszuwandern, hundert Sesterzen abgeluchst hatte. »Das Alter hat dich furchtbar sentimental gemacht«, wetterte er.

»Dich etwa nicht?«

»Ich passe auf, *domine*. Auch ich habe meine Schwächen, aber ich versuche wenigstens, etwas dagegen zu unternehmen. Aber jetzt wird der gute Silvius dank deiner Trägheit nicht nur das Erbe der Plautier einstreichen, sondern sich auch Nevia unter den Nagel reißen. Ich habe gesehen, wie er sie mit seinen schwarzen Augen angeschaut hat…«

»Silvius hat schwarze Augen. Die von Plautius waren blau, ebenso wie die der germanischen Sklavin«, unterbrach ihn Aurelius nachdenklich. »Außerdem kommt mir sein Ausdruck sehr bekannt vor, wenn er seine Lippen verzieht.«

»Die Farbe der Iris erbt man nicht von seinen Eltern, Herr. Fulvius und Maura aus Rom haben beide dunkle Augen, und eins ihrer Kinder hat helle Augen«, erinnerte ihn Castor.

»Ja, aber ich habe das Gegenteil gemeint. Kennst du vielleicht ein Paar mit blauen Augen, dessen Kind dunkle hat?«

»Ja, die Familie von Emilius.«

»Aber sie haben ihren Sohn adoptiert. Silvius erinnert mich an jemanden...«

»Dürfte ich vielleicht erfahren, was dir so durch den Kopf geht?«, fragte Castor verblüfft.

Aurelius antwortete nicht. Wenn das, was er dachte, der Wahrheit entsprach, würde dies alles, wirklich alles erklären – die Vernichtung der Plautier, das Testament, den alten Hund...

Es ist Unsinn, von den Göttern zu erbitten, was wir uns selbst beschaffen können, hatte der weise Epikur gelehrt. Das Schicksal ändert sich nicht, sagte man immer. Aber wenn jemand wild entschlossen war, den vom Schicksal vorgezeichneten Weg mit drei Leichen zu durchkreuzen?

XVII

Iden des November

Nach so viel Unglück konnte beim Abschiedsmahl natürlich keine fröhliche Stimmung aufkommen.

Selbst Pomponia brachte angesichts des finsteren Schweigens kein Wort heraus. Plautilla sah mit ihrem angespannten, ungeschminkten Gesicht genau nach dem aus, was sie war: eine kleine, alternde, hässliche Frau vom Lande, die schon zwei gescheiterte Ehen hinter sich hatte. Fabricius wirkte schlecht gelaunt, weil er im *triclinium* nicht auf der Hauptseite liegen durfte, während der Ehrenplatz an der Längsseite des Tischs für Silvius gedeckt wurde.

Paolina hingegen, die ihren Platz neben dem jungen Familienoberhaupt eingenommen hatte, machte erneut gute Miene zum bösen Spiel. Der neue Herr an ihrer Seite schien durchaus entschlossen, seiner Rolle gerecht zu werden.

Helena wartete mit finsterer Miene in einer Ecke. Ihre Schönheit und ihr Hochmut hatten ihr am Ende nichts genützt – vom Ehemann ausgebeutet, für Geld verkauft und vom adligen Geliebten voller Verachtung zurückgewiesen, stand sie jetzt mit leeren Händen da. Und das Schlimmste stand ihr noch bevor – bald würde auch die Tochter sie wie ein gebrauchtes, aus der Mode gekommenes Kleidungsstück fortwerfen, für das sie sich in vornehmen Kreisen nur schämen würde.

Aurelius streckte sich, mit allen Sinnen hellwach, neben dem General aus. Seine Augen hatte er frech auf Nevia gerichtet, um sie zu zwingen, ihren Blick zu senken.

Dann betrachtete er nachdenklich seine Tischgenossen. Einer von ihnen hatte drei Morde begangen. Und nun wusste er, wer es war.

Das vorzügliche Essen nahm keinen erfreulichen Verlauf, auch wenn sich Silvius vorbildlich verhielt. Geduldig ließ er Fabricius' boshafte Provokationen an sich abprallen, bis er schließlich gelassen, aber gebieterisch das Wort ergriff.

»Das Schicksal hat sich gegen dieses Haus verschworen und einen Großteil der Familie ausgelöscht«, sagte er. »Doch habe ich mich entschlossen, mit der Hilfe der gütigen Götter den Platz einzunehmen, den ich ohne diese furchtbaren Verluste nie bekommen hätte, um treu den Willen meines Vaters Gneus Plautius zu erfüllen. Ab heute heiße ich Plautius Silvanus und werde meinen Pflichten nachkommen, wie ich es auf Grund meines Namens und meines Rangs zu tun habe. Meine erste Pflicht wird sein, Kindern das Leben zu schenken, die morgen mein Werk fortführen können. Die weise Paolina hat mir heute zu meiner ersten Handlung als Familienoberhaupt und römischer Bürger geraten: Ich habe einen Boten zu Nevius geschickt und ihn um die Hand seiner Tochter gebeten.«

Helena zuckte zusammen. »Nevia, da hättest du mich aber vorher fragen müssen!«

»Die Zustimmung meines Vaters sollte mehr als ausreichen«, erwiderte Nevia herausfordernd. »Auf jeden Fall brauchst du dir keine Sorgen zu machen – als Mutter der *domina* kannst hier so lange wohnen, wie du willst.« In ihren Augen blitzte trotz des tröstenden Tons ein Hauch von boshafter Befriedigung.

»Das ist wirklich ein starkes Stück!«, zischte Fabricius rot vor Wut. »Ein perfekter Ehebund – der neureiche Sohn einer Barbarin, der eine kleine plebejische Bettlerin heiratet, und das mit dem Geld der Plautier und dem Segen der alten Dame!«

»Ich habe meine Zustimmung gegeben«, entgegnete Paolina. »Du wirst das bekommen, was dir zusteht, ebenso Tertia. Das Erbe wird ganz ansehnlich sein.«

»Aber ... der Fluch?«, fragte Pomponia.

»Er ist zu Ende, meine Liebe«, mischte sich Aurelius ein. »Der Pflaumenbaum im Gemüsegarten wird Früchte tragen, und auch die Prophezeiung für Nevia erfüllt sich.«

»Ich muss dir widersprechen, Senator«, unterbrach ihn Nevia. »Das Orakel hat vorausgesagt, ich würde einen Mann von adligem Blut heiraten. Aber ich bin glücklich, dass es ein Fehler war – in letzter Zeit habe ich einige Patrizier kennen gelernt, und das reicht mir!«

»Ich glaube nicht, dass sich der Wahrsager getäuscht hat. Manchmal erfüllen sich die Orakel«, flüsterte Aurelius.

Nevia schien den Inhalt seiner Worte nicht zu verstehen, doch ein Gesicht in der Runde wurde leichenblass.

»Ich habe auf dich gewartet, Aurelius.« Paolinas Stimme war keine Unruhe anzumerken. »Seit wann weißt du es?«

»Der Orakelspruch stammte von deiner Hand, und nur du konntest alle Morde begehen, auch den an Secundus. Du kennst dich mit Kräutern aus, wie mir Demetrius gesagt hat. Es war für dich ein Leichtes, ein Schlafmittel für Gneus zu brauen und so zu tun, als würdest du an seinem Bett wachen. Und dann die Sache mit dem Meißel: Auch du warst bei den Germanen, nicht nur Plautius und Fabricius. Aber als du Gneus' letzten Willen bestätigt und dich dabei gegen deinen eigenen Sohn gestellt hast, dachte ich, du hättest einen Fehler gemacht. Du hättest deinen Sohn töten müssen, damit das Testament keine Gültigkeit mehr hat. Stattdessen hast du dich bemüht, die Echtheit des Testaments zu beweisen! Zu dem Zeitpunkt wusste ich noch nicht, warum...«

»Das spielt keine Rolle. Ich leide an einer unheilbaren Krankheit und werde versuchen, die Dinge zu beschleunigen. Bald werde ich Charons Boot besteigen und den Weg ins Jenseits antreten.«

»Ohne Reue und ohne Bedauern?«

»Ich habe getan, was ich tun musste.«

»Auch Raubtiere töten, um ihre Jungen zu verteidigen«, überlegte Aurelius.

Paolina erstarrte und biss sich auf die Lippen.

»Ich verstehe nicht, was du sagen willst. Hätte es denn etwas genützt, wenn ich mir wegen Fabricius die Hände mit Blut besudelt hätte, um das echte Testament zu finden?«, fragte Paolina mit spröder Stimme.

»Ich dachte an deinen anderen Sohn – an Silvius. Weil du seine Mutter bist, oder etwa nicht? Ich weiß noch, wie du darauf bestanden hast, dass ich in der Nacht, als Gneus getötet wurde, meine Wachen unter seinem Fenster aufstelle, damit er nicht der Tat verdächtigt werden kann, die du im Sinn hattest.«

»Also hast du erkannt, worum es ging!«, rief sie, bleich im Gesicht. »Du hast es ihm doch nicht gesagt, oder?«

Aurelius schüttelte den Kopf.

»Ich danke dir. Silvius muss sich für den wahren Erben der Plautier halten und auch so handeln.«

»Das hast du alles schon vor achtzehn Jahren geplant, als Gneus weit fort war...«

»Er war nie mein Mann!«, rechtfertigte sich Paolina. »Ich war ihm nicht zu Treue verpflichtet. Mein Gatte, der einzige, den ich je hatte, war Marcus Fabricius. Wir wurden durch den Einfluss eines mächtigen Mannes getrennt, aber das reichte nicht, um unser Verhältnis zu zerstören. Einmal, während eines kurzen Urlaubs, kam er heimlich zu mir. Er hat sich fast das Kreuz gebrochen, weil er Tag und Nacht geritten ist. Wir haben uns geliebt, Aurelius, seit wir Kinder waren. Genau an dem Tag, an dem er die Toga der Männer anlegte, haben wir geheiratet. An seiner Seite habe ich unsere Kinder sterben und Lucius aufwachsen sehen, der stark und stolz ist, wie es sein Vater war! Dann der Krieg, die Gefahren, die Hinterhalte... es war das letzte Mal, dass wir uns gesehen haben. Er zog los mit dem Versprechen, Plautius nach seiner Rückkehr zur Scheidung zu zwingen. Er brauchte in Germania einen großen Sieg, um den Kaiser umstimmen zu können. Ich wäre in sein Haus zurückgekehrt, und die lächerliche Ehe mit diesem Fischverkäufer wäre nichts als eine schlechte Erinnerung gewesen. Einen Monat später habe ich von seinem Tod erfahren und gemerkt, dass ich schwanger war.«

Aurelius lauschte der alten Frau, wagte aber nicht, ihr in die Augen zu blicken.

Eine herzlose Mörderin, die fast zwei Jahrzehnte lang den Plan für ein Massaker in sich trug und dabei jeden Tag den Mann anlächelte, den sie im geeigneten Moment ohne Mitleid umbringen würde; die Seite an Seite mit denjenigen lebte, deren Schicksal sie in ihrem Innern längst besiegelt hatte. Aber warum konnte ihm Paolina trotz allem keine Angst einjagen?

»Mein Mann hätte das Kind mit Sicherheit aussetzen lassen. Er hat Marcus gehasst und wusste, dass ich ihn immer noch liebte. Zuerst wollte ich fliehen, um mein Kind zur Welt zu bringen und es einem treuen Freund von Marcus' Familie zu geben. Danach hätte ich mich Gneus überlassen, bereit, mit meinem Leben für den Ehebruch zu bezahlen;

mein Sohn wäre in Sicherheit gewesen, auch wenn er hätte im Verborgenen leben müssen – er, in dessen Adern das reinste römische Blut fließt!«

Aurelius sah die junge, schöne Paolina vor sich, wie sie sich ihren Leib streichelte, dessen Frucht sie um jeden Preis verteidigen wollte. Ja, wie die Tiere im Wald, wie eine unbezähmbare Tigerin.

»Dann kam Plautius mit dieser geschwängerten Barbarin zurück. Er blieb nur wenige Tage, ich konnte meinen Zustand geheim halten. Nur meine alte Amme wusste davon. Sie war eine *verna* der Fabritier, für uns hätte sie sich umbringen lassen. Niemand hegte je einen Verdacht, außer vielleicht Secundus. Damals war er ganz vernarrt in mich, ohne dass er sich traute, es zu zeigen. Er hatte Marcus' Pferd in jener Nacht gesehen und wusste, dass mich während der Abwesenheit seines Vaters ein Mann besucht hatte. Deshalb hat er sein Verhalten mir gegenüber völlig geändert. Ich bezweifle, dass er etwas von meiner Schwangerschaft mitbekommen hat, doch in seinen Augen war ich eine Hure. Eines Tages stand er plötzlich in meinem Zimmer. Ich sei nicht anders als die anderen, hat er gesagt, und jetzt wolle er auch seinen Teil, sonst würde er mich verraten. Ich habe mich ihm widersetzt, deswegen hat er mich mit Gewalt genommen. Es war das einzige Mal. Ab diesem Zeitpunkt habe ich nur noch mit ihm gesprochen, wenn andere dabei waren. Er hat sich vor seiner Umwelt verschlossen und keinen Kontakt mehr zu mir gesucht, mich aber ständig wütend beobachtet.«

Aurelius blieb unbeweglich stehen, während er zuhörte.

»Während der Geburt habe ich kein einziges Mal geschrien. Gleich darauf habe ich mir meinen Jungen angesehen – er war schön und gesund. Da reichte es mir nicht mehr, dass er lebte. Ich wollte ihm alles geben, was ihm zustand und was ihm Gneus genommen hat. Ich nahm die Barbarin in mein Haus auf; alle wussten, dass sie von meinem Mann schwanger war. Ich habe sie mit meinen eigenen Händen getötet und hinterher gesagt, sie sei gestorben, während sie Silvius zur Welt brachte. Ich gab ihm diesen Namen, weil er heimlich auf die Welt kam wie die Tiere im Wald und weil sein Vater in weiter Ferne in einem Wald gestorben war. Als Plautius zurückkam, war er von meinem Verhalten gerührt und begann mich zu respektieren. Später habe ich diesen Orakelspruch gefälscht und so getan, als hätte ich ihn durch Zufall gefunden.«

»Du hast deinen Mann gedrängt, Silvius anzuerkennen, indem du so getan hast, als wärst du dagegen. Aber es gab noch andere Erben, die erst ausgelöscht werden mussten!«

»Ich habe Atticus mit einer Nachricht von der Untreue seiner Frau in den Garten gelockt. Ich wusste schon seit einiger Zeit von diesem Verrat. Am Abend zuvor hatte ich ihm einen Trank verabreicht, um seine Reaktionen etwas zu verlangsamen. Es tut mir nicht Leid um ihn – er hat mich immer wie eine Fremde behandelt, wie einen Blutsauger, der aus der Hauptstadt gekommen war, um sein wertvolles Geld zu verschleudern.«

»Du hast ihm die Hand abgeschlagen, mit der er die Nachricht festhielt, und sie den Muränen zu fressen gegeben.«

»Nein, ich habe sie etwas weiter weg begraben, weil ich die Finger nicht öffnen konnte, um den Zettel herauszuholen.«

»Der Hund hat nicht gebellt, weil er dich kannte. Mit Secundus war es noch einfacher.«

»Er hat zum Glück nicht gelitten. Es reichte ein einziger Schlag mit einem Meißel, als er sich bückte, um eine Fährte zu untersuchen, die ich selbst gelegt hatte. Du hast ganz richtig gedacht, Aurelius: Ich habe diese Technik in Germanien gelernt und war hinausgegangen, während mein Mann unter der Wirkung eines Trankes schlief, den ich ihm bereitet hatte.«

»Und Plautius hast du mit dem Skarabäus niedergeschlagen.«

»Ja, eigentlich hatte ich vor, ihn zu vergiften und dafür zu sorgen, dass er später, mit Honig beschmiert, von den Bienen zerstochen, im Garten gefunden wird. Damit hätte sich die Prophezeiung vollständig erfüllt. Aber du hast die Bienenstöcke bewachen lassen, so dass ich meinen Plan ändern musste.«

»Fast zwanzig Jahre hast du gewartet, um ihn zu Ende zu bringen.«

»Ich hätte noch einmal so lange gewartet, wenn es nötig gewesen wäre!«

»Und Proculus?«

»Ihn habe ich nicht umgebracht. Er war alt und zu Tode erschrocken. Sein Herz muss versagt haben.«

Aurelius schüttelte den Kopf. »Aber warum genau jetzt, nach so langer Zeit?«

»Ich habe nur noch wenige Monate zu leben, ich musste mich beeilen. Auch, weil ich wusste, dass du kommen und das Testament verteidigen würdest. Dir konnte ich vertrauen, ein anderer hätte sich von Fabricius beeinflussen lassen.«

»Du kennst ihn gut, deinen ältesten Sohn.«

»Er ist kein unehrlicher Mensch, das kannst du mir glauben, aber für ihn gelten andere Maßstäbe und Gewichte, für ihn zählt nur die Geburt.«

»Was hättest du getan, wenn ich ihn für schuldig gehalten hätte?«

»Das war nicht möglich; du hättest auf jeden Fall überprüft, ob seine Kleider in der Nacht, als Gneus starb, nass geworden waren.«

»Genau das habe ich getan. Ich wusste auch, dass es unmöglich war, aus dem Turm zu gehen, ohne sich mit Schlamm zu beschmutzen, und in der Bibliothek gab es keinen einzigen Tropfen Wasser. Also war ich von seiner Unschuld überzeugt. Du musstest die Mörderin sein, allerdings wusste ich nicht, aus welchem Motiv. Erst als ich in Silvius' Augen diesen unverwechselbaren Glanz bemerkte, wurde mir die Sache klar.«

»Dieses Leuchten ist in den Augen eines Sklaven nicht leicht zu finden.« Paolina lächelte. »Dann ähnelt er mir also?«

»Ja, Paolina. Und er hat dieselbe Falte an den Lippen wie sein Bruder.«

»Das ist ein typisches Merkmal für die Fabritier. Alle Männer aus dieser Familie haben dieselbe Falte!«, bemerkte sie mit Stolz. »Ich habe ihm sein Erbe und einen Namen gegeben; eines Tages sitzt er vielleicht im Senat. Plautius Silvanus, Senator von Rom – wie hört sich das an? Ich könnte glücklich sterben, wenn ich wüsste, dass ich meine Hände nicht vergebens mit Blut besudelt habe. Doch leider hat ein allzu kluger Patrizier mein Geheimnis entdeckt.«

Aurelius blickte die Mörderin an. Die Doppelaxt müsste auf ihren Kopf niedersausen, um ihre abscheulichen Verbrechen zu sühnen. Doch in diesem Fall würde das Testament widerrufen werden, und am Avernus würden niemals Maschinen gebaut werden, mit denen sich Mühlen antreiben ließen.

»Wer würde mir schon eine derart unglaubwürdige Geschichte abnehmen?«, zweifelte Aurelius. »Manchmal geht das Schicksal seltsame Wege, und ein falscher Orakelspruch kann sich erfüllen.«

Nur kurz trübte eine Träne der Dankbarkeit den Blick der

Mörderin. »Mein Herz ist müde, Aurelius, niedergedrückt von zu viel Leid. Du wirst die Nachricht erhalten, dass ich mich mit einem schnellen und einer römischen Patrizierin würdigen Ende davon befreit habe.«

»Mehr gibt es nicht zu sagen?« Aurelius konnte seine Gefühle kaum zurückhalten.

»Ich glaube nicht.« Paolina erhob sich und reichte ihm ihren Arm. »*Ave atque vale*, Aurelius.«

In dieser Nacht stand der Mond leuchtend am Himmel, nach langer Zeit war endlich einmal keine Wolke zu sehen.

Ein letztes Mal wandte sich Aurelius zu Paolina um, deren Umrisse sich stolz und grausam wie die der Königin Cibele, der großen Mutter Erde, vom Türbogen absetzten. Ohne dass er wollte, kamen die Verse, die der Dichter Catull seinem verstorbenen Bruder gewidmet hatte, über seine Lippen.

»*Et in perpetuum, ave atque vale*, Paolina...«

Mit diesen Worten verabschiedete er sich und wendete seinen Blick ab.

XVIII

Achtzehnter Tag vor den Kalenden des Dezember

Am Morgen der Abreise ging Aurelius noch einmal in die Bibliothek, um sich von Plautius Silvanus zu verabschieden.

Der Junge, ganz auf seine Rolle als *pater familias* konzentriert, saß stocksteif und kerzengerade auf seinem Stuhl und blickte Aurelius mit feierlicher Miene entgegen. Diesem entging nicht, dass Silvius seine Hände schnell unter dem großen Holztisch versteckte, um nicht sehen zu lassen, dass sie immer noch ein wenig zitterten. Genau wie an dem Tag, als Aurelius ihn erwischt hatte, als er Herons Werke über Mechanik las und ihm die Feder aus der Hand gefallen war.

Aurelius betrachtete ihn einen Moment. Unsicher wartete Silvius ab; er befürchtete schon, sich von Aurelius ein schlechtes Urteil anhören zu müssen.

»Hervorragend, Silvius! Du scheinst direkt aus einer großen römischen Familie zu stammen!«, meinte Aurelius. »Pass aber auf, dass du mit der *gravitas* nicht übertreibst. Wenn du an deine neuen Aufgaben nicht mit einem Hauch Ironie herangehst, werden sie dich erdrücken.«

Der Junge grinste von einem Ohr zum anderen.

»Ich verdanke dir sehr viel, Senator. Proculus, Nevia und viele andere Dinge, die mir gar nicht alle einfallen. Genauso bin ich dir dankbar dafür, dass du mir gezeigt hast, dass es gut ist nachzudenken, bevor man einem Impuls folgt, auch wenn dieser aus einer edlen Absicht stammt. Mit dem Herzen wollte ich das Erbe meines Vaters ausschlagen und weiterhin als Sklave unter Sklaven leben. Du aber hast mir zu verstehen gegeben, dass es niemandem genützt hätte, auch meinen Freunden nicht. Die Sklaven nennen mich jetzt *domine*, und in ihren Augen bin ich ein Außenstehender, den man fürchten, vielleicht auch hassen muss. Aber trotzdem werde ich ihnen so mehr helfen können, als wenn ich nur Aufseher geblieben wäre. Wie kann ich mich dafür je erkenntlich zeigen, Publius Aurelius?«

»Eines Tages wirst du mir deine Maschinen zeigen, wenn du es schaffst, sie zu bauen. Leb wohl, Plautius Silvanus!«, verabschiedete sich Aurelius.

»Senator!«, hielt ihn Silvius zurück. »Es ist nicht sehr wahrscheinlich, dass ein mächtiger Mann wie du einmal einen gewöhnlichen Provinzbewohner zu Hilfe holt; aber sollte dies eines Tages nötig sein, denke daran, dass mein Leben und mein Vermögen zu deiner Verfügung stehen. Gibt es noch etwas, das ich für dich tun kann?«

»Ja, eine Sache gibt es in der Tat.« Aurelius grinste vergnügt.

Einige Minuten später ging er in seine Kammer zurück.

»*Caaave...*«

Außer sich sprang Castor auf die Füße und suchte vergeblich nach einer Waffe, um sich vor dem geflügelten Eindringling zu schützen. Aurelius lachte, als sein Sekretär mit einem Stock zurückkam, bereit, wacker gegen den winzigen Vogel anzutreten.

»Den willst du doch nicht etwa mitnehmen!«, heulte Castor verzweifelt, während sich der Vogel in sein Haar krallte.

»Aber sicher. Zur Freude der römischen Damen.«

Der lebhafte Vogel klammerte sich in Castors Haar, beugte den Kopf nach unten und knabberte Castor liebevoll am Ohrläppchen. Nach zahlreichen vergeblichen Versuchen schaffte es dieser schließlich, sich von den aufdringlichen Krallen zu befreien und den Vogel mit beiden Händen weit von sich zu halten.

»Aua«, kreischte er, als sich der gebogene Schnabel in seinen Finger bohrte. Kaum hatte sich der Vogel aus Castors Griff befreit, flog er rasch wieder zu seinem Lieblingsplatz am rechten Ohr des Griechen.

»Ich hasse dich!«, beschimpfte Castor seinen Herrn und warf ihm einen viel sagenden Blick zu.

»Ach, komm schon, Castor, das ist doch nur ein lieber, kleiner Vogel.«

»Das ist aber noch nicht alles!«, keifte der Grieche weiter. »Xenia hat sich geweigert, mit mir zu schlafen!«

»Du wirst sie enttäuscht haben, Castor«, vermutete Aurelius ironisch.

»Du Heuchler, du warst es, der es ihr als ihr neuer Herr verboten hat! Und du hattest mir versprochen...«

»...sie zu kaufen, ja. Das habe ich auch getan. Mit deinen Betrügereien hast du mir schon genügend Sesterzen aus der Tasche gezogen, Castor. Wie kommst du also darauf, dass ich sie für dich gekauft habe?« Aurelius hatte die Absicht, seinen Diener solange wie möglich zappeln zu lassen. »Eigentlich ist sie ein hübsches Mädchen, das habe ich auch bemerkt, auch wenn du meinst, ich sei schon zu alt.«

»Sie ist eine Sklavin!«, hielt Castor dagegen.

»Viele Herren haben Spaß an Sklavinnen. Aber es gibt nur wenige Sklavinnen, bei denen es umgekehrt genauso ist.«

»Ach, die Geschichte mit Plautilla geht dir immer noch nach, du Feigling!«

Aurelius, von Castors Worten wenig beeindruckt, pfiff vor sich hin, so dass Castor eine andere Strategie ausprobieren musste.

»Du würdest diese zarte Verbindung zerstören, getragen vom reinen Gefühl, das zwischen zwei bescheidenen, ehrlichen Wesen entstanden ist, und die nur vom gemeinen Schicksal der Sklaverei behindert wird?«

»Ja«, antwortete Aurelius ruhig.

»Lass sie mir doch, ich bitte dich!«, beharrte Castor. Aurelius blickte ihn schräg an – dann war sie also Castor wirklich wichtig, diese kleine Gaunerin!

»Nicht im Traum!« Aurelius tat so, als bliebe er eisern.

»Du bist ungerecht und feige. Wie kann ich mit dir mithalten?« Castor hob seinen Blick dramatisch nach oben. »Der Kampf wird mit ungleichen Mitteln ausgetragen – ich bin vor den Toren von Alexandria geboren, während meiner Sklavenzeit unter den Schlägen der Peitsche und in Ketten aufgewachsen...«

»Es reicht, Castor, bei den Göttern des Himmels! Ich habe begriffen, um was es geht!« Aber den Griechen mitten in seiner Philippika zu stoppen, war ein schwieriges Unterfangen.

»Du als Nachkomme der Unterdrücker; du, dessen Reichtümer man schon nicht mehr zählen kann; du, der in der Curia sitzt und über das Schicksal des Reichs entscheidest; du...«

»In Ordnung, nimm sie dir!«, gewährte Aurelius schließlich, als er dachte, dass er seinen Sekretär genug bestraft hatte.

»...der die schönsten Damen Roms haben kann; du, der...«, fuhr Castor unbeirrt fort. »Äh, was hast du gesagt, *domine*? Habe ich richtig verstanden? O du edler Spross eines großzügigen Geschlechtes!«, rief er und lief auch schon los, um Xenia die gute Nachricht zu überbringen.

Aurelius ging ins *peristylium* hinaus. Er hatte keine Eile. Die Nacht war noch jung, und die Reise nach Rom würde ohne Begleitung langweilig werden.

Als guter Epikureer liebte er die schönen Dinge, und diese Frau war sicher schön und auf ihre Weise auch großzügig. Die ganze Zeit hatte sie Mann und Tochter versorgt, als hätten die beiden einen Anspruch darauf. Jetzt war es Zeit, dass sie einmal an sich dachte. Rom war voll mit Ehemännern, die bereit waren, bei dieser bezaubernden Frau beide Augen zuzudrücken; außerdem wusste sie einflussreiche Freundschaften zu pflegen. Also würde es nicht schwierig sein, sie irgendwo unterzubringen.

Als er an Nevias Zimmer vorbeikam, blickte er zur Seite und klopfte gleich darauf an Helenas Tür. Er wusste, dass er freundlich empfangen werden würde.

Demetrius wartete am Tross, aufgeplustert in einem wunderschön bestickten Umhang aus cyrenischer Wolle. Das letzte Mal, als Aurelius diesen Umhang gesehen hatte, hatte er die Leiche eines alten Sklaven damit bedeckt, der mittlerweile zwei Armlängen tief unter der Erde liegen musste.

»Herr, wie kann ich dir je für die Ehre danken, die du mir erwiesen hast? Ich werde mich ihrer würdig erweisen, das versichere ich dir!«, rief der Fischzüchter und drückte Aurelius die Hand. »Als mir dein guter Diener gesagt hat, dass du dieses Gewand loswerden wolltest, habe ich gar nicht gewagt, ihn darum zu bitten, da ich wusste, wie sehr du an ihm hingst.«

Mit fragendem Blick drehte sich Aurelius zu seinem Sekretär um. Soweit er sich erinnerte, war der Umhang noch ganz neu gewesen, doch für ihn hatte er nicht mehr Bedeutung als jedes andere wertvolle Kleidungsstück.

»Dein geliebter Vater, *domine*...«, brummte Castor leise und stieß ihn mit dem Ellbogen. »Er ist doch im Teutoburger Wald an der Seite von Varus gefallen...«

Aurelius wusste nicht, was er antworten sollte. Sein Vater

hatte zur Zeit der unheilvollen Auseinandersetzung mit Arminius gerade erst die Toga der Männer angelegt. Nun ja, sicher war er gefallen, aber nicht in einer Schlacht, sondern während einer Orgie in einem *triclinium* von einer Liege.

»Ich werde ihn in Ehren halten, *domine*, und ich schwöre dir, dass der Riss niemals repariert werden wird. Er soll auf ewig an die Wunde erinnern, durch die dein berühmter Vater gestorben ist!«, versprach Demetrius pathetisch. »Und Dank auch deinem treuen Sekretär, der sich dafür eingesetzt hat, dass du mich mit einem solchen Geschenk ehrst!«

»Castor!«, rief Aurelius, nachdem sich Demetrius verabschiedet hatte. »Was hat mein Vater damit zu tun?«

»Der Umhang ist zerrissen, als ich ihn vor der Beerdigung von der Leiche nahm. Ich musste den Schaden doch irgendwie erklären.«

»Du Betrüger! Schämst du dich nicht, einen armen naiven Menschen so hereinzulegen?«

»Hereinlegen? Du irrst, *domine*. Dank meines Zutuns hat Demetrius nicht nur einen einfachen Umhang erworben, sondern die gesamte römische Geschichte mit all ihrem Ruhm! Und das für nur fünfzehn Sesterzen! Hier, ich habe sie gleich in Sicherheit gebracht ... verdammt! Xenia, du elende Diebin, wo steckst du?«, rief Castor und eilte der Taschendiebin hinterher, gefolgt von Aurelius' vergnügten Blicken.

Nachdem die Esel mit Pomponias Gepäck beladen waren, nahm Aurelius im Wagen Platz, wo ihn Helena, in einen glänzenden, goldfarbenen Umhang gehüllt, erwartete, und hob die Hand als Zeichen zum Aufbruch.

In der Ferne, hinter der Mauer mit der alten Schrift, verwechselte eine Frau, deren Schatten schon zum großen See, dem Zugang zur Unterwelt, zu gehören schien, das Zeichen mit einem Gruß und hob ebenfalls die Hand.

»He, ihr zwei, glaubt ja nicht, ihr könntet es euch hier be-

247

quem machen! Ich war zuerst da!«, rief jemand aus dem Wagen, in den Castor gerade gestiegen war. Doch Pallas' wütende Stimme wandelte sich sogleich zu einem süßlichen Flüstern. »Bist du vielleicht die Sklavin, die man mir versprochen hat? Wie groß bist du?«

Xenias Antwort wurde übertönt von Castors Flüchen. Kurz darauf riss Castor den Vorhang vor Aurelius' Wagen zur Seite. Den Zwerg hatte er am Genick gepackt.

»Auch hier ist ein blühendes Mädchen, Pallas, und es könnte genau die sein, die du suchst. Sieh sie dir nur ein bisschen mit diesem Herrn zusammen an!«, sagte er und setzte den kleinen Maler auf das Seidenkissen seines Herrn.

»Nach Rom!«, befahl Aurelius lachend, und der Wagen setzte sich in Bewegung.

Epilog

Rom im Jahre 798 ab urbe condita
(45 n. Chr., Sommer)

Seit Aurelius' Besuch am Avernus waren einige Monate ins Land gegangen, und die Ereignisse in der Villa der Plautier schienen in weiter Ferne zu liegen, ebenso wie die Menschen, die in der Kette aus Rätseln und Verbrechen ihre Rolle gespielt hatten: Paolina und ihr gnadenloser Adel; die junge Nevia, unerfahren, naiv und frech; General Lucius Fabricius, der hartnäckig an seinen althergebrachten Vorurteilen festhielt; Silvius, der neue *pater familias* der Plautier mit seinen hohen Idealen, die recht bald in Widerstreit mit der Wirklichkeit treten würden; und schließlich Helena, die am eigenen Leib das nicht leichte Schicksal erfahren musste, eine Frau zu sein...

Doch wie Aurelius vorhergesehen hatte, war Helenas Aufenthalt in Rom zu einem bemerkenswerten Erfolg geworden. Zu ihrer unzweifelhaften Schönheit gesellte sich der Ruhm, die Geliebte von Senator Statius zu sein, eine Besonderheit, die die Freier nicht etwa abhielt, sondern deren Zahl sogar ins Unermessliche steigen ließ. Sie zu heiraten würde heißen, sich unter den Schutz des mächtigen Patriziers Aurelius zu stellen. Um sich diese Unterstützung zu sichern, waren viele bereit, nicht nur wegen Helenas früherer, sondern auch zukünftiger Sünden ein Auge zuzudrücken. Von den vielen Bewerbern hatte sie einen reichen Ritter erwählt, und natürlich war Aurelius als Ehrengast zur Hochzeit geladen worden.

Nachdem sich die bezaubernde Witwe eingerichtet hatte, derer Aurelius im Übrigen rasch überdrüssig geworden war, begannen die Personen, die der dramatischen Geschichte Leben verliehen hatten, in seiner Erinnerung zu verblassen, verdrängt von den unerbittlichen Tropfen der Wasseruhr. Als immerwährender Beweis des Abenteuers jedoch blieb dem Senator eine Erinnerung aus Fleisch und Blut – die Sklavin Xenia, Castors üble Freundin, vor deren langen Fingern weder die fast leeren Geldbeutel der anderen Sklaven noch der volle ihres Herrn sicher waren.

Aurelius dachte gerade über eine Möglichkeit nach, wie er sie loswerden konnte, ohne seinen überempfindlichen Sekretär zu sehr vor den Kopf zu stoßen, als der Verwalter Parides an die Tür zum *tablinum* klopfte, um Titus Servilius anzukündigen.

»Salve, Aurelius!«, grüßte der tapfere Ritter keck.

Servilius glich seiner Frau Pomponia nicht nur in seinem guten Benehmen, sondern auch vom Aussehen her. Wie bei vielen gut aufeinander eingespielten Paaren war auch bei ihnen nach dreißig Jahren Ehe die Ähnlichkeit nicht zu übersehen. Ohne Zweifel trugen dazu auch die üppigen Formen als Ergebnis der gemeinsamen Leidenschaft für das gute Essen bei.

Servilius kam gleich zur Sache, da er eine dringende Bitte an den Senator hatte.

Aurelius hörte ihn an, stellte seinen Becher mit *cervisia* ab und gab nur eine knappe Antwort: »Nein.«

»Ach, komm schon, Aurelius«, protestierte Servilius.

»Der göttliche Cäsar hat nicht am Geld gespart, es wird ein denkwürdiges Ereignis! Das Amphitheater wird so voll sein wie nie. Ganz Rom wird da sein, du kannst nicht einfach wegbleiben.«

»Mein lieber Freund, du weißt sehr gut, dass ich keinen Spaß an Massakern habe, besonders nicht an den kostenlosen, die in der Arena ausgetragen werden«, erklärte Aurelius. »Ich kann verstehen, dass Claudius seine Gladiatoren antreten lässt, um das Reich zu preisen und seinen Ruhm beim Volk zu mehren. Aber ›verstehen‹ heißt nicht ›zustimmen‹.«

»Es ist ein Ritual, Aurelius. Ganz Rom feiert mit!«

Rom, dachte Aurelius, die verhängnisvolle Stadt, das Zentrum des Reichs, die Mutter einer Zivilisation, in der sich der Patrizier trotz seiner rechtlichen und gesellschaftlichen Unabhängigkeit, auf die er stolz war, nicht wiederfand. Rom, die wuchernde Metropole mit ihren Lichtern und Schatten; die Hauptstadt eines riesigen Reichs, das bereits einen Großteil der bekannten Welt umfasste; die freizügige Denkerin, auf gleicher Stufe mit dem Griechenland alter Zeiten, der Kultur und dem Fortschritt verschrieben. Doch trotz alledem war die Stadt nicht frei von Abscheulichkeiten, Niedertracht und ungewöhnlich wilden Gebräuchen, mit denen sich die Macht selbst feierte und die Aurelius dank seiner ausgeprägten Intelligenz und seiner epikureischen Empfindsamkeit aus tiefstem Herzen verabscheute. Doch Servilius, der im Gegensatz zu seinem Freund eine große Leidenschaft für die blutigen Kraftproben in der Arena hegte, wollte sich nicht so leicht geschlagen geben.

»Aurelius, du bist Senator«, versuchte er ihn zu überzeugen. »In dieser Eigenschaft hast du ganz bestimmte gesellschaftliche Pflichten zu erfüllen. Der Kaiser wohnt den Spielen bei, die er dem Volk geschenkt hat. Es wäre eine unverzeihliche Beleidigung, wenn dein Platz auf der überdachten Tribüne hinter der Kaiserloge leer bliebe!«

Bei den Gladiatorenspielen, die Kaiser Claudius im Amphitheater von Statilius Taurus neben dem Campus Martius ausgerufen hatte, würden die besten Kämpfer gegeneinander antreten: Kelten, Britannier, Gallier, Äthiopier... die berühmtesten Athleten würden an einem Schauspiel mitwirken, das den Bürgern von Rom noch lange im Gedächtnis bleiben würde. Wie konnte sich der gebildete, intelligente Senator Publius Aurelius Statius, ein Kenner der klassischen Kultur und epikureischen Philosophie, weigern, an einem solch denkwürdigen Ereignis teilzunehmen! Dies wäre der schamlose Beweis dafür, dass ihm jeglicher Sportsgeist fehlte!

»O Aurelius, ich bitte dich!«, drängte Servilius. »Denk an deinen Ruf als Senator.«

»Der Senat ist nicht mehr als ein Haufen eingebildeter Männer, die keinerlei Handlungsfreiheit mehr haben und nur noch unterwürfig die Entscheidungen des Kaisers unterschreiben!«, entgegnete Aurelius.

»Dann denk an deine hohe gesellschaftliche Stellung.«

»Die geht mir auf keinen Fall verloren. Wenn jemand ein Erbe wie das meine besitzt, kann er es sich erlauben, die Konventionen zum Tartarus zu jagen.«

Aurelius schien nicht nachgeben zu wollen. Castor, der schweigend mit einem Becher warmem Wein eingetreten war und die Absicht hatte, die Temperatur genauestens zu kontrollieren, tat gut daran einzuschreiten. Schließlich würde es niemandem nützen, wenn sein sturer Herr die Gunst, in der er beim Kaiser stand, nur wegen seiner Prinzipienreiterei aufs Spiel setzen würde.

»Es wird wirklich ganz Rom da sein, *domine*. Flavia Pulera denkt darüber nach, sich von Ostillus begleiten zu lassen, dem *princeps* des Senats.« Castor führte mit Absicht den

Rivalen an, dem Aurelius die schöne Dame nicht gönnte. »Emilia kommt allein, und Telesilla wird von ihrer Amme begleitet. Die Kurtisane Cintia ... ach ja, fast hätte ich es vergessen: Man murmelt, dass Lollia Antonina extra aus dem Orient zurückkommt, um den Spielen beizuwohnen!«, log Castor schamlos, der eine nach der anderen diejenigen Frauen aufzählte, für die sein Herr eine gewisse Sympathie hegte. Aurelius war starrköpfig wie ein Esel, dachte er, und die einzige Möglichkeit, ihn zum Nachgeben zu zwingen, war ein Schlag auf seine Achillesferse.

»Tu es um unserer alten Freundschaft willen!«, kam Servilius dem Diener wieder zu Hilfe und appellierte an Aurelius' zwischenmenschliche Verpflichtungen.

»Sei's drum!«, gab der schließlich nach. »Ich werde zu den Spielen kommen, wenn dir so viel daran liegt. Aber pass auf, ich werde mich bei der ersten Gelegenheit davonschleichen.«

»Du wirst es nicht bereuen. Es wird ein spannendes Spiel werden«, munterte ihn Servilius auf.

Der unzählige Male wiederholte Tod – was für ein Vergnügen, dachte Aurelius sarkastisch. Hoffen wir wenigstens, dass am Tag der Spiele etwas Interessanteres passiert. Die Zukunft liegt in den Händen der Götter, und jeder Augenblick kann eine Überraschung in sich bergen.

»Wunderbar, dann sind wir uns einig! *Ave, Caesar: morituri te salutant*!«, rief Servilius die Worte, mit denen die Gladiatoren vor dem Kampf den Kaiser grüßten.

»Die Todgeweihten grüßen dich«, wiederholte Aurelius weniger begeistert.

Morituri te salutant – was für ein Schwachsinn, dachte er kopfschüttelnd. Und das Publikum, das dem Sterben begeistert zusah, war noch schlimmer. Aber er hatte sein Versprechen gegeben und konnte es nicht mehr zurückziehen. Also würde er hingehen ...

Anhang

Im Schatten des Kaiserreiches

Sitten, Gebräuche und Besonderheiten im Rom
des Publius Aurelius Statius

Inhalt

Der römische Staat zur Zeit des Publius Aurelius   257
Der römische Kalender   260
Die Sklaven   263
Der Averner See   265
Pflanzen und Tiere in römischen Gärten   268
Die Fischzucht   271
Maschinen und Werkzeuge in der Antike   273
Rom und der Ferne Osten   274

Der römische Staat zur Zeit des Publius Aurelius

Am Ende der Punischen Kriege ist Rom bereits die größte Macht am Mittelmeer und räumt nach und nach die auf dem Feld verbliebenen Rivalen aus dem Weg, indem sie sie ihrem Herrschaftsbereich einverleibt.

So entsteht ein großer übernationaler Staat, der den größten Teil der bekannten Welt einnimmt. Die Folge sind überwiegend interne Konflikte, die in eine Reihe blutiger Zusammenstöße münden. Ziel ist die Eroberung der absoluten Macht – Marius gegen Sulla, Cäsar gegen Pompeus, Octavian und Marcus Antonius gegen Brutus und Cassius. Nicht nur Generäle mischen mit, sondern auch Politiker mit unterschiedlichen Auffassungen von Staat und Gesellschaft. Die Generäle sind dabei an den Aufstieg neuer aufstrebender Klassen gebunden, die Politiker einer aristokratischen Sichtweise der *res publica* verpflichtet.

Die Welt hat sich geändert; Rom ist kein Bauerndorf mehr, sondern die Hauptstadt eines riesigen Reichs, in dem die *populares* schließlich den Sieg davontrugen und den Senatoren die Macht entrissen haben, um sie einem einzigen *princeps* anzuvertrauen. Dieser Prozess, von Julius Cäsar angetrieben, wird jäh durch die Dolche der Verschwörer unterbrochen. Allerdings ist deren Sieg nur von kurzer Dauer, als Octavian und Marcus Antonius, Cäsars Erben bei Philippi die »Tyrannenmörder« Brutus und Cassius besiegen.

An diesem Punkt bricht der letzte große Konflikt zwischen den beiden Cäsaren aus – auf der einen Seite Octavian, der bereit ist, sich auf Kompromisse mit der alten, herrschenden Klasse einzulassen, auf der anderen Seite Marcus Antonius und seine Ehefrau Cleopatra, die Herrscherin von Ägypten, die sich ein nach Osten ausgedehntes Reich wie das von Alexander dem Großen erträumen. In der Seeschlacht bei Actium gehen ihre Träume zusammen mit den Triremen der besiegten Flotte unter, und Octavian, der sich mittlerweile Augustus nennen lässt, bleibt alleiniger Herrscher des Reiches.

Augustus steht eine äußerst intelligente Frau aus altem Senatorengeschlecht als Ehefrau und Beraterin zur Seite: Livia Drusilla Claudia, die »Mutter des Vaterlandes«. Es sind ihre Nachkommen, die zu den Erben der höchsten Macht werden, nicht die von Augustus, die auf Grund einer Serie verdächtiger Krankheiten und Unglücksfälle sterben.

Nach dem Tod des *princeps* nimmt daher Tiberius, Livias Sohn aus erster Ehe, dessen Platz ein. Das Volk kann ihm ganz und gar nichts abgewinnen, sondern verehrt seinen designierten Nachfolger, den heldenhaften General Germanicus, Sohn des Zweitgeborenen der Kaiserin. Germanicus jedoch stirbt in der Blüte seines Lebens – auch sein Tod von Geheimnissen umwoben –, und Tiberius geht, nachdem er seiner Mutter alle Macht entzogen hat, für lange Zeit nach Capri und überlässt die Stadt dem Prätorianerpräfekten Elius Seianus, einem Emporkömmling mit unstillbarem Ehrgeiz, der eifrig nach dem Thron strebt. Der Kaiser lässt ihn hinrichten, kann aber nicht lange die Früchte seines Siegs genießen, weil er seinerseits von einem gedungenen Mörder des jungen Erben Caligula ermordet wird, dem Sohn des verstorbenen Generals Germanicus.

Caligula jedoch zeigt sich bald als der, der er ist: ein Geistesgestörter, der während seiner vierjährigen Regentschaft nichts erreicht, als die verbliebenen Senatoren zu liquidieren und die Staatskasse zu plündern. Schließlich wird er vom Prätorianerpräfekten Cherea, der ihn eigentlich schützen sollte, am Ausgang des Stadions niedergestochen.

Das Volk tobt, und wieder wird die Republik heraufbeschworen. Die Prätorianer sind in Schwierigkeiten – es muss sofort ein neuer Kaiser gefunden werden. Aber woher nehmen, nachdem das Geschlecht von Julius und Claudius fast völlig ausgelöscht worden war?

Als die Soldaten hektisch den Palast durchstöbern, entdecken sie einen zitternden Mann, der sich hinter einem Vorhang versteckt hat, um zu warten, bis wieder Ruhe eingekehrt sein würde – es ist Claudius, der Onkel von Caligula und jüngere Bruder von Germanicus, ein sanftmütiger, aber hinkender und stotternder Gelehrter, der unversehrt so alt werden konnte, weil niemand ihn für ein Hindernis auf dem Weg zur Macht hielt.

Vor den gezückten Schwertern der Soldaten bedeckt der arme Claudius seinen Kopf und wartet auf den tödlichen Schlag. »Ave, Cäsar!«, rufen hingegen die Soldaten und ernennen ihn zum Kaiser.

Durch Zufall auf den Kaiserthron gehoben, wird der von allen missachtete Mann als einer der besten Herrscher Roms in die Geschichte eingehen. Sein Verdienst sind unter anderem der Bau des Hafens von Ostia, die teilweise Trockenlegung des Fucino-Beckens, der Bau des großartigen Aquädukts, dessen Ruinen noch heute die Landschaft um Rom schmücken, sowie viele Bücher über die Sprache und Kultur der Etrusker, die leider verloren gingen.

So weise Claudius auch war, hatte er doch auch seine Fehler. Insbesondere hatte er Pech mit den Frauen. Zu ihnen zählt die berühmte Messalina, Mutter von Octavia und Britannicus, in die der Kaiser unsterblich verliebt ist. Nachdem ihm die Beweise vorgelegt werden, dass ihn seine Frau töten lassen und ihren letzten Geliebten auf den Thron setzen wollte, wird Claudius gezwungen, gegen seinen Willen ihr Todesurteil zu unterzeichnen. Seine neue Frau, Agrippina, treibt es noch bunter und schiebt ihrem Mann einen Teller mit giftigen Pilzen unter, um ihrem Sohn Nero den Weg zur Macht zu ebnen.

Trotz allem haben die Tumulte innerhalb der Familie Julius/Claudius, für die Verbrechen und Verschwörungen zum täglichen Brot gehören, kaum einen Einfluss auf das bürgerliche Leben im ersten Jahrhundert nach Christus. Das Reich ist wohlhabend, Industrie und Handel gedeihen, die Künste blühen, eine einzige Sprache und eine einzige Kultur vereinen ein endloses Territorium. Hinzu kommt, dass sich zum ersten Mal in der Geschichte – und auch zum letzten Mal vor dem neunzehnten Jahrhundert – ein Volk jeden Tag wäscht.

Dies ist die Welt auf dem Höhepunkt der klassischen Zivilisation, in der die detektivischen Abenteuer des Senators Aurelius ihren Platz haben.

Der römische Kalender

In archaischen Zeiten hatte im römischen Kalender, der auf den Mondphasen basierte, das Jahr nur zehn Monate. Spuren davon sind noch in unseren Namen »September«, »Oktober«, »November« und »Dezember« zu erkennen, die sich in allen westlichen Sprachen erhalten haben, obwohl sie schon seit langem nicht mehr den siebten, achten, neunten oder zehnten Monat des Jahres (von lat. *septem, octo, novem, decem*) bezeichnen.

Es ist klar, dass ein solcher Kalender dem Lauf der Jahreszeiten nicht gerecht werden kann. Aus diesem Grund wurde das Jahr ziemlich bald auf 355 Tage verlängert und erhielt zwei weitere Monate (Januar in Anlehnung an den römischen Gott Janus und Februar zu Ehren der Göttin Febris). Damit die Rechnung irgendwie aufging, wurde alle zwei Jahre ein Schalttag hinzugenommen.

Aber auch dadurch stimmten das Mond- und das Sonnenjahr (d.h. die Zeit, in der sich die Erde einmal um die Sonne dreht) nicht ganz überein. Mit der Lösung dieses schwierigen Problems beauftragte Julius Cäsar den Mathematiker und Astronomen der Königin Cleopatra, Sosigenes.

Der Wissenschaftler aus Alexandria erarbeitete einen Kalender mit einem Jahr aus 365 1/4 Tagen; alle vier Jahre wurde nach dem sechsten Tag der Kalenden des März ein zusätzlicher Tag eingefügt.

Dieser bis heute gültige Kalender wurde nur einmal in zweitausend Jahren verändert. Da das Sonnenjahr in Wirklichkeit einige Minuten kürzer als von Sosigenes berechnet ist, wurde beschlossen, aus dem Jahr 1532 zehn Tage zu streichen und von diesem Zeitpunkt an alle vierhundert Jahre ein Schaltjahr auszulassen, und zwar jeweils in einem Jahrhundert, das nicht genau durch vierhundert teilbar ist. Das letzte Schalt-Jahrhundert war das 17. Jahrhundert, das nächste wird also das 21. Jahrhundert sein.

Im ersten Jahrhundert unserer Zeitrechnung wurden schließlich zu Ehren der Großen von Rom die Namen zweier Monate geändert: Der fünfte Monat (*quintilus*, ab dem Monat März gerechnet) bekam Julius Cäsar zu Ehren den Namen Juli, der sechste (*sextilis*) wurde in Gedenken an Cäsars Nachfolger Augustus in August umbenannt. Den Monat September nach Tiberius und den Oktober nach Livia umzubenennen wurde von der herrschenden Familie abgelehnt.

Die Länge der Monate, wie sie noch heute auf der ganzen Welt verwendet wird, geht also auf Julius Cäsar zurück. Völlig geändert wurde hingegen das System der Tage, weil in der Antike die Tage nicht wie heute von eins bis einunddreißig durchnummeriert, sondern nach einem weit komplizierteren System benannt wurden.

Die Römer erachteten drei Tage im Monat für wichtig: die Kalenden, die Nonen und die Iden, von denen aus die Tage rückwärts gezählt wurden, um auszudrücken, wie viele Tage noch bis zu den bevorstehenden Kalenden, Nonen bzw. Iden blieben.

Die Kalenden waren immer der erste Tag eines Monats, der Tag davor wurde »Vortag der Kalenden« genannt, der Tag davor wiederum »zweiter Tag vor den Kalenden« usw. Um die Sache noch komplizierter zu machen, fielen die Nonen und Iden nicht immer auf denselben Tag. In den Monaten, die heute nur aus dreißig Tagen bestehen, fielen die Nonen auf den fünften und die Iden auf den dreizehnten Tag; in den anderen Monaten fielen die Nonen auf den siebten und die Iden auf den fünfzehnten Tag.

Darüber hinaus wurden aus Verlegenheit weitere Unterteilungen vorgenommen: zuerst die *nundinae*, die einem Zeitraum von neun Tagen zwischen zwei Markttagen entsprachen, dann wurde unter Mittäterschaft der Astrologie die Woche eingeführt. Andererseits hatten diese zeitlichen Unterteilungen keine große Bedeutung, weil die Römer keinen wöchentlichen Ruhetag kannten. Doch wäre es falsch, sich das römische Volk als emsige Arbeiter vorzustellen. Obwohl es keinen Sonntag gab, lag die Zahl der jährlichen Feiertage in Rom noch höher als die Zahl der Sonn- und Feiertage im heutigen Italien.

Das System der Datierung war also komplex, aber effizient. Diese Aussage jedoch gilt nicht für die Berechnung der Stunden. In Rom begann der Tag mit dem Sonnenaufgang und endete mit dem Sonnenuntergang, die Nacht umgekehrt. Doch sowohl der Tag als auch die Nacht wurden genau in zwölf Stunden eingeteilt, so dass sie je nach Jahreszeit unterschiedlich lang waren. Es gab kurze und lange Stunden, und mit für heutige Zeiten undenkbaren Näherungswerten wurden die Stunden nur in Viertel und Halbe unterteilt. Dabei dauerte jede Stunde so lange, bis die nächste begann, ohne Rücksicht auf mathematische Genauigkeit oder Pünktlichkeit.

Die Sklaven

In der antiken römischen Gesellschaft bildeten die Sklaven keine wirklich eigenständige soziale Klasse. Der Begriff *servus* bezeichnete einen juristischen und keinen wirtschaftlichen Status, da es auch sehr reiche Sklaven gab, die ihrerseits Besitzer vieler Sklaven sein konnten.

Darüber hinaus war in Rom die Sklaverei weder unerträglich noch unendlich, obwohl die Römer die Sklavenhalter schlechthin waren. Die Freilassung – und in der Folge den Status eines »Freigelassenen« – konnte man so leicht erhalten, dass Augustus ein Dekret verabschieden musste, mit dem die übertriebenen Freilassungen vor allem durch Testamentsverfügungen unterbunden wurden; diese nämlich hätten die Wirtschaft des Reiches gefährdet und die Zahl der Zwangsarbeiter unter das notwendige Minimum gesenkt.

Was das Verhältnis des freien Bürgers zu seinen zur Sklaverei verdammten Mitbürgern betrifft, fehlt in der Antike gänzlich der rassistische Gedanke der Moderne, der zum Beispiel den Verkauf von Afrikanern auf dem amerikanischen Kontinent zur Folge hatte. In Rom war der Sklave nicht durch moralische, intellektuelle oder biologische Minderwertigkeit, sondern schlicht durch sein Unglück gekennzeichnet. Daher wurden in vielerlei Hinsicht zwischen ihm und dem freien Menschen qualitativ keine Unterschiede gemacht. Wie hätte es in einer Gesellschaft denn auch anders sein können, in der nicht selten Mitglieder der gebildeten Klasse – Mediziner, Buchhalter, Lehrer, Künstler, Verwalter oder gar Philosophen – ebenso wie viele fähige Handwerker, Meister der Technik und spezialisierte Arbeiter Sklaven waren?

Aus diesem Grund wurden dem Sklaven oder Exsklaven höchst verantwortungsvolle Aufgaben anvertraut, und Freigelassene waren oft als Berater der Herrschenden tätig oder hatten sogar Ministerposten inne. Natürlich stellte diese Art von Sklaven ein wertvolles Kapital für ihre Besitzer dar, die, abgesehen von ihrer persönlichen Zuneigung, ein großes Interesse daran hatten, ihre Sklaven freundlich zu behandeln und es ihnen weder an Essen noch an passender Kleidung oder medizinischer Behandlung fehlen zu lassen.

Nicht überall jedoch funktionierte das Leben auf diese Weise. Es gab nämlich nicht nur den Sklaven in der Stadt, der oft ein Freund, Mitarbeiter oder Vertrauter seines Herrn war, sondern auch den namenlosen Bauernsklaven, der Eigentum seines Großgrundbesitzers war und ohne Ausbildung gemeinsam mit seinesgleichen auf den Feldern schwitzte.

Das Leben eines Bauernsklaven war recht wenig wert, nachdem die ständigen militärischen Eroberungen den Markt mit zahlreichen billigen Arbeitskräften überschwemmt hatten. Ihre körperliche Arbeit war sogar noch billiger als die von Tieren. Schwach, schlecht ernährt und demotiviert, wurden die Bauernsklaven in die *ergastula* gezwängt und nachts häufig mit schweren Ketten angebunden. Darüber hinaus hatten sie im Gegensatz zu den Sklaven in der Stadt selten die Möglichkeit, sich freizukaufen, und die Aussicht, ihre traurigen Lebensbedingungen zu verbessern, war gleich null.

Die unglückliche Situation der Sklaven – besonders die

der Bauernsklaven – entging den römischen Denkern nicht. Bereits die Stoiker hatten sich ausführlich mit der Sklaverei beschäftigt und sich für die Sklaven einen menschlicheren Umgang gewünscht; sie hatten sogar die Frage aufgeworfen, ob denn eine derartige Einrichtung moralisch überhaupt vertretbar sei. Später wurde mit dem Triumph des Christentums die Debatte noch hitziger geführt und die Abschaffung der Sklaverei angestrebt. Man berief sich auf die Worte des Apostels Paulus: »Es gibt weder Juden noch Griechen, Sklaven oder Freie.« Oder bezog sich die im Evangelium gepredigte Gleichheit auf die Rettung der Seele und nicht auf die irdische Realität, in der, wie der Apostel mahnte, der Sklave seinem Besitzer folgsam gehorchen musste?

Bekanntlich siegte die zweite Auslegung – die Religion im Reich wechselte, doch die Sklaverei blieb.

Der Averner See

Die phlegräischen oder »brennenden« Felder bestehen aus einer Schwefelrauch ausstoßenden Vulkankette – ein unruhiges, lebhaftes und unsicheres Stück Land, das sich angesichts der bradyseismischen Erdbewegungen unaufhörlich hebt und senkt, in dem ein übler Gestank herrscht und Wasser, Dampf- und Schwefelquellen emporsteigen, die manchmal mit plötzlicher Gewalt explodieren und die Landschaft vollständig verändern. Diese wird von Kratern – Gauro, Astroni, Agnano – durchzogen, von denen sich einige, wie der Averner See, im Laufe der Jahrhunderte mit Wasser gefüllt haben.

Hier, wo die Erdkruste und der Untergrund nicht eindeutig voneinander abgegrenzt sind, wo die Schwefelfeuer die Luft verpesten, wo die ständige Veränderung an die Unsicherheit des Lebens erinnert, haben die ersten griechischen Siedler den Eingang ins Jenseits vermutet, weil sie in dem dunklen, scheinbar unendlich tiefen Wasser den Schauplatz für die Höllenfahrt des tapferen Odysseus sahen (im Übrigen ein ähnliches Schicksal, das in römischer Zeit den frommen Äneas ereilte).

Das Jenseits der klassischen Zivilisation ist keinesfalls unbeschwert. In der Finsternis der Unterwelt, in der der grausige Zerberus kläfft, ziehen die Schatten der Toten mit ihrer immerwährenden Trauer umher und sehnen sich danach, einen Schluck des Opferbluts zu erhaschen, das es ihnen ermöglicht zu sprechen. Die Geister der Toten können zwar Vorhersagen treffen, doch vor allem beweinen sie das verlorene Leben. Um dieses zurückzuerhalten, ist selbst der stolze Achill bereit, als Sklave des Übelsten unter den Sterblichen wiedergeboren zu werden.

Der Averner See war demnach das Tor zum Hades, die Pforte zum Erebus und der Eingang zum Tartarus, zu dem man nur kam, wenn man von dem altersschwachen Charon mit dem Boot über den Fluss Acheron gebracht wurde. Als Bezahlung erhielt er eine armselige Münze, die dem Toten vor der Beerdigung unter die Zunge geschoben wurde. Kein Ort konnte deshalb heiliger sein für Persephone, die chtonische Hera und die Nymphe Calypso, in deren Wäldern die Sibyllen weissagten und zu denen die mythischen Helden pilgerten, um das Orakel der Toten zu befragen und als Brandopfer Schafe und Ziegen darzubringen, die schwarz wie Ebenholz waren.

So abergläubisch das römische Volk auch war, so war es vor allem ein Volk von Maurermeistern und Ingenieuren, die sehr wohl einen Blick für das alltägliche Leben hatten. Ergab sich eine drängende, konkrete Notwendigkeit – zum Beispiel während eines Krieges –, nahmen sie keine besondere Rück-

sicht auf die Wut der Götter, die sie gegebenenfalls anschließend mit einem Sühneopfer zu besänftigen versuchten.

Im Jahre 37 v. Chr. zögerte General Vipsanius Agrippa
während der Auseinandersetzung zwischen Octavian und
Sextus Pompeus nicht, die Ruhe des heiligen Averner Sees zu
stören und ihn durch den Bau einer Hafenanlage aus seinem
jahrhundertealten Schlaf zu reißen. Ungeachtet der göttlichen Rache ließ er auch die Isthmen aufbrechen, die den
Höllensee mit dem Lucriner See und diesen mit dem Meer
verbanden, wodurch ihm ein einziger riesiger Hafenkom-
plex zur Verfügung stand. Das Holz zum Bau der Triremen
stammte aus den dichten Wäldern, die über Jahrtausende die
Hänge der verbotenen Krater bedeckt hatten, doch um den
ständigen Nachschub zu sichern, wurde ein Tunnel gebaut,
der eine rasche Verbindung zwischen dem Averner See mit
der antiken griechischen Stadt Cumae bot und es ermög-
lichte, auf die Reserven im Wald von Gallinaria zugreifen zu
können.

Diese Aufgabe wurde dem Architekten Cocceius Auctus
anvertraut, einem einfachen Freigelassenen, dem laut dem
Geografen Strabone auch die berühmte *crypta neapolitana*
zuzusprechen ist. Diese führte über den Hügel von Posillipo
und war von der Antike bis zum Beginn des zwanzigsten
Jahrhunderts die Verbindung zwischen Neapel und Pozzuoli.

Der Tunnel von Cocceius durch den Monte Grillo ist noch
immer beeindruckend. Er war mehr als einen Kilometer lang
und schnurgerade. Die in den Berg gehauenen Lichtschächte
sorgten für eine gute Belüftung, und er war so breit, dass bequem zwei Wagen aneinander vorbeifahren konnten.

Der Tunnel, die großartigste unterirdische Verbindung,
die je im römischen Reich gebaut wurde, ist ein wahres
Meisterwerk der zivilen Ingenieurskunst, das auch heute
noch seinesgleichen sucht. Nach der Restaurierung durch

die Bourbonen war er bis zum zweiten Weltkrieg begehbar, wurde aber, mit verheerenden Folgen, als Munitionslager genutzt. Vom Averner See aus ist heute nur noch der Zugang zu sehen. Im Tunnel selbst herrscht auf Grund der Absenkung des Bodens Dunkelheit.

Nach der weltlichen Invasion von General Agrippina schwieg das Orakel für immer, und rund um den heiligen Averner See entstanden Bäder und Tempel. Angelockt von dem nah gelegenen mondänen Baiae und dem Verkehr von und nach Pozzuoli, dem damaligen Haupthafen von Campania, wurden am Krater viele Villen gebaut, deren Eigentümer sich nicht scheuten, in direkter Nähe zum Reich der Toten zu wohnen.

Während sich der Sand in dem bereits nicht mehr genutzten Hafen ausbreitete, erlebte der See der Unterwelt seinen Aufschwung als Thermalbad und Verlängerung der Küste von Baiae. Noch heute sieht man an seinem Ufer eine imposante Ruine, die früher als »Apollotempel« bekannt war, aber nichts weiter ist als der Saal einer antiken Badeanstalt.

Pflanzen und Tiere in römischen Gärten

Die von den Römern gezüchteten Zierpflanzen kennen wir sehr gut, und das nicht nur aus den literarischen Quellen (insbesondere der *Naturalis historia* von Plinius, seiner »Naturgeschichte«), sondern auch dank der Fresken in den *domus*, auf denen oft Kräuter- und Blumengärten dargestellt waren. Die vielen in den Städten am Vesuv gefundenen Bilder sind zum großen Teil im Nationalmuseum von Neapel zu sehen, während diejenigen aus der Casa di Livia in Primaporta im Palazzo Massimo in Rom ausgestellt werden.

In den letzten Jahren hat sich die Archäologie eifrig der

Untersuchung der paläobotanischen Fundstücke gewidmet. Deswegen können heute neben den verkohlten Wurzeln aus dem Garten von Oplonti auch die ursprünglichen Kräuter bewundert werden, ein krönender Abschluss der hervorragenden Arbeit, mit der die Villa di Poppea in den letzten Jahren restauriert wurde.

Im *Antiquarium* von Boscoreale können, zusammen mit anderen Zeugnissen des täglichen Lebens vor zwanzig Jahrhunderten, auch die Samen und Früchte besichtigt werden, die die Pompejaner auf ihren Tischen, in Geschäften und Speisekammern an dem Tag im Jahre 79 n. Chr. zurückgelassen haben, an dem der Vesuv sein unheilvolles Feuer spuckte.

Die römischen Gärten ähnelten unseren heutigen nur wenig. Auch wenn die Römer Blumen liebten, kannten sie nur wenige Sorten, da ihnen das Zuchtprinzip noch nicht vertraut war, aus dem die heutigen Zierblumen entstanden sind. Die Rose in ihrer heutigen Form wurde erst viele Jahrhunderte später in Persien gezüchtet, während sich unsere römischen Vorfahren mit einer Blüte aus wenigen Blättern zufrieden geben mussten, die direkt von wilden Sträuchern abstammten.

Auch die anderen Blumen, die als Einfassungen dienten, waren mehr oder weniger die gleichen wie die wild wachsenden Sorten. Um Farbkontraste zu bilden, standen den antiken Gärtnern einige Zwiebelgewächse zur Verfügung, zum Beispiel Hyazinthen, Narzissen, Iris und ein Liliengewächs mit hängenden Blüten, das möglicherweise mit der Türkenbundlilie identisch ist. Auch Veilchen, Rosmarin, Myrte, Eisenkraut und vor allem Oleander fehlten nicht.

Grundlage des römischen Gartens, mit dem sich die Spezialisten der *ars topiaria*, der Kunstgärtnerei, beschäftigten, welche die Sträucher in die seltsamsten Formen schnitten, waren in der Hauptsache die zahlreichen, vorzugsweise

immergrünen Laubgewächse: Lorbeer, Buchsbaum, Mäuse-
dorn, Koniferen und, wenn es das Klima zuließ, Staudenge-
wächse wie Wundklee und Venushaar. Letztere wurden vor
allem für die eleganten Verzierungen der künstlichen, in
Bimsstein gehauenen feuchten Grotten verwendet, die in den
Villen auf dem Land in Mode waren. Die am häufigsten vor-
kommenden Bäume waren Pinien, Zypressen und Platanen,
ansonsten üppig blühende Obstbäume wie Apfel-, Birnen-
und Pflaumenbäume. Lucullus, der General und Gastwirt,
hatte während der Kaiserzeit aus dem Orient Pfirsich- und
Kirschbäume mitgebracht.

Ein nahezu unerlässlicher Bestandteil des römischen Gartens war hingegen das Wasser. Es sprudelte aus Marmor-
brunnen oder mit bunten Mosaiken ausgekleideten Speiern
und floss entlang der Wiesen in künstlichen Rinnen, die mit
Namen ägyptischen Ursprungs wie *euripus* (Meerenge), *canopus* (nach der gleichnamigen Stadt an der westlichen Nil-
mündung) oder gar *nilus* bezeichnet wurden. Ein gutes Beispiel für diese kleinen Kanäle ist heute noch im so genannten
Haus des Loreius Tiburtinus in Pompeji zu bewundern, wo
das Bächlein aus einer kleinen Marmorpyramide in der
Mitte der Wiese entspringt.

Im römischen Garten durften aber auch Tiere nicht fehlen, vor allem Vögel nicht. Der Ziervogel schlechthin war
der Pfau, aber auf Fresken wurden auch Tauben, Amseln,
Spatzen und manchmal Ibisse und Reiher abgebildet.

Essbare oder seltene Vögel wurden in riesigen Volieren gehalten, durch die oft ein *canopus* floss, um den Tieren die
Illusion zu vermitteln, sie befänden sich in ihrer natürlichen
Umgebung. Hier ließen die vornehmsten Römer, wie Lucullus in seiner Villa in Tusculum, für ihre Gäste die Tafel auf-
bauen, so dass die lecker zubereiteten Vögel in Gesellschaft
der noch lebenden Exemplare verspeist werden konnten.

Eine andere Gattung exotischer Vögel war in Rom bekannt, wenn auch noch wenig verbreitet – die Papageien. Kaiser Augustus belohnte den Gruß eines Papageien gerne mit einer Münze; doch als bekannt wurde, dass der *princeps* eine Leidenschaft für die sprechenden Vögel hegte, nahm die Zahl der um einen Obulus Heischenden derart zu, dass er sich bald weigerte, das gewohnte Trinkgeld zu bezahlen. Erst ein besonders gescheiter Vogel schaffte es mit seiner Antwort »*Operam perfidi!*« – »Ich habe umsonst gearbeitet!« –, dass sein schlaues Herrchen wieder die verdiente Münze erhielt.

Die Fischzucht

Die Römer als unverbesserliche Leckermäuler waren ganz wild auf Fisch und Muscheln. Da der Fischfang mühsam war, sorgten sie dafür, dass sie das ganze Jahr über Meeresfrüchte in ausreichender Menge zur Verfügung hatten. Berühmte Generäle und Staatsmänner beschäftigten sich mit der Zucht, so dass einige von ihnen mehr wegen ihrer kulinarischen Leidenschaft als wegen ihrer militärischen Eroberungen in die Geschichte eingingen, wie der berühmte Lucullus und die vielen Männer mit sprechenden Namen wie Licinius Murena, der die ersten Fischbecken erfunden hatte, oder Sergius Orata (in Anklang an *sparus auratus*, dem lat. Namen für die Goldbrasse), der im Lucriner See auch Becken für seine Austernzucht bauen ließ.

Obwohl die Kosten für den Bau und den Unterhalt der Anlagen sehr hoch waren, erwies sich die Aufzucht von Salzwasserfischen in den *vivaria* als sehr einträglich. So verdiente Caius Irrius, der Lieferant von Cäsar, mit seiner am Meer gelegenen Villa viermal so viel Geld, wie nötig war, um zum Senat zugelassen zu werden.

Die Anlagen waren sehr hoch entwickelt. Ständig mussten die Temperatur kontrolliert und das Wasser ausgetauscht werden. Dazu wurde in der Regel das Becken über ein Gitter mit dem Meer verbunden. Während der kälteren Jahreszeit wurden diejenigen mit den empfindlicheren Fischsorten zum Teil mit Glasplatten überdeckt und an warmen Tagen vor der Sonneneinstrahlung geschützt. In jedem Becken wurde gewöhnlich nur eine Fischsorte gezüchtet. Purpurschnecken, Austern und Kammmuscheln hingegen wurden in besonderen Teichen gehalten, deren Böden von fruchtbarem Schlamm überzogen waren.

Ebenso wie bei den Volieren befand sich manchmal auch in den Fischbecken eine Plattform, auf der der Hausherr Gastmähler veranstalten konnte. Im großen runden Becken in Lucullus' Villa am Monte Circeo, südlich von Rom, hat es wahrscheinlich eine solche gegeben.

Nach dem Fang wurde ein Fisch von speziellen Köchen zubereitet (andere waren für Fleisch oder Soßen zuständig).

Zum Würzen diente immer das *garum*, die berühmte Soße auf Fischbasis, die auch für alle anderen Gerichte verwendet wurde.

Der beliebteste Fisch war die Muräne. In seinem Kochbuch mit dem Titel *Gastronomia* lässt sich Apicius (ca. 25 v. Chr.) sehr detailliert über deren Zubereitung aus:

Zutaten für die Soße für die gekochte Muräne: Pfeffer, Liebstöckel, Bohnenkraut, Safran, Zwiebeln, Damaskuspflaumen, mit Honig gesüßter Wein, Essig, gekochter Most, Öl und *garum*.

Zutaten zur Soße für gebratenen Fisch: Pfeffer, Kümmel, Koriander, Oregano und Raute zerhacken und mit Essig vermischen, anschließend eine gekochte Mischung aus Karotten, gekochtem Most, Honig, Öl und *garum* hinzufügen.

Nach der Zubereitung wurde der Fisch gewöhnlich sehr

fantasievoll serviert. Dazu wurde er nach dem Füllen wieder in seine ursprüngliche Form gebracht, wie ein Flachrelief dekoriert oder in witziger Weise mit Schnäbeln und Federn zu Hühnern oder Enten zurechtgemacht, ein Spiel, das eine ebenso hohe Bedeutung erlangte wie die eigentliche Kochkunst, wenn nicht gar eine höhere.

Maschinen und Werkzeuge der Antike

Wissenschaft und Technik in der antiken Welt waren weit höher entwickelt, als man heute gemeinhin glaubt. Noch immer wundert man sich, wenn man erfährt, dass der Astronom Aristarchus von Samos schon eintausendachthundert Jahre vor Kopernikus das heliozentrische Weltsystem entdeckt hatte; oder dass, zur selben Zeit, Eratosthenes von Kyrene den Durchmesser der Erde sehr genau berechnet hatte, während noch Kolumbus den Erdball für wesentlich kleiner hielt. Und was sagt man dazu, dass die erste Dampfmaschine schon zweitausend Jahre vor dem Briten James Watt erfunden wurde, und zwar von Heron aus Alexandria?

Auf die Antike gehen unzählige Erfindungen zurück, unter anderem die »fahrende Festung« und die legendären Spiegel des Archimedes, mit denen feindliche Schiffe durch Nutzung der Sonnenstrahlen in Brand gesteckt wurden; der Mechanismus von Antikythera, mit dem für jeden beliebigen Zeitpunkt der Lauf des Mondes und der Planeten berechnet werden konnte; selbstbewegliche Puppen und mechanische Geräte der Ingenieure von Alexandria; die Wassermühlen von Vitruvius; die in jedem römischen *domus* verwendeten Wasseruhren; die Kriegsmaschinen mit ihrer gewaltigen Schlagkraft; die mit Schaufelrädern angetriebenen Schiffe; Fahrstühle, mit denen die Tiere in die Arena hinaufgezogen wurden; die Warmluftleitungen unter den Böden der Thermen; kilometerlange Aquädukte, die das Wasser auch dort hinbrachten, wo heute nur Wüste ist; bewegliche Brücken und Tunnel, die mit einer auch heute noch bewundernswerten Genauigkeit durch Berge gebohrt wurden. Angesichts all dieser Wunderwerke mag man sich fragen, warum die industrielle Revolution nicht schon in den ersten Jahren unseres Zeitalters ausgebrochen war, als die griechische Wissenschaft, die römische Technik und ein riesiger gemeinsamer Markt – sowohl politisch als auch kulturell – ihren Höhepunkt erreicht hatten.

Als Gründe für diese nicht erfolgte griechisch-römische industrielle Revolution werden in der Regel die im Überfluss vorhandenen billigen Arbeitskräfte, das noch schwach entwickelte Hüttenwesen und die Einstellung genannt, dass Handarbeit für einen freien Mann eine unwürdige Beschäftigung war.

Geschichte jedoch wird nicht mit einem »Wenn« geschrieben, und eine solche Frage entspringt reiner Neugier. Die fabelhaften Maschinen der Ingenieure der Antike wurden nur selten für die Produktion von Waren und fast nie für die Arbeit auf den Feldern eingesetzt. Diese wurde auch in Zeiten größeren Wohlstands mit primitiven, leistungsschwachen Werkzeugen verrichtet.

Rom und der Ferne Osten

Rom und China, die beiden großen Reiche der antiken Welt, unterhielten zwar über Jahrhunderte hinweg keine direkten Beziehungen, doch mit Sicherheit wussten sie von der jeweiligen Existenz des anderen.

Nachdem unter Claudius entdeckt wurde, dass man unter

Nutzung der Monsunwinde nach Indien segeln konnte, kamen die Römer in Kontakt mit den Waren des Ostens, auf die sie recht bald nicht mehr verzichten mochten. Schon nach kurzer Zeit wurden die reichen und vornehmen Klassen der Hauptstadt eifrige Käufer von Luxusprodukten, zu denen wertvolle Gemmen, exotische Stoffe und Gewürze zählten. Spitzenreiter war der Pfeffer, der auch bei der Herstellung von Süßigkeiten viel verwendet wurde.

Von den neuen Schätzen aus den verschiedenen Regionen des Orients hatte es den Römern besonders die chinesische Seide angetan. Ihre Herstellung blieb von Geheimnissen umwoben, und sie leistete einen wichtigen Beitrag bei der Errichtung eines lebhaften Handels, an dem auch die indischen, arabischen oder parthischen Zwischenhändler gut verdienten.

Doch leider war für das extrem ethnozentrische Volk der Chinesen nichts von Bedeutung, was außerhalb des Reichs der Mitte produziert wurde. Ihre Idee vom Warentausch drehte sich nur um eins: so wenig wie möglich zu kaufen, unendliche Mengen von Waren zu verkaufen und sich diese in Gold bezahlen zu lassen. Die Folge für Rom war eine negative Handelsbilanz mit langfristig verheerenden Auswirkungen.

Die Chinesen hatten inzwischen Gefallen an dem Geschäft gefunden und unternahmen den Versuch, ohne Zwischenhändler Kontakt mit Rom aufzunehmen. Im Jahre 97 n. Chr. brach Kann Ying, Botschafter des Sohnes des Himmels, mit dem Auftrag nach Rom auf, direkte Handelsbeziehungen aufzubauen.

Allerdings kam Kann Ying nur bis Antiochia. Die schlauen parthischen Händler nämlich hatten Angst, auf ihren Anteil verzichten zu müssen und redeten ihm ein, bis Rom sei es viel zu weit. »Das Meer ist zu groß. Bei ungünstigem Wind kann es sein, dass wir für die Überquerung noch zwei Jahre brauchen«, schrieb der chinesische Diplomat seinem Kaiser und trat die Rückreise an – und verpasste eine historische Gelegenheit.

Im darauf folgenden Jahrhundert ergriffen die Römer die Initiative. Schon seit Ende des ersten Jahrhunderts waren sie bis ins Mekongdelta im heutigen Indochina vorgedrungen, um ihre Waren gegen Waren aus dem Orient zu tauschen. Beweise dafür sind die Glasteller aus römischer Herstellung, die in Gräbern koreanischer Kaiser gefunden wurden.

Im Jahre 166 n. Chr. endlich betraten einige römische Kaufleute, die sich als Gesandte von An-tun (Marcus Aurelius Antonius) ausgaben, zum ersten Mal das Reich der Mitte. »Im neunten Jahr der Zeit von Yen-hsi, während der Herrschaft des Kaisers Huan-ti, schickte An-tun, König von Tach'in« – damit ist das Land jenseits des Meeres gemeint – »eine Gesandtschaft, die Elfenbein, Rhinozeroshörner und Schildpatt überbrachten, alles in allem wenig wertvolle Geschenke«, notierten die chinesischen Schreiber mit einer gewissen Überheblichkeit.

Und wieder kauften die Römer mehr, als sie verkauften, und sorgten für eine Abnahme der inländischen Goldbestände. Die traurigen Auswirkungen zeigten sich in den nachfolgenden Jahrhunderten.

Glossar der lateinischen und griechischen Begriffe sowie Listen der geografischen Orte und der im Roman zitierten historischen Personen

Glossar der lateinischen und griechischen Begriffe

ab urbe condita: seit der Gründung Roms. Wörtlich: »seit der gegründeten Stadt«. Das traditionell festgesetzte Datum für die Gründung Roms, der *Urbs aeterna*, der Ewigen Stadt, ist der 21. April 753 v. Chr.

ambulatio: ein überdachter Säulengang, der zwei Gebäude miteinander verband

arca: Kasten, Kiste, Truhe, auch Tresor

armaria: große, oft mit Lochmuster verzierte Möbel aus Holz für Bücher oder Kleider. Kleider wurden jedoch häufiger in einer Truhe (siehe *arca*) aufbewahrt

armilla (pl. *armillae*): Armband

ave (pl. *avete*): Willkommensgruß

ave atque vale: Tschüss und mach's gut; »*et in perpetuum ave atque vale*«, wie sich Aurelius im Roman von seiner Freundin Paolina verabschiedet, ist der Gruß, den der Dichter Catull seinem verstorbenen Bruder gewidmet hat

balneatores (pl.)*:* Bademeister

basternari: Sklaven, die als Eseltreiber beschäftigt wurden

bulla: runder, hohler Anhänger, der gewöhnlich ein Amulett enthält; die als Freie Geborenen trugen diese *bulla* von Geburt an bis zu dem Tag, an dem sie die Toga der Männer anlegen durften

calcei: hohe, mit Lederriemen gebundene Halbstiefel; die der Senatoren waren schwarz und hatten vier Schnürsenkel sowie eine Silberkappe als Schmuck

calidarium: das warme Becken in einer Therme

canopus (oder *euripus*): mit Marmor ausgekleidete Rinne zur Versorgung der Gärten mit Wasser

capsarius: der für die Kleidung zuständige Sklave

caupona: Taverne, Gasthaus

cervisia: Bier, ein bei den Römern seltenes Getränk

chiton: griechisches, vor allem von jungen Männern getragenes Gewand

chlamys: über der Rüstung getragener, ursprünglich bei den Griechen getragener Mantel

Cimmerii (pl.): Thrakischer Volksstamm

clientes: Schützlinge einer hohen Persönlichkeit (des *patronus*), juristisch frei, aber wirtschaftlich und gesellschaftlich abhängig; erhält von seinem *patronus* eine *sportula* (lat. Essenskörbchen, also ein Geschenk in Naturalien oder Geld), für die er ihm zur Gefolgschaft verpflichtet ist

congius (pl. *congii*): röm. Hohlmaß, 3,26 l

cosmetica: für die Toilette und Kosmetik der aristokratischen Damen zuständige Sklavin

dolium: (pl. *dolii*) sehr großer Krug

domina: Dame, Herrin

dominus (Vokativ: *domine*): Herr

domus: großes eingeschossiges Wohnhaus, wovon es in Herculaneum und Pompeji noch zahlreiche Beispiele zu sehen gibt; angesichts der unbezahlbaren Baugrundstücke gab es nur zweitausend davon in ganz Rom, wohingegen die *insulae* (siehe dort) sehr verbreitet waren *ergastulum* (pl. *ergastula*)*:* Schlafraum der Bauernsklaven, die dort oft in Ketten übernachten mussten; im Italienischen bedeutet der Begriff *ergastolo* noch heute »lebenslängliche Freiheitsstrafe«

feria: Feiertag, in den deutschen Wortschatz mit »Ferien« aufgenommen; im römischen Kalender der Kaiserzeit gab es mehr als hundert Feiertage

funalia: Harzfackel, die nachts zur Beleuchtung an Mauern aufgehängt wurde

gravitas: würdevolles Verhalten, von dem man sagte, es sei besonders den römischen Bürgern eigen

gustatio: Vorspeise

insula (pl. *insulae*): Wohnhaus mit bis zu fünf oder sechs Stockwerken, die gewöhnlich in Mietwohnungen aufgeteilt waren; die Ruinen vieler *insulae* sind noch heute in den Ausgrabungen des antiken Ostia zu sehen

kiria: griechischer Ausdruck für Dame

lari: Laren, die Geister der Ahnen, Beschützer der Häuser, denen in jedem *domus* ein kleiner Altar, das so genannte *lararium*, geweiht wurde; sie wurden zusammen mit den *penates* verehrt, den Schutzgöttern der einzelnen Familien

laticlavius: breiter roter Streifen auf der Toga und Tunika der Senatoren; auch die Kleidung der Ritter war mit einem roten, allerdings schmaleren Streifen verziert

lex iulia municipalis: Dekret von Julius Cäsar, mit dem verboten wurde, dass tagsüber auf den römischen Straßen von Tieren gezogene Karren fahren durften; damit wurde Rom zu einer riesigen Fußgängerzone

lunula: Elfenbeinkappe, mit der die *calcei* der Senatoren geschmückt waren

lupa: Prostituierte

matrona: angesehene, verheiratete Frau von hohem Stand

mos maiorum: Sitten und Gebräuche der Väter, das heißt die

Gesamtheit der von der Tradition festgelegten ethischen und juristischen Normen

nundinae: Markttage oder auch der Zeitraum von neun Tagen zwischen zwei Markttagen

paelex: Konkubine, Geliebte eines verheirateten Mannes

pagus: Dorf

palla: Übergewand für Frauen

pater familias: ältestes männliches Mitglied einer Familie und damit Familienoberhaupt; seiner Autorität waren alle anderen Familienmitglieder in absteigender Linie unterworfen, egal, wie alt sie waren

peristylium: von Säulen umgebener Innenhof eines antiken Hauses

psittacus: Papagei

pugillares: mit Wachs überzogene Tafeln, auf denen mit einem Griffel geschrieben wurde.

quirites: alte Bezeichnung für die römischen Bürger

subligaculum: Schurz für Männer, als Unterwäsche getragen

suburra: verrufener Stadtteil des antiken Roms

sudatorium: Raum für das Schwitzbad, beheizt über Rohre im Boden oder in den Wänden

synthesis: griechisches Gewand für Männer, besonders für festliche Anlässe

tablinum: Hauptraum eines römischen Hauses mit Zugang vom Atrium aus; Arbeitsraum des *pater familias*

tata: Papa

thermopolium: Restaurant mit warmem Mittagstisch, ausgestattet mit einer Theke, in die große, mit warmen Suppen gefüllte Tonkrüge eingelassen waren

toga praetexta: Gewand der römischen Kinder (männlichen Geschlechtes), das von der Männer-Toga abgelöst wurde; wie die Toga der Senatoren und Ritter war auch sie mit eincm roten Streifen geschmückt

triclinium (dt. Triklinium): Speiseraum mit drei hufeisenförmig angeordneten Liegen

vale (pl. *valete*): Mach's gut; Abschiedsgruß

verna (lat. Mundart): im Hause geborener Sklave

villa: großes Wohnhaus auf dem Land, das nicht nur der Erholung, sondern auch der landwirtschaftlichen Produktion diente

Liste der historischen Personen

Catilina: Politiker, der im 1. Jahrhundert v. Chr. eine berühmte, von Cicero vereitelte Verschwörung anzettelte

Claudius: römischer Kaiser und Nachfolger von Caligula im Jahr 41 v. Chr. Claudius führte das Amt der Senatoren wieder ein, bewilligte der Bevölkerung zahlreicher Kolonien den Status römischer Bürger, begünstigte den soziopolitischen Aufstieg der so genannten »Ritterklasse« und stärkte die Herrschaft über Mauretanien, Judäa und Thrakien. In dritter Ehe mit Messalina vermählt, heiratete er anschließend seine Nichte Agrippina die Jüngere. Sie brachte aus ihrer Ehe mit Gnaeus Domitius Ahenobarbus einen Sohn mit, den späteren Kaiser Nero, den Claudius auf ihr Drängen hin adoptierte.

Epikur: griechischer Philosoph. Im Jahre 306 v. Chr. eröffnete er in Athen eine Philosophenschule (den »Garten«), zu der auch Frauen und Sklaven zugelassen waren. Thema der epikureischen Überlegungen war die Suche nach Glück, eine Frage, die der Philosoph damit beantwortete, dass er auf das befreiende Werkzeug der *atarassia* verwies, auf die nüchterne, sachliche, ausgeglichene Distanz zu den Leidenschaften des Lebens. Mehr und mehr ging er auf Distanz zu seiner griechischen Herkunft. Trotz zahlreicher

Gegner (darunter auch die ersten Denker des Christentums) erfuhr die epikureische Philosophie in der römischen Welt große Zustimmung. Unterstützt wurde dies von Lucretius' Werk *De rerum natura*.

Heron: griechischer Mathematiker und Physiker aus dem ersten Jahrhundert v. Chr. Er befasste sich mit Naturwissenschaften, Technik und Geometrie; eine beachtliche Menge von Projekten und Erfindungen geht auf sein Konto. In der Optik formulierte er die Reflexionsgesetze, in der Geometrie untersuchte er die Eigenschaften von Dreiecken.

Fabullus: römischer Maler, der unter Neros Herrschaft das *Domus Aurea* in einem völlig neuen Stil gestaltete. Von seinen Werken – die Ruinen, auf deren Wände sie erhalten sind, waren viele Jahrhunderte später zu unterirdischen Grotten geworden – rührt die Bezeichnung der »grotesken« Gemälde, die von vielen Renaissancekünstlern nachgeahmt wurden.

Messalina: innig geliebte Ehefrau von Claudius und Mutter seiner Kinder Octavia und Britannicus. Sie wird von ihm jedoch zum Tode verurteilt, als sie nach wiederholtem Ehebruch ein Komplott gegen ihn anzettelt, um ihren Geliebten Silius auf den Thron zu bringen.

Seneca: römischer Philosoph, bedeutender Vertreter der Stoa. Nach seiner Verfolgung durch Caligula wurde er während der Herrschaft von Claudius in eine Intrige am Kaiserhof verwickelt, wegen der er nach Korsika ins Exil geschickt wurde. Nach seiner Rückkehr nach Rom wird er Neros Berater, von dessen politischer und moralischer Führung er sich jedoch bald wieder distanziert. Nachdem er wegen seiner Beteiligung an einer Verschwörung gegen den Kaiser zum Tode verurteilt wurde, zog er es vor, sich nach den Lehren des Stoizismus selbst das Leben zu nehmen.

Spartacus: thrakischer Gladiator. In den Siebzigerjahren vor Christi Geburt führte er eine Sklavenrevolte gegen die römische Macht an. Mit seinem vierzigtausend Mann starken Heer griff er mit wechselndem Glück die Legionen von Licinius Crassus und Pompeius an. Am Ende jedoch wurde die Revolte niedergeschlagen und die Ordnung auf schonungslose Weise wiederhergestellt.

Varus: römischer Feldherr. Von Augustus nach Germanien geschickt, wurde er 9 n. Chr. von Arminius im Teutoburger Wald in einen Hinterhalt gelockt, weil angeblich die Barbaren einen Aufstand gegen die römische Herrschaft planten. Das römische Heer musste eine heftige Niederlage einstecken, woraufhin sich Varus das Leben nahm.

Liste der geografischen Orte

Alestum: das heutige Arles

Baiae: *pusilla Roma*, »kleines Rom« genannt, war ein riesiger Badeort und der eleganteste Ferienort der Antike. Die berühmtesten Bewohner Roms einschließlich des Kaisers unterhielten hier ihre Sommerresidenzen. Im Lauf der Jahrhunderte wurde durch die bradyseismischen Erdbewegungen ein großer Teil der römischen Bauwerke vom Meer verschlungen, doch im archäologischen Park sind immer noch die Ruinen der Bäder und einiger Herrenhäuser zu sehen.

Lucrinus: Lucriner See, Küstensee zwischen Pozzuoli und Baiae, in der Antike berühmt für die Austernzucht. Die in den phlegräischen Feldern bekannten tellurischen Phänomene und insbesondere der Vulkanausbruch, der 1538 den Monte Nuovo entstehen ließ, haben seinen Umfang sehr geschmälert.

Neapolis: das heutige Neapel
Nemasus: das heutige Nîmes
Pausilypon: das heutige Posillipo
Pithecusae: das heutige Ischia, von den Römern auch *Aenaria* genannt
Puteoli: das heutige Pozzuoli
Taprobane: das heutige Sri Lanka (Ceylon)
Tuscana: das heutige Tuscania in der Provinz Viterbo

NOAH GORDON

Die faszinierenden Abenteuer des Waisenjungen
Rob Jeremy Cole, der im Jahre 1021 von einem fahrenden
Bader in seine Dienste genommen wird und später
im fernen Isfahan die höheren Weihen der medizinischen
Heilkunst erhält.
Der Weltbestseller in neuer Übersetzung!

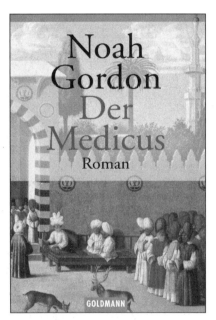

43768

GOLDMANN

JEFFERY DEAVER

»Der beste Autor psychologischer
Thriller weit und breit!«
The Times

»Jeffery Deaver ist brillant!«
Minette Walters

43715

GOLDMANN

GOLDMANN

*Das Gesamtverzeichnis aller lieferbaren Titel erhalten Sie
im Buchhandel oder direkt beim Verlag.
Nähere Informationen über unser Programm erhalten Sie auch im Internet unter:*
www.goldmann-verlag.de

★

Taschenbuch-Bestseller zu Taschenbuchpreisen
– Monat für Monat interessante und fesselnde Titel –

★

Literatur deutschsprachiger und internationaler Autoren

★

Unterhaltung, Kriminalromane, Thriller
und Historische Romane

★

Aktuelle Sachbücher, Ratgeber, Handbücher und
Nachschlagewerke

★

Bücher zu Politik, Gesellschaft, Naturwissenschaft und Umwelt

★

Das Neueste aus den Bereichen
Esoterik, Persönliches Wachstum und Ganzheitliches Heilen

★

Klassiker mit Anmerkungen, Anthologien und Lesebücher

★

Kalender und Popbiographien

★

Die ganze Welt des Taschenbuchs

★

Goldmann Verlag • Neumarkter Str. 28 • 81673 München

Bitte senden Sie mir das neue kostenlose Gesamtverzeichnis

Name: _____

Straße: _____

PLZ / Ort: _____